L'OMBRA D'ALÍ BEI

MALEÏT MUSULMÀ!
(SEGONA PART)

ALBERT SALVADÓ

A Albert Dumortier.
Gràcies per la seva inestimable
amistat i per tot allò que em va
ensenyar del món de l'escriptura.

ISBN: 978-99920-1-911-5
Depósito legal: AND.185-2012

© **Albert Salvadó** ®
www.albertsalvado.com

Disseny de coberta: Sarabia Photo

ÍNDICE

PRINCIPALS PERSONATGES HISTÒRICS

Addington	Polític anglès. Cap de govern en substitució de William Pitt.
Amorós, Francisco	Coronel espanyol. Enviat per Godoy a Tànger
Badia, Domènec	1766-1818. Aventurer, viatger i escriptor nascut a Barcelona.
Banks, Joseph	Metge anglès.
Blizard, William	Cirurgià anglès.
Brueys	Almirall de la flota francesa.
Carles IV	1748-1819. Rei d'Espanya.
Ferran VII	1784-1833. Fill del rei Carles IV d'Espanya i successor seu.
Fox, Charles James	1749-1806. Polític anglès. Defensor de la Revolució Francesa. Partidari de l'emancipació dels EUA. Aconseguí l'abolició de l'esclavatge.
George III	1738-1820. Rei d'Anglaterra
Godoy, Manuel de	1767-1851. Estadista extremeny. Primer ministre de Carles IV.
Gonzàlez Salmón, Antonio	Cònsol espanyol a Tànger
Goya i Lucientes, Francisco	1746-1828. Pintor aragonès. Un dels màxims exponents de la pintura universal.
Gravina, Federico Carlo	1756-1806. Marí sicilià. Comandà amb l'almirall Villeneuve la flota que s'enfrontà amb Nelson a Trafalgar.
Grenville, William	1759-1834. Baró de Grenville. Ministre d'afers estrangers anglès (1791-1802).

	Cap de govern (1806-1807).
Guillet, Charles	Cònsol francès a Tànger
Maria Lluïsa	Esposa de Carles IV i reina d'Espanya
Matra, James	Cònsol anglès a Tànger
Méchain, Pierre-François	1744-1804. Astrònom francès. Estudià els eclipsis de sol.
Mohanna	Esposa blanca d'Ali-Bey
Muley Adb-as-Salam	Germà del sultà del Marroc. Era cec.
Muley Addelmelek	Cosí germà del sultà del Marroc. General de la guàrdia.
Muley Idris	Sultà conegut amb el nom d'Idris I. Fundador de Fes a finals del segle VIII.
Muley Sulayman	Sultà del Marroc.
Mungo Park	1771-1806. Explorador i metge escocès. Viatjà per l'Àfrica.
Múzquiz	Confessor de la reina Maria Lluïsa. Fou bisbe de Santiago.
Napoleó Bonaparte	1769-1821. Emperador dels francesos.
Pitt, William	1759-1806. Nomenat Pitt el Jove. Cap de govern anglès el 1783 fins al 1801.
Rennell	Oficial anglès. Cartògraf.
Rodríguez Sánchez, Antonio	Vice-cònsol espanyol a Mogador.
Rojas Clemente, Simón de	Company de Domènec Badia en el seu viatge a París i Londres.
Saavedra, Francisco de	1746-1819. Polític i militar andalús. Secretari d'estat en substitució de Godoy.
Sid Abderrahman Aschasch	Caid o governador de Tànger
Sidi Abderrahman	Cap dels doctors de la llei o imam de

Mfarrasch	Tànger
Sidi Mohamed Salaui	Primer ministre del Marroc
Stewart, Robert	1769-1822. Polític irlandès. Primer secretari del lloctinent anglès a Irlanda.
Talleyrand-Périgord, Charles Maurice de	1754-1838. Polític i diplomàtic francès. Príncep de Benevento i duc de Tayllerand. Bisbe d'Autum. Excomunicat per Roma.
Tigmu	Esposa negra d'Ali-Bey
Turner, Sharon	Científic anglès.
Urquijo, Mariano Luis de	1768-1817. Polític espanyol. Fou primer ministre interí. Aconseguí l'abolició de l'esclavatge i s'oposà a la inquisició.
Villeneuve, Almirall	Almirall de la flota francesa que, juntament a Gravina, s'enfrontà amb Nelson a Trafalgar.

VIATGES D'ALÍ BEI AL MARROC

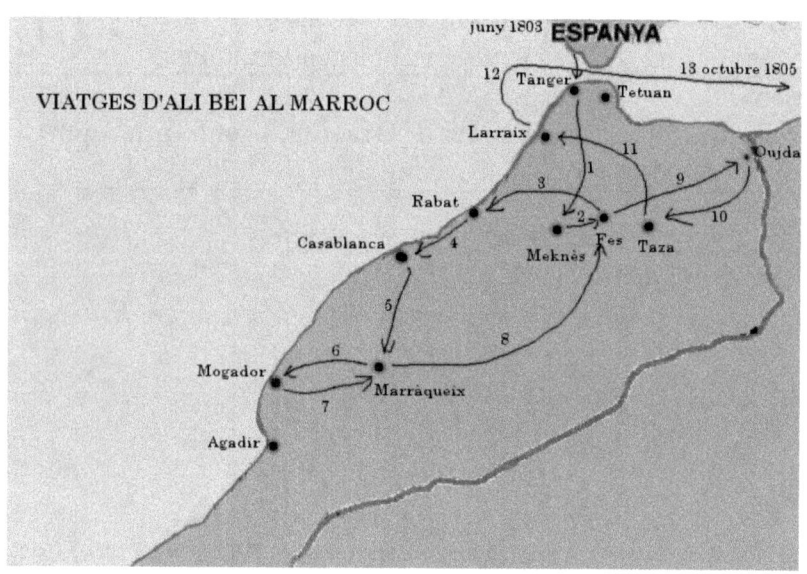

MALEÏT CATALÀ!

Per algú que ha viscut tots els seus anys amb plena activitat, però que ja ha pres possessió d'allò que anomenen merescut descans i que sembla que les úniques coses que li queden per fer és esperar tranquil·lament que els dies s'esgotin, la vida perd bona part del seu contingut i en molts casos li sembla que el seu pas per la terra ja és a les acaballes i que tot el que podia fer i desfer ja pertany al passat. Per aquesta raó, si encara conserva l'ànim, tornar a sentir-se útil equival a rebre una nova alenada de vida i, llavors, recuperar la capacitat de prendre decisions, seure's de nou a la taula de treball, sentir-se necessari, submergir-se en el neguit dels problemes que s'acumulen i anar solucionant temes ve a significar, en l'ordre intern, la concessió d'un nou període de gràcia. Gairebé es pren en el sentit que la data final ha estat ajornada.

Alfred Gordon va pujar les escales del ministeri d'afers exteriors amb aquesta curiosa sensació enganxada a l'ànima i un pensament al cap: Helen, la seva esposa, havia protestat en veure que ell acceptava l'oferta del ministre Grenville.

—Tenim prou diners —havia protestat—. T'has passat tota una vida treballant i ara has de descansar. Els metges diuen que no et convenen les emocions fortes i jo et conec prou bé i sé que tu no et limitaràs a fer el que has de fer, i això no és bo.

«El que passa és que a ella li agrada viure a pagès amb tot el romanticisme dels prats, les flors i les pastures i ja s'imagina que la casa de Londres només servirà per passar-hi els hiverns», pensà Gordon. Finalment havien arribat a un acord: només es faria càrrec de l'afer que li havia proposat lord Grenville i, en acabar, tornaria a retirar-se. L'hi va prometre. Tot plegat, unes setmanes. Potser, un parell de mesos. O, tal vegada, tres. A tot estirar, evidentment! I Helen havia acceptat. Sense gaire convenciment, perquè havia arrufat el nas.

En atrapar el darrer graó de l'escala va negar amb el cap. Acabava d'arribar a la conclusió, més que evident, clara com la llum del dia, que Helen no tenia aquesta sensació de pèrdua de contingut de la seva vida. I és clar que no! El canvi que li va suposar que ell es retirés no representava cap daltabaix en el seu univers particular. De fet, Helen seguia governant la casa com si no hagués canviat res i prenia totes les decisions que tocaven aquest afer. I d'altres, naturalment. No podia oblidar el règim estricte al qual el sotmetia. Res de salses ni guisats ni res del que tenia gust. I les verdures amb ben poca sal. Ordres del metge, era l'excusa per torturar-lo.

Aquest és un dels avantatges de ser dona. Les responsabilitats segueixen vives i presents i l'activitat no minva fins que les forces no desapareixen. Per a ella, que el seu marit no treballés li representava que el veuria a tothora i que podria exercir lliurement un poder que, fins al present, havia romàs amagat. I és clar que no li feia el pes tornar a la situació precedent! «Doncs... s'haurà d'aguantar!», conclogué. I ja n'hi havia prou, d'aquesta història. Ara tenia problemes més seriosos i més urgents que afectaven Anglaterra.

Un altre detall sorprenent era que fins al moment en què Gordon va entrar de nou al seu despatx, mai no havia estat conscient de l'olor que es desprenia de la taula de fusta enfosquida, que s'enlairava de la pila de papers i que impregnava les parets. En tants anys, potser, ja se li havia enganxat a la roba i a la pell i va haver de menester apartar-se durant un temps per descobrir que aquella flaire formava part de la seva personalitat i que la seva personalitat formava part d'aquell despatx. Tal vegada seria molt millor dir que aquell despatx era una part important de la seva existència o... fins i tot seria més adient acceptar que constituïa el reflex exacte del seu tarannà. Potser sí, perquè el primer dia que va tornar de seguida es va adonar que alguna cosa hi havia canviat. Brenton li havia explicat que per allà havien desfilat més de quatre, perquè sir Blum no trobava un substitut adient. El darrer de tots, que semblava que podia quedar-s'hi, havia intentat fer-se amb els metres quadrats que li havien assignat, però, malgrat que pots canviar la taula de lloc i posar-hi algun quadre, afegir-hi detalls personals o pintar de nou, cosa que no havia fet perquè el ministeri anava curt de pressupost, no és fàcil netejar les parets i esborrar tots els sentiments, records, discussions, èxits, fracassos, bons i mals moments que la vehemència ha escopit damunt dels murs amb tanta energia que han traspassat la primera capa i s'han quedat enganxats a la pedra. Tan forta havia estat aquella especial sensació que, sense proposar-s'ho, havia recordat el dia que la seva esposa i ell van prendre possessió de la casa de Londres. D'això feia molts anys, i Helen va dir:

—Algun dia, aquesta casa serà nostra.

Ell no l'havia entès. La casa ja era seva. L'havien pagada. Ja ho podia ben dir, perquè tenia l'escriptura a les mans, els seus comptes estaven exhausts i havia de comptar amb un préstec que hauria de tornar o els banquers li farien la pell. Tanmateix, ara, en aquell despatx, descobria la gran veritat que s'amagava darrere de les paraules de la seva esposa. Les cases, si no són noves, mantenen l'esperit de qui hi ha viscut i els fantasmes triguen a esvair-se, fins que els nous esperits no s'hi instal·len. És una lluita, de vegades cruenta, on algú ha de guanyar i que, en certes ocasions, l'acaba perdent el nou inquilí que absorbeix part de les virtuts o dels defectes de les mateixes parets, dels mobles, de la cadira de l'amo o de la decoració. Per aquesta raó, els ministres, els únics que tenen potestat per canviar les coses, quan prenen possessió del seu despatx, la primera ordre que donen és decorar de nou els seus dominis. No permetran, sota cap circumstància, que res del que el seu antecessor va fer els pugui condicionar. Gordon, evidentment, no havia sentit aquesta necessitat perquè durant molts anys havia ocupat la mateixa taula en el mateix despatx i s'havia assegut a la mateixa cadira. Ara, només li calia recuperar l'atmosfera que li havia permès desenvolupar les seves tasques de la manera més adient i efectiva i tot seguiria com si aquells mesos de retir ni haguessin existit. Prou sabia que, segons qui sigui el nou cap, vol influir fins i tot en l'entorn dels altres. I encara més ho sabia Brenton, que seguia treballant per al ministeri, havia estat assignat successivament als que havien substituït Gordon durant aquell temps i havia contemplat amb horror, i amb resignació, com el seu petit cau patia la força del terratrèmol que havia tingut el seu epicentre a la taula del despatx del darrer comissionat. Per això va somriure feliç en contemplar el retorn d'Alfred Gordon. Sobretot perquè el seu antic cap havia posat com a condició seguir ocupant el seu despatx i comptar amb la col·laboració de qui durant tants anys havia estat el seu secretari. A Brenton no li havia agradat que li canviessin l'escriptori de lloc per tal que el seu cap, només obrir la porta, se'l trobés. Treballar de cara a la paret li permetia concentrar-se millor, mania que Gordon havia assumit des del primer dia i que ara, per fi, Brenton podria recuperar de nou.

—Sir Alfred Gordon —havia fet amb una reverència, en tornar a trobar-se amb l'antic comissionat.

Ah! Sir Alfred Gordon. Sonava bé aquell títol enganxat al nom i Brenton el pronunciava amb èmfasi.

Va ser un gran dia i una gran cerimònia a la qual Helen va assistir, cohibida, recordava Gordon. Era el primer cop que la seva esposa es trobava a ben poca distància del rei i envoltada per tanta gent important. I ell? Oh! Se sentia eufòric en companyia dels seus fills, nores i néts. Fins i tot havia convidat Angelines i Tom que eren a Reigate i que van portar Anna i Mat, els seus fills. Va somriure en recordar el fill de Tom, aquell marrec de quatre anys que no parava de recordar-li que era un home gran i gras.

—Avi Gordo —el cridava.

—Gordon. Em dic Gordon —mirava de corregir-lo.

—A Madrid es diu Gordo —replicava el nen—. I jo em dic Mateu. Vós m'heu de dir Mat. Us en recordeu?

—Entesos —somrigué—. Jo et diré Mat si tu em dius Gordon.

—Però, vós sou... l'avi gordo —feia el vailet, i obria els braços per donar a entendre la grandària del cos de l'home.

Ni els seus propis néts gosaven retreure-li el seu volum, però Mat era un rebel simpàtic, com el seu pare, i viu com la fam, capaç de fer-se entendre en anglès, llengua que havia après del seu pare. Des que va començar a parlar, li va dir avi Gordo. L'avi Gordo, l'avi anglès, deia quan explicava coses a Madrid. «Si tenim una casa a Madrid i una a Reigate i tinc un avi a Madrid, haig de tenir un altre avi a Reigate», raonava Mat. «Ell és de Londres», li recordava don Santiago, l'avi de Madrid. «És igual», arronsava les espatlles Mat. «Però, no tens una àvia aquí, a Madrid», li replicava don Santiago. «L'àvia és al cel», responia ell. «L'àvia de Reigate també és al cel», seguia don Santiago el mateix raonament. «Ara Helen és la meva àvia de Londres», somreia Mat. «L'avi de Reigate també és al cel», feia don Santiago. «Però, ha deixat l'avi Gordo», concloïa Mat, i d'aquí no el treia ningú. Naturalment, Gordon se sentia immensament feliç que aquell nen li atorgués un paper que li anava com anell al dit. Els seus néts ja començaven a ser grans i Mat el rejovenia.

Gent ben curiosa, els espanyols. Sense anar més lluny, Angelines, el primer dia que la va conèixer, ja li va dir Don Alfred. Per a tothom era el senyor Gordon, excepte per a ella. Si el seu pare ostentava el títol de Don, Gordon no havia de ser menys, li havia dit la noia. Ara ja era sir Alfred Gordon, però a ella li permetia que li continués dient Don Alfred. L'afalagava molt.

Ai, Angelines! S'havia fet tota una dona. Ja no era la noieta tímida que li va presentar Tom, sinó que es bellugava amb seguretat i amb molta gràcia.

Qui no va fer massa bona cara davant del seu retorn al ministeri, però que va dissimular i, fins i tot, va fingir alegria, va ser sir Blum. De tota manera, Gordon ja no depenia d'ell. Evidentment que no! Perquè ja eren iguals. Fins i tot, segons com s'ho mirés, hauria de pensar que ell era més que el seu antic cap, perquè comptava amb la simpatia del ministre i sir Blum havia estat arraconat i cada cop més li assignaven tasques de segon ordre que li impedien seguir mantenint el ritme de guanys al qual estava acostumat. Dins d'un ministeri els negocis sovintegen si ocupes un lloc de responsabilitat, però ningú no es mira a qui ja no pren decisions.

Havia estat divertit tornar a trobar-se amb sir Blum el primer dia del seu retorn.

—Gordon —havia fet sir Blum en veure'l pels passadissos del ministeri.

—Com esteu Blum? —havia contestat ell.

Llavors, aquell tanoca s'havia quedat mut. Com gosava tractar-lo amb aquella familiaritat?, devia pensar. Tanmateix, va recordar immediatament el seu nomenament feia dos dies, tot i què ell s'havia empescat una excusa i no hi havia assistit.

—Bé... Alfred. Gràcies —havia afirmat sir Blum, finalment. Li costava reconèixer que ja eren iguals.

—Me n'alegro molt... Arthur —havia replicat Gordon amb sorna, i el seu antic cap s'havia posat vermell com un pebrot.

Ara, assegut a la seva antiga cadira, que havia aconseguit rescatar d'un despatx on l'havien desada perquè era massa gran, Gordon apartà els seus records i se centrà en l'afer que li havien assignat i en les seves circumstàncies.

MALEÏT CÁTALA!

Damunt la taula romanien escampats tots els documents que havien arrencat de les mans de sir Blum, incapaç com era de treure'n conclusions assenyades, tot i que en aquesta ocasió Gordon gairebé li donaria la raó, perquè totes les dades contingudes en tots aquells papers semblaven mostrar clarament que el cap dels Serveis d'Informació podia no anar lluny d'osques. Gordon, després d'uns dies de lectura i de reflexió, havia anat a parlar amb lord Grenville i cada cop que recordava aquella conversa, somreia.

—No veig res d'estrany en tota aquesta informació —havia fet—. Què és el que us fa suposar que hi ha alguna cosa amagada?

—Sir Blum pensa que tot plegat no és res més que una expedició científica —li contestà lord Grenville.

—Oh! —havia exclamat Gordon.

No es tractava de cap argument sòlid, però l'experiència demostrava que quan sir Blum pensava alguna cosa, més valia tenir en compte el contrari. L'afer del globus de Còrdova n'era la prova més evident. De manera que Gordon s'havia posat a treballar.

Segons constava en els informes, Domènec Badia havia arribat a Londres acompanyat del senyor Simón de Rojas Clemente. Pel que semblava, es tractava d'algú que coneixia l'àrab. Abans de creuar el canal s'havien aturat a París per entrevistar-se amb Talleyrand-Périgord, amb Méchain i amb Beautemps-Beaupré. Força interessant, havia pensat Gordon.

Tenia referències de dos d'ells. Charles Maurice de Talleyrand-Périgord era un bisbe renegat que havia estat ministre d'Afers Exteriors de França entre els anys 1797 i 1799 i ara s'havia destapat com un col·laborador de Napoleó. D'altra banda, Pierre-François André Méchain era un reconegut astrònom. Per ser, tal com deia sir Blum, un escalfat i un aficionat, Domènec Badia freqüentava gent prou important. El tercer personatge, Beautemps-Beaupré, no el situava.

—Puc reclamar informació sobre Beautemps-Beaupré —havia apuntat Brenton.

—No perdem el temps. Ja sabem per on va —havia negat Gordon.

I era cert. Que Badia hagués anat a veure un astrònom era normal, si l'expedició tenia un caire científic. I que s'hagués entrevistat amb un antic ministre d'Afers Exteriors francès feia suposar que buscava recolzament a les ambaixades i als consolats, cosa ben normal en algú que ha de viatjar a terres desconegudes.

A tots aquests fets havia de sumar que Badia no se n'amagava i que, a més, la notícia del seu viatge va ser publicada pel *Diario de Madrid* del 28 de novembre de 1801. L'únic detall que li sobtava era, segons els informes de la seva gent a Madrid, que el projecte havia estat sotmès a l'opinió de la Real Acadèmia de la Història d'Espanya, que va considerar que Domènec Badia era un aficionat sense coneixements i que, seguint la màxima espanyola que inventin els altres, recomanava que deixessin les expedicions en mans de francesos i d'anglesos. No obstant això, Godoy, en contra de totes les opinions, va presentar el projecte al rei Carles IV d'Espanya i, en contra de tot pronòstic, va ser aprovat.

Tenint en compte que el famós projecte del globus aerostàtic podia amagar interessos bèl·lics, Gordon imaginava que, darrere de tota aquella història, també podien amagar-se altres projectes. Per aquesta raó havia ordenat seguir totes les passes de Badia durant la seva estada a Londres. Tanmateix, poca cosa n'havia tret, com no fos que sir Blum, per una vegada, podia haver-la encertat. Si més no, això era el que es desprenia de tots els informes que cada dia li passava Brenton.

Pel moment, Badia s'havia entrevistat amb sir Joseph Banks, amb el doctor Maskelyne, amb Sharon Turner i amb el major Rennell. A tots ells els havia posat al corrent dels seus plans científics. Amb el primer havia parlat de malalties, amb el segon d'aspectes científics i amb el major Rennell de localitzacions geogràfiques, perquè ell havia estat a l'Àfrica i havia fet alguns mapes. Evidentment, volia assabentar-se del que hi trobaria i de tots els detalls que calen per fer una expedició d'aquestes característiques. En resum: res d'anormal.

Gordon va recolzar l'esquena al respatller de la cadira i respirà fondo. No havia dormit massa bé i s'havia llevat cansat.

—De tota aquesta història només en trauràs disgusts — no parava de dir-li Helen—. Ahir et tornava a fer mal la cama.

—Estic una mica cansat i prou —havia respost ell.

—Hauries d'estar retirat —el renyava la seva esposa amb cara de pomes agres—. Però, i és clar!, ser un sir és més important que la salut.

Ai, les dones! Sempre veuen el costat pitjor de qualsevulla situació. En fi! Deixem-ho estar, va fer i se centrà de nou en el seu treball.

En un document a part, hi havia una relació de tot el material que Badia havia encarregat a diferents proveïdors. A Troughton havia encomanat un cercle enterament reflector de 10 polzes de diàmetre i quatre nònius; a Dolland havia comprat un telescopi acromàtic de dos peus i mig; a Brooksbanks un cronòmetre, i un altre a Pennington. Els nònius serveixen per mesurar longituds amb precisió. Si el motiu de l'expedició no era científic, per què necessitava tot allò?

Bé! Poc duraria el seu retorn. Si tot seguia igual, hauria de donar-li la raó a sir Blum, tancar el cas i retirar-se per segona vegada. Ai! Llavors, cauria de nou a les mans de Helen. Què hi farem! La vida és així, sospirà.

Uns cops el van treure de les seves cabòries.

—Endavant —va fer.

La petita porta que donava al despatx de Brenton s'obrí i aparegué el seu secretari.

—Us porto l'informe d'ahir, sir Alfred —anuncià Brenton, i li lliurà el document.

—Feu-me'n un resum —demanà Gordon. No tenia ganes de llegir.

—L'únic fet remarcable és que ahir el senyor Domènec Badia va sortir sol i va anar a la consulta de sir William Blizard, el cirurgià. Hi va ser més de dues hores. Quan va sortir havia perdut el color. Segons l'informe, estava blanc com la neu, caminava a poc a poc, va prendre un cotxe per tornar a l'hotel i no va sortir de la seva habitació ni per sopar. Va ordenar que li duguessin alguna cosa per menjar, però gairebé no en va tastar res. Qui va baixar al menjador va ser Rojas Clemente, que feia cara d'amoïnat. Avui, cap dels dos ha abandonat les seves habitacions —va explicar Brenton, amb el seu estil concís.

—Potser es troba malalt —apuntà Gordon.

—Pel que hem pogut saber, sir William Blizard li ha practicat una intervenció de fimosi.

—Una intervenció de què? —va fer Gordon. Ell no entenia res de medecina i fimosi li sonava a xinès.

—És una operació que consisteix a tallar el prepuci i deixar... allò... a l'aire.

—Què és allò? De què m'esteu parlant? —va fer Gordon, desconcertat—. No hi entenc, de medecina. Què és el prepuci? Parleu clar, si us plau.

—Li ha tallat la pell del penis per tal que quedi al descobert.

—Aaaaah! —s'escruixí Gordon, i va tancar les cames—. Quin horror! Tota sencera?

—Només la punta que envolta... —va dir Brenton, tot acompanyant-se de moviments, aplegant tots els dits en punta i simulant unes tisores amb l'altra mà.

—Estalvieu-me'n els detalls! —gairebé cridà Gordon, que havia començat a perdre el color.

—Vós m'heu preguntat —s'excusà Brenton, amb un posat de badoc.

MALEÏT CÁTALA!

Dos dies després, a la tarda, Helen va obrir la porta de casa d'una embranzida i el seu marit, a les escales del carrer, es quedà amb el braç enlaire.

—Ni gosaràs! —va fer Helen, allà, palplantada, amb les mans a la cintura, desafiadora i amb la veu de la mare que enxampa el seu fill en una entremaliadura.

Alfred va mirar la flor com el botxí que mira el condemnat, després contemplà el seu bastó alçat que semblava l'espasa que havia de caure i tallar el coll, en aquest cas la tija, per separar el cap del cos, en aquest cas la flor de la resta de la planta. Respirà fondo i abaixà lentament el braç. Finalment acotà el cap i entrà a casa seguit d'Helen, que tancà la porta i el mirà amb els llavis ben premuts i les celles arrufades.

—He tingut un dia horrorós —explicà Gordon en to de disculpa.

—I quina culpa en té la flor?

—I per si fos poc, em fa mal el peu.

—Ho veus? —va fer ella—. Si jo ja ho deia: no fas cas dels metges i després ho paga la pobra flor que no hi té res a veure.

—Perdona'm —es disculpà, però com la seva esposa no canviava el gest, afegí—: Vols que surti fora i li demani perdó a la teva estimada flor? M'agenollo?

Durant tot el sopar Alfred no va badar boca, com no fos per menjar. Malament!, va pensar la senyora Gordon. Però quan va veure que s'asseia a la butaca de les meditacions i que es quedava en silenci i de tant en tant s'esguardava tímidament l'entrecuix, llavors es va estranyar de debò, perquè el seu marit torçava els llavis i obria desmesuradament els ulls. Molt malament! Aquella actitud no li havia vist mai. No estava emprenyat, com en altres ocasions, sinó desconcertat.

En fi! Que Helen va decidir seure's a l'altra butaca i esperar tranquil·lament que el senyor Gordon buidés el pap.

—Per què ho deu d'haver fet? —murmurà Alfred, de sobte.

—Què, estimat?

—Tallar-se... —digué el seu marit, i va tornar a mirar-se l'entrecuix.

—Qui? Tallar-se què? —s'esgarrifà Helen, dirigint els seus ulls cap al mateix lloc que el seu marit.

—Aquest Domènec Badia.

—S'ha tallat els...? —posà Helen uns ulls com taronges.

—No. Només el prepuci.

—Què és el prepuci?

—La pell que cobreix allò...

—Ah! — Helen enrogí—. I per què ho ha fet?

—Això és el que em demano jo. I no ho entenc. Fins avui no se n'ha assabentat que patia fimosi? —va fer Alfred, i va tornar a torçar els llavis i a obrir els ulls.

*** ***

Gordon i Brenton portaven tot el matí plantejant i discutint diverses teories per veure de torbar-ne una que tingués un mínim sentit. Finalment, amb la taula plena de notes amb idees i dades que havien anat prenent, van decidir que havia arribat el moment de posar-hi ordre.

—A veure què hi tenim —va fer Gordon, recollí tots els papers i n'agafà el primer— Muley Sulayman, el sultà del Marroc, no veu amb bons ulls l'ocupació per part d'Espanya de Ceuta i Melilla i potser voldria acabar el que un antecessor seu, Muley Ismail, va encetar sense èxit, malgrat que va establir un setge a començaments del segle passat que va durar més de vint anys. Entesos? —demanà l'aprovació de Brenton, i va deixar el paper a un costat. Llavors n'agafà el següent—: El Marroc, malgrat que va signar un tractat amb Espanya, no vol vendre cereals a Godoy —Va deixà el paper al costat de l'altre—: Si Godoy no aconsegueix redreçar l'economia, no podrà disposar d'una flota prou poderosa per continuar mantenint les possessions al continent americà —Va continuar distribuint els papers en forma de ventall—: Després de la Pau d'Amiens,

MALEÏT CÁTALA!

Godoy ha recuperat Menorca. Si aconseguís el Marroc obtindria el domini de bona part del Mediterrani.

—Excuseu-me, sir Alfred —l'interrompé Brenton—. Us heu oblidat d'afegir que seria un punt de partida ideal per arribar a dominar el Senegal.

—No és que se m'hagi oblidat —somrigué Gordon—. És que ja em sembla massa fantasiós.

—No obstant això, té la seva lògica —insistí Brenton—. Espanya encara conserva una poderosa flota i els seus vaixells podrien salpar de la costa africana, molt més ben situada i més a prop del Brasil que no pas Portugal. Vós mateix ho vau dir. No hem d'oblidar que, d'ençà que els portuguesos es van separar de Castella el 1640 i es van quedar amb el Brasil, han passat moltes coses. Entre elles el descobriment de mines d'or i de diamants. No seria gens estrany que Godoy pensés en aquesta colònia de cara a arreglar l'economia espanyola. Primer els cereals i després l'or i els diamants.

—Massa embolicat —va fer Gordon i es gratà el cap.

—Tal vegada sí, però vós també heu dit que potser per aquest mateix motiu Napoleó mira de tan bon ull Portugal, que no és tan sols un petit país situat a un extrem d'Europa, sinó la porta de les mines d'or i de diamants. No podem deixar de banda aquesta possibilitat perquè és un pla que podria posar en perill el monopoli que la corona anglesa té sobre el comerç al Brasil i que els portuguesos ens han cedit a canvi de la protecció per part de la marina britànica davant la pirateria francesa.

—Cert —afirmà Gordon—. A ells, evidentment, els hem cedit el lucratiu negoci de l'esclavatge de negres, tenint ben present que tard o d'hora caurà —rigué—. Com porta el tema aquest polític... com és diu? —no li sortia el nom. Això volia dir que estava molt cansat. A més, li començava a fer mal el cap. Res, que no li sortia, i va fer petar els dits.

—Charles James Fox —recordà Brenton—. Segons tinc entès, ha encetat una dura batalla contra l'esclavatge i tot apunta que l'acabarà guanyant.

—Bé! Doncs l'or i els diamants no s'acabaran tan fàcilment. Això ens duria a pensar que si Espanya vol fer-se amb una part d'Àfrica, i més concretament amb la que toca a l'Atlàntic i al Mediterrani, no és precisament per entrar en un afer que ja arriba a la fi.

—Té prou sentit —afirmà Brenton.

—Però és massa fantasiós.

—Potser sí, però, llavors, per què Carles IV ha aprovat aquesta expedició a instàncies de Godoy i en contra de l'opinió de l'Acadèmia d'Història d'Espanya?

—Crec que haig de fer una visita al cirurgià que ha operat el nostre amic —conclogué Gordon—. Potser ell ens podrà aclarir alguna cosa.

*** ***

Sir William Blizard era un home que ja havia complert els cinquanta anys, de complexió forta, ros, amb la pell molt blanca i les galtes vermelles. Gaudia d'una excel·lent reputació com a cirurgià i mantenia una consulta oberta en un dels carrers principals de Londres.

Gordon va entrar al seu despatx i va fer una ullada al racó separat per una cortina, que ara estava descorreguda, on reposaven tots els estris perfectament ordenats damunt de la taula que hi havia al costat d'una llitera. Allà tenien lloc les petites intervencions, les que no requerien internament. Allà, segurament, Badia, amb els pantalons als genolls havia perdut el seu prepuci. I notà un calfred només d'imaginar-se l'escena.

Es va seure a la cadira, va donar les gràcies a la infermera i va esperar pacientment fins que el doctor va entrar al despatx amb un ampli somriure i va prendre possessió de la butaca que hi havia darrere de la gran taula de fusta marró fosc.

—Què puc fer per vós, senyor Gordon? —demanà Blizard, amb la veu característica del metge que rep un nou pacient.

—Veureu: no sé com explicar-me...

—Comenceu per dir-me allò que us fa mal —somrigué Blizard.

—No hi ha res que em faci mal. El que passa és que he planejat un viatge al Marroc i m'han dit que... —simulà Gordon que dubtava, i continuà—: Haig de sotmetre'm a una operació.

—Qui us ho ha dit?

—Un amic que té un altre amic que diu que ell ho va haver de fer.

—De quina operació es tracta?

—De fimosi.

Sir William Blizard el va mirar estranyat i es va quedar un instant en silenci, sense saber si havia de riure davant d'allò que només podia prendre com un acudit. En tot cas, va decidir dedicar-li un somriure divertit.

—Aquest amic, que té un altre amic, és metge? O potser ho és l'amic del vostre amic?

—Disculpeu la meva ignorància, però ell diu que és convenient perquè el clima...

Ara sí que no se'n va poder estar, d'esclafir de riure, fins gairebé saltar-li les llàgrimes.

—Perdoneu, senyor Gordon, però el que tenim entre les cames no és precisament un termòmetre, malgrat que algú el pugui confondre perquè reacciona davant de certs tipus d'escalfors i es dilata. De manera que el costum àrab de la circumcisió no hi té res a veure amb el clima.

—Llavors, aquest amic del meu amic... per què s'ho va fer?

—Poden haver diverses respostes. La primera és que, tal vegada, ho necessitava. No és pas infreqüent que el prepuci impedeixi gaudir de certs plaers i que sigui necessari eliminar l'entrebanc. Penseu que quan vós demaneu a una dona que us delecti amb la seva boca...

Gordon va fer un posat de babau.

—No a la vostra esposa, evidentment —aclarí Blizard, per deixar ben entès que certs actes no es poden demanar a una dona com cal.

—I és clar! —va fer Gordon, simulant tot el convenciment.

Estaven entre cavallers, se suposava que tots l'havien correguda i que no calien més paraules per entendre's, tot i que el pobre no sabia ni de què li parlava. Què volia dir Blizard amb allò de delectar amb la boca?

—Elles, aquestes dones, si són expertes, retiren la pell, perquè s'estimen trobar una cosa suau i comprovar que no hi ha res d'estrany —seguí explicant Blizard, i Gordon encara més a fosques— Si hi ha algun entrebanc, us poden fer mal. D'altra banda, si el prepuci es pot retirar lliurement, també és cert que vós en gaudireu molt més —tancà un puny i l'abraçà amb l'altra mà—. La boca agafa més tros. Compreneu?

Gordon ja no sabia ni cap a on mirar i se sentia profundament trasbalsat. Ell, mai a la seva vida, no havia tingut una conversa com aquella. Quant anar amb altres dones... prou problemes va tenir per entrar on havia d'entrar quan es va casar amb Helen! Aquella nit va ser... No volia ni recordar-la. Va acabar suant i no va aconseguir res de res. Els seus amics ja li havien dit que havia d'arribar al llit de noces amb experiència, però ell mai no va gosar acompanyar-los a aquells barris. Després, com que Helen va prendre com un acte de delicadesa que trigués gairebé una setmana a concloure la feina, va pensar que no volia patir un altre fracàs, perquè una dona d'aquelles, enlloc de prendre-s'ho com una delicadesa, s'hauria rigut d'ell.

Tanmateix, havia d'aguantar i fer el cor fort, tot i que la vergonya se'l menjava. De manera que va fer que sí amb el cap i va deixar caure les parpelles, simulant una experiència que no existia ni en somnis.

—N'he fet moltes, d'aquestes intervencions —digué Blizard amb aires de suficiència—. I, si no és el cas d'aquest home, és possible que prengués la decisió per tal de fer-se passar per un àrab. Tampoc constituiria un cas únic. Fa pocs dies s'ha presentat un pacient amb aquesta intenció. En una conversa que vaig tenir amb Mungo Park... l'explorador —aclarí Blizard, i Gordon va fer que sí amb el cap—. Doncs, em va explicar que ell s'hauria lliurat de certs problemes si hagués aconseguit passar per un d'ells.

—Fer-se passar per àrab... —medità Gordon—. No se m'havia ocorregut. I no n'hi hauria prou amb una disfressa?

—Si no heu d'estar-hi gaire temps, sí; però, si us heu de barrejar amb ells o posar-vos en segons quina situació... —respongué el cirurgià—. Ja m'enteneu —somrigué.

—I tant que sí! Us ho agraeixo. De fet el meu viatge serà curt i ni tan sols necessitaré d'una disfressa —conclogué Gordon.

Un cop al carrer, es va quedar força pensarós. Tot un seguit de preguntes se li amuntegaven dins del cervell i totes elles conduïen a un mateix interrogant: si l'expedició era científica, per què Badia prenia tantes precaucions? A menys que la seva missió comprengués, entre altres coses, la possibilitat de conviure estretament amb aquella gent, fins al punt que requeria amagar la seva vertadera identitat.

Havia de parlar amb lord Grenville. Amb urgència. Bé, des que s'havia assabentat de l'operació de Domènec Badia tot ho feia amb urgència. Fins i tot dormir. Donava voltes i més voltes damunt del llit fins que se n'afartava. Llavors es llevava i se n'anava a la butaca de les meditacions i esmerçava hores en la recerca d'explicacions, fins que el cap li bullia i li acabava fent mal.

Ara li tornava a fer mal. Ai! Aquella maleïda pressió a les temples... S'aturà un instant i respirà fondo. Potser hauria de descansar una mica. Sí, ho faria quan hagués parlat amb lord Grenville.

De manera que aixecà el bastó i aturà un cotxe per ordenar al cotxer que volés cap al ministeri d'Afers Exteriors.

Dins del cotxe, va recordar les explicacions de sir William Blizard. Però no les que es referien a Domènec Badia, sinó les altres, les que donaven detalls tècnics. Ni tan sols podia imaginar-se Helen... Amb la boca! Déu del cel! De debò hi havia dones que feien allò? I es descobrí somrient malèvolament. Llàstima! A la seva edat, potser s'havia perdut alguna cosa interessant.

Mira que tallar-se... Tenia pebrots el català!

De sobte el seu somrís s'esborrà. Quin mal de cap tan horrorós! Va notar que la llum s'enfosquia i que el món desapareixia. Va voler demanar ajut i li costava articular les paraules. Respirà fondo i intentà relaxar-se.

—Cotxer —va fer amb les poques forces que li quedaven —. Porteu-me a casa.

*** ***

El metge havia estat molt clar. Visites: poques i curtes. I cap disgust. De manera que la senyora Gordon ho tenia ben present.

—Brenton, confio que no... —va fer en veure qui arribava.

—Només vull saber com està —es posà a la defensiva el secretari de sir Alfred.

—Suposo que no us envia ningú —li demanà amb cara de pocs amics. «Ningú» ja sabien qui volia dir.

No li va fer gràcia que lord Grenville temptés el seu marit amb el títol de sir i menys gràcia li havia fet que Alfred tingués un atac que podia haver estat fatal i del qual n'havia fet responsable el ministre.

—Us ho juro, senyora —aixecà la mà dreta com si fos davant d'un tribunal.

L'acompanyà fins la porta de l'habitació i abans d'obrir encara el mirà amb uns ulls que semblaven disposats a clavar-li un punyal, si calia.

—El metge ha ordenat que descansi. No us hi esteu gaire —digué la senyora Gordon. Però, immediatament, afegí—: Ja us vindré a buscar. No vull que us allargueu, com altres vegades.

MALEÏT CÁTALA!

Brenton féu una petita reverència amb el cap i esperà fins que la senyora Gordon obrí la porta i anuncià la seva visita. Llavors, hi entrà.

—Com us trobeu, sir Alfred? —somrigué Brenton amb timidesa.

—Millor —respongué Gordon, i deixà anar tot l'aire dels pulmons—. Seieu, si us plau —indicà la cadira que hi havia prop del llit. Respirà fondo i afegí—: Per mi només ha estat un petit ensurt, malgrat que el metges insisteixen que haig de fer repòs i ja porto unes bones setmanes.

—I n'heu de fer més —somrigué Brenton—. A més, ara que lord Grenville ja no és ministre...

—Ai! El tema dels catòlics —va bellugar Gordon el cap a un cantó i a l'altre i va fer petar la llengua—. La mateixa causa que va dur William Pitt a presentar la seva dimissió i que li va estar acceptada. De vegades penso que el rei s'ha begut de debò l'enteniment —Llavors, en adonar-se que estava parlant de Sa Majestat, temperà el to—: Vull dir que tal vegada no s'ho ha rumiat prou bé.

—Tothom s'ha begut l'enteniment —afirmà Brenton—. L'afer Badia ja no interessa ningú, sir Blum vol tornar a ocupar el seu càrrec de cap dels Serveis d'Informació i em reclama com secretari perquè diu que Harry ja s'hauria de retirar.

—Això significa que ja no compten amb mi? —Gordon es posà tens.

Brenton s'espantà. No havia d'haver parlat tant. Si ara entrava la senyora Gordon, era home mort.

—Vós havíeu tornat perquè lord Grenville us havia demanat que us féssiu càrrec de l'afer Badia, però ara que ell no hi és, ja no hi ha afer.

—Qui el substituirà?

—Sona amb molta força el nom de Robert Steward, vescomte de Castlereagh i segon marquès de Londonderry, que arriba amb un bon plec d'èxits sota el braç, entre ells el d'haver aconseguit que el parlament irlandès aprovés la unió amb Anglaterra —informà Brenton.

—Oh, no! Pertany als *tories*, partidaris de les prerrogatives reials, evidentment —va fer Gordon.

—Lord Grenville també és *tori* —li recordà Brenton.

—És l'excepció que confirma la regla —sospirà Gordon—. Bé! En vista de les circumstàncies, ja no tinc el més petit interès per tornar-hi. M'estimo més fer bondat i quedar-me a casa.

En aquell instant va entrar Helen amb un somriure d'orella a orella. Acabava d'escoltar la darrera frase del seu marit.

—Hem de deixar que el pacient descansi —va fer.

No calien més paraules i Brenton s'aixecà, saludà i es dirigí cap a la porta. Just en arribar, s'aturà.

—Oh! Se m'oblidava —va fer—. M'he assabentat que Domènec Badia ha abandonat Londres.

—Quan? —demanà Gordon.

—Fa un parell de dies. Anava acompanyat del seu amic Rojas. Només que han embarcat amb uns altres noms i disfressat d'àrabs. Rojas es feia dir Mohamed ben Ali i el nostre amic Badia passava a ser Alí Bei Abdallah.

—Alí Bei...—va fer Gordon, lentament, mentre afirmava amb el cap—. Això vol dir que l'aventura ha començat.

—Això vol dir que la vau encertar i que la vostra teoria podria ser certa.

Helen, en veure que allò ja era l'inici d'una altra conversa es plantà davant Brenton amb les mans a la cintura i els ulls fixos en els de l'home.

—Bé! Haig de marxar. Espero que us aixequeu ben aviat —digué Brenton i sortí de l'habitació.

Gordon aixecà la mà per acomiadar-lo i la tornà a abaixar. Alí Bei, murmurà. Ell ja havia previst que Domènec Badia triaria aquell nom. I la resta de la seva teoria... També l'hauria encertat?

MALEÏT CÁTALA!

No! Impossible. Negà amb el cap. Era massa fantasiosa i arriscada. I no creia que hi hagués cap home damunt de la terra amb prou empenta com per dur-la a termini. Qui gosaria posar aquell pla en pràctica?, somrigué.

De sobte el seu somriure s'escapçà. Home!, medità. Un maleït català, tal com el nomenava sir Blum, que pretén enlairar un globus a Còrdova o planificar una invasió de Portugal o crear un banc per salvar les finances de l'estat... Algú que es talla...

En arribar a aquest punt del raonament i tornar a imaginar-se l'operació, s'escruixí. S'havia de tenir pebrots per sotmetre's a una intervenció com aquella. I si havia tingut prou pebrots per tallar-se prepuci, tindria prou empenta per...

Llavors, afirmà amb un bon cop de cap i va fer: Potser sí!

Malauradament, lord Grenville ja no hi era, ell tampoc i sir Blum considerava que tot aquell afer era una bajanada. En fi! Que l'informe moriria dins d'una carpeta i ningú no se'n recordaria mai més.

1.- EL PRÍNCEP

Damunt del pont del Santa Maria de Cadis, Francesc Raimat, capità del vaixell, contemplava un cop més la badia de Tànger d'aigües blaves i quietes i la ciutat que segons la mitologia grega havia estat fundada per Neptú, tota blanca i enlairada del mar, reposant damunt les muntanyes i protegida per les fortificacions que els homes havien anat bastint al llarg dels temps per tal de defensar-la dels continus atacs. La seva història apareixia farcida d'avatars. Sota la influència dels fenicis havia estat un centre comercial de primer ordre que Roma convertí, després de la derrota de Cartago, en capital de la Mauritània tingitana; després, els àrabs s'apoderaren de la ciutat per tal d'aprofitar-se de la seva extraordinària situació, punt de trobada entre l'oceà Atlàntic i el mar Mediterrani i a una passa d'Espanya; al segle XV esdevingué una ciutat pròspera i rica que comerciava amb Gènova, Venècia i Marsella, detall que la convertí en peça ambicionada pels portuguesos i pels espanyols, que s'alternaren en el seu domini; finalment caigué en mans dels anglesos que la fortificaren per defensar-se dels atacs de Muley Ismail, però que van acabar per cedir-la al gran sultà l'any 1684. Des d'aleshores, bona part dels països europeus havien obert allà els seus consolats i delegacions. La seva privilegiada situació, a l'entrada de l'estret de Gibraltar i amb un peu a l'Atlàntic, la convertien en la indiscutible porta del Marroc, perquè cap a l'est, a l'altra punta de la franja de terra que constitueix el passatge de l'estret, ja situada plenament dins del Mediterrani, es trobava Ceuta, una ciutat que els espanyols havien aconseguit conservar, mentre que la vigilància de l'altre costat de l'estret, ja en terres de la península ibèrica, corria a càrrec de Tarifa, per part d'Espanya, i de Gibraltar, per part d'Anglaterra

Francesc Raimat havia nascut en terres tarragonines, gairebé damunt del mar, tenia uns quaranta anys i la pell profundament solcada per les erosions que causa rebre constantment la brisa carregada de sal. En acostar-se a l'estret, apartat de terres espanyoles, ja havia començat a mostrar-se preocupat. Des dels llunyans dies que Anglaterra abandonà el domini d'aquelles terres, la situació havia canviat notablement. Muley Sulayman, el gran monarca del Marroc, seguia entestat a arrencar Ceuta de mans espanyoles i aconseguir que tot aquell territori passés sota el seu domini, per la qual cosa aquelles costes no eren del tot segures i més valia navegar a plena llum del dia. No seria el primer cop que un vaixell espanyol rebia un atac per part d'un de marroquí.

Al seu costat, també contemplant les tranquil·les aigües i la costa, es trobava un home vestit a l'estil oriental i amb un turbant al cap. Devia fer un metre seixanta-cinc d'alçada, era prim, moreno, de rostre angulós, amb uns ulls grans i foscos i duia barba i bigotis llargs. Aquest passatger havia embarcat a Tarifa i parlava una barreja de francès, espanyol i italià. Responia al nom d'Alí Bei i segons constava en la seva documentació es tractava d'un príncep siríac.

—Si no ens posen massa impediments, d'aquí poc sereu a terra i podreu reposar i guarir la vostra ferida —digué Raimat.

—Això espero —respongué Alí Bei.

MALEÏT CÁTALA!

El vaixell enfilà cap al petit port i llençà l'àncora. Immediatament, uns mariners van baixar una barca fins l'aigua, mentre s'atansava una altra barca amb tres homes: dos als rems i un altre dempeus que anava vestit amb una gel·laba que li arribava als genolls i duia els peus nus. El capità Raimat alçà la mà ben oberta i cridà:

—*Alhàmdo lillàbi!*

—*Alhàmdo lillàbi!* —respongué l'home de la barca.

Raimat es tombà cap a Alí Bei

—*Alhàmdo lillàbi!* Lloem el senyor! Ens ve a rebre Sidi Ali. Espero que avui estigui de bon humor i que no ens posi cap entrebanc —digué somrient.

La barca va arribar a tocar el vaixell i Sidi Ali va grimpar per l'escala de corda fins a la borda, on ja l'esperava el capità que s'havia desplaçat per rebre'l. Es van saludar efusivament, abraçant-se diverses vegades i bescanviant frases de cortesia com si fossin els millors amics del món. Després, el capità li allargà la documentació del vaixell i de la càrrega, juntament amb una petita bossa que Sidi Ali anava a acceptar, però que, de sobte, va rebutjar. Acabava de descobrir l'home del turbant.

—Qui és? —va fer, tot assenyalant amb la barbeta.

—Alí Bei el-Abbasi, un príncep siríac —informà el capità.

Sidi Ali va mirar alternativament la bossa i el passatger. Dubtava.

—Dóna'm la documentació i que no desembarqui ningú —ordenà finalment.

El capità Raimat li proporcionà la documentació i sospirà. Per un cop que tot semblava anar bé... Què hi farem!

Sidi Abderrahman Aschasch era un home corpulent amb un rostre assaonat pel poderós sol del Marroc. Cap dels deu mil habitants amb què comptava Tànger no s'acabava d'explicar com era possible que hagués accedit a ocupar el lloc de caid, governador de la ciutat, càrrec que ostentava des de l'any 1795, quan va ser nomenat per Muley Sulayman, sultà del Marroc i senyor absolut dels destins d'aquelles terres. I la veritat és que el seu nomenament va ser força estrany. Més encara quan resultava que l'any 1792 havia estat destituït pel mateix monarca, que tres anys després el restituí en el càrrec sense cap mena d'explicació. Si a tot això s'hi afegia que era un home que no sabia ni llegir ni escriure, que menyspreava la cultura fins a l'extrem de no permetre que els seus fills n'aprenguessin, la seva trajectòria, partint del fet que va començar sent palafrener i més tard conductor de camells fins arreplegar una gran fortuna, esdevenia un misteri gairebé insondable.

Els ulls del caid eren vius i escorcolladors. Deien que era un home sense escrúpols que no se'n refiava de ningú que no pogués dominar enterament i que comptava amb una extensa xarxa d'informadors. Impartia justícia de forma implacable i tothom sabia que els seus càstigs, públicament executats, podien arribar a ser terribles perquè tant se li'n donaven vint com trenta o quaranta fuetades. Tanmateix, davant dels poderosos acotava el cap i adoptava un posat humil i servicial. Vet aquí, tal vegada, el secret del seu èxit, pensaven alguns, però, malgrat que sentia menyspreu per la cultura, tothom estava d'acord en el fet que era astut com una guineu i que es passava tot el dia maquinant noves oportunitats per fer diners o per desfer-se d'un possible rival.

Ara es trobava recolzat en els coixins del terra de la sala que emprava per impartir justícia i feia cara d'avorrit.

Va fer un gest amb la mà i els dos soldats obriren la porta. Aparegué un altre soldat que duia un home jove agafat pel braç. Vestia una gel·laba que li arribava als genolls, unes babutxes i un barret turc. El soldat s'avançà fins a unes passes del caid i empenyé el seu presoner que va caure de genolls i amb el cap amorrat. Tan espantat es veia que no es va adonar que se li havia arremangat la gel·laba i li havia quedat el cul enlaire.

El soldat s'avançà i parlà al caid.

MALEÏT CÁTALA!

—Es diu Hasim. L'han dut dos soldats, que l'han trobat al port. Segons expliquen, anava a robar. Potser és un jueu disfressat.

—I on és el que volia robar?

—L'han enxampat abans que ho pogués fer.

—Idiotes! —va fer el caid, tot mirant amb menyspreu el soldat.

Aschasch es quedà mirant Hasim, sense pronunciar una sola paraula. Pel poc que havia pogut veure, abans no amorrés el cap al terra, era moreno i atractiu, amb uns ulls foscos i profunds i no duia barba. El que sí podia veure clarament era que no s'havia afaitat el cap ni es cobria amb la caputxa, sinó que mostrava el seu cabell negre i abundós que portava tallat a ran del clatell. Era prim i fort, amb uns braços i unes mans que s'endevinaven acostumats a treballar, i tenia la pell de la cara, de les mans, dels braços i del coll enfosquida pel sol. Allà, de genolls, plegat, amb el front enganxat al terra, el cap entre les mans i el cul ben ventilat, el pobre esperava i es desesperava.

Aschasch va somriure divertit i feu un gest amb la mà.

De sobte s'escoltà un xiulet i Hasim va sentir que el fuet se li clavava a les galtes del paner. Va obrir la boca tant com va poder, redreçà l'esquena fins que el coll li va fer mal i es fregà les natges amb energia, tot cercant un petit alleugeriment al dolor. La mare que el va parir!, pensà, mentre serrava les dents i bufava amb força.

Llavors va llençar un esguard al caid i immediatament va tornar a plegar-se i amorrà el cap, procurant, aquest cop, que la gel·laba li tapés les vergonyes, però mantenint els ulls ben oberts. Si arribava una nova fuetada disposaria d'un petit coixí.

—Què hi feies al port? —demanà Aschasch.

—No res, senyor. Buscava feina.

—Potser de mariner? —preguntà Aschasch. Va fer un curt silenci i amb veu més greu va fer—: Saps quin és el càstig per als lladres?

—Jo no he robat res, senyor. Sempre que arriba un vaixell necessiten gent per descarregar-lo —va fer sense apartar el front del terra—. T'ho juro per Al·là. Que el bon Déu em castigui si dic mentida.

—Qui se'n pot refiar d'un jueu?

—No sóc jueu —protestà Hasim.

—Doncs hi ha qui diu que sí —replicà Aschasch, mentre llençava una mirada al soldat que l'havia dut.

—Perquè la meva àvia per part de mare era sefardita, però a mi em va educar el pare i ho va fer sota els ensenyaments del Profeta —aclarí Hasim.

Aschasch anava a replicar quan es va obrir la porta i aparegué Sidi Ali. El capità del port creuà la sala i s'atansà al caid.

—Ha arribat una nau procedent d'Espanya —anuncià a cau d'orella.

—Cada dia arriben naus —digué Aschasch, molest per la interrupció.

—És que duu un passatger especial —afegí Sidi Ali.

—De qui es tracta?

—D'un príncep siríac.

Un príncep siríac? Allò sí que era una novetat. Aschasch s'aixecà i es dirigí cap a la balconada. Un príncep siríac en un vaixell espanyol. No deixava de ser curiós. Es tombà cap a Hasim, que seguia ajupit i tremolant. Què havia de fer amb aquell idiota? I quan deia idiota no es referia a Hasim, sinó al soldat que l'havia detingut. A un lladre se l'ha d'enxampar després de robar, i no pas abans. Se n'havia de ser molt, de babau!

—Si et torno a veure, no caldrà que Déu perdi el temps castigant-te. Ja me n'encarregaré jo, personalment —digué Aschasch. Després es tombà cap al soldat i ordenà—: Fes-lo fora i digues a qui l'ha detingut que la propera vegada porti el lladre i el botí.

MALEÏT CÁTALA!

Hasim s'alçà de terra, però no redreçà l'esquena, sinó que caminà enrere i desaparegué tan aviat com va poder.

Aschasch tornà a mirar per la balconada. Un príncep siríac a bord d'un vaixell espanyol.... Sí, allò no era gaire habitual i s'ho hauria de mirar amb calma.

Des de la balconada de la casa de sir James Matra, cònsol britànic, Francis Herald, l'agregat comercial, no es perdia cap detall dels curiosos moviments que tenien lloc més avall, al port. Hi havia sortit perquè ja esperava aquell viatger. Tenia notícies de la seva arribada per part de Monsieur Guillet, del consolat francès, que havia rebut una carta de recomanació signada pel ministre Talleyrand en la qual li demanava que ajudés l'il·lustre visitant. Curiosament, uns dies després, també va saber que el cònsol espanyol Antonio González Salmón n'havia rebut una altra signada per Godoy en els mateixos termes. De manera que, en veure que el vaixell entrava a port, va anar a buscar la ullera de llarga vista i una cadira i es dedicà a observar tot el que passava.

Al cap d'una estona va convenir que aquell matí l'espectacle pagava la pena. El vaixell romania ancorat a l'entrada de la badia de Tànger. Havia rebut la visita del capità del port, que havia pujat a coberta, havia parlat amb el capità del vaixell i havia tornat a marxar amb uns documents a la mà. Ningú no desembarcava.

Herald s'ho va prendre amb calma. Només li faltava poder escoltar el que deien. Prou que li hauria agradat! Era tafaner de mena. Bé, també era cert que formava part de la seva feina. La tapadora d'agregat comercial servia per amagar la tasca d'informar Londres de tots els moviments que tenien lloc a Tànger, la porta d'entrada al Marroc, que no eren gaires perquè mai no passava res i aquella destinació resultava força avorrida. De fet l'havien destinat allà com un càstig.

—Us he trobat una destinació que us permetrà aprendre a tenir paciència i no precipitar-vos —li havia dit John Crook, el seu superior, després d'un desgraciat incident on va ficar la pota perquè havia tret conclusions massa aviat. No és que fos massa greu, però ja era la quarta vegada en dos mesos i... En fi!

I tant que n'havia d'aprendre, a tenir paciència! Per força! Els costums del Marroc diferien tant dels europeus que calia acostumar-s'hi. No hi havia ni vi ni licors i els havien d'importar de l'altre costat del Mediterrani. Excepte les recepcions que tots els consolats muntaven per no avorrir-se, les diversions semblaven limitar-se a llargues converses. Perquè, això sí, la gent d'aquelles terres es passava el dia xerrant. Quant a les dones s'havien de conformar amb les esclaves que els moros llogaven a un alt preu. Embolicar-se amb alguna europea de les poques que hi havia als consolats era massa arriscat i posar la mà damunt d'alguna de les esposes dels habitants d'aquelles contrades podia ser altament perillós. Els primers mesos van ser durs, però ara Herald havia après a tenir paciència. Per un vertader atzar, va conèixer i va fer amistat amb Don Gerardo Pasiego, el segon secretari del cònsol espanyol, que li va explicar que un port com el de Tànger sempre ofereix possibilitats de fer negocis i com que en aquelles contrades gairebé tot es bellugava al marge de la legalitat... En fi! No calia donar gaires més detalls. El mateix caid n'era l'exemple més clar. De manera que havia entrat en la roda i no es podia queixar. El dia que tornés a Anglaterra, ho faria amb les butxaques ben plenes.

Es va asseure còmodament, s'atansà la ullera i va poder distingir com el capità del port es dirigia a casa del governador. Llavors, centrà la seva atenció en l'home que acabava d'aparèixer a la proa del vaixell. Anava vestit com un àrab, amb un turbant blanc i duia barba. Era moreno i prim. La seva roba semblava de qualitat. A aquella distància poca cosa més podia distingir, excepte que es desplaçava recolzat en un bastó i arrossegava una cama.

Poc després va veure sortir el capità del port de casa de Sidi Abderrahman Aschasch, el governador de Tànger, però no pas per dirigir-se al vaixell, sinó per endinsar-se en la ciutat. Semblava que encara duia els mateixos documents a la mà i per la direcció que prenia, anava a casa del cònsol d'Espanya, però no podia jurar-ho. La terrassa, tot i que dominava bona part de la ciutat, no li permetia veure-ho.

Una estona després el capità del port aparegué de nou i es dirigí un cop més a casa del governador. S'hi va estar quinze minuts ben bons. Herald en va prendre bona nota. Tornà a sortir i es dirigí al vaixell acompanyat d'un altre home. Possiblement un intèrpret, va deduir quan els va veure arribar al vaixell, perquè allà van parlar amb el capità i amb aquell home prim del turbant.

De nou, els dos homes abandonaren el vaixell i es dirigiren cap a casa del governador. Quin ball que portaven aquell matí!

Força estona després, el capità del port va tornar al vaixell i els passatgers finalment començaren a desembarcar.

L'home del turbant posà peu a terra i es dirigí a casa del governador recolzat en dos moros. Estava ferit en una cama i es desplaçava amb dificultat. Herald s'aixecà de la cadira i s'atansà a la barana per poder recolzar-hi la ullera i contemplar-lo millor. Feia cara de patir per causa del dolor que devia sentir cada cop que havia de posar el peu al terra.

Bé! Ja havia vist tot el que podia veure. Va plegar la ullera de llarga vista i ja es disposava a retirar-se quan va aparèixer sir James Matra, el cònsol britànic.

—Qui és l'home que acaba d'arribar? —demanà sir James.

—Alí Bei, fill d'Othman Bei, príncep dels abbasides, procedent de Síria —informà Herald—. Un home força ric que ha heretat la fortuna del seu pare que ha mort a Còrdova.

—Què hi ha vingut a fer?

—Segons les cartes que han rebut els consolats espanyol i francès, vol complir amb el precepte de la peregrinació a La Meca —explicà Herald—. Ha estat educat a França i a Anglaterra i ha viscut a Europa durant molts anys. Pel que es veu va prendre la decisió de complir amb el precepte a la mort del seu pare.

El cònsol es recolzà a la barana i contemplà el mar.

—Si procedeix de Síria, no acabo d'entendre que hagi entrat pel Marroc —digué sir James Matra—. És un llarg viatge —afegí.

—Si era a Còrdova, no veig res d'estrany que hagi saltat al Marroc —va fer Herald.

—Jo diria que el més normal seria haver agafat un vaixell que creués tot el Mediterrani —replicà sir James.

—Potser ha triat fer el pelegrinatge per terra per poder seguir les passes del Profeta.

—Potser sí —acceptà, sense gaire convenciment.

I és clar que sí! Herald no es precipitaria, no trauria conclusions ni tornaria a cometre el mateix error que l'havia dut fins aquell cul de món. Ell faria de bon nen, escriuria els seus informes i esperaria pacientment que li aixequessin el càstig i el tornessin a cridar a Londres. Si el cònsol volia fer volar coloms, ja s'ho faria tot sol.

Tot l'enrenou s'havia calmat i no tenia objecte seguir allà dempeus i sota el sol. Escriuria el seu informe i l'enviaria a Londres, va decidir. Però ara feia massa calor i com no hi havia res d'urgent, el redactaria més tard, convingué.

Aschasch va estar dubtant de com havia de rebre el viatger. Potser ajagut damunt dels coixins...? Tal vegada dempeus...? Millor a la terrassa...? A la sala de justícia...? I és clar que ell no estava acostumat a aquest tipus de visites. Finalment decidí que el rebria a les seves dependències privades. Segons la documentació es tractava d'un descendent de l'oncle del Profeta i tan alta personalitat requeria un tractament especial.

—Feu-lo entrar de seguida que arribi —ordenà i va fer un senyal a Othman, el turc que faria d'intèrpret.

Un príncep siríac que no parla l'àrab. Ja n'era, d'estrany!

Va entrar a la sala, es passejà mirant que tot fos en ordre i donà instruccions perquè preparessin te i pa.

—Ja és aquí —anuncià el guàrdia.

Dempeus o ajagut?, encara dubtava Aschasch. Millor dempeus. Sí! Quan entrés ell aniria a saludar-lo i l'acompanyaria fins als coixins. I es quedà palplantat i amb les mans creuades damunt del pit.

La porta s'obrí i aparegueren dos moros que ajudaven a caminar el viatger. Aschasch s'avançà i el saludà.

—Al·là et beneeixi i et concedeixi tota la felicitat del món —va fer amb una reverència.

Othman va traduir al francès. Alí Bei va bellugar la mà dreta, tot abandonant per un instant el recolzament que li proporcionava un dels moros, però la cama li va fer mal i es va plegar de dolor. Llavors Aschasch va fer un gest per ordenar que el conduïssin immediatament fins als coixins, on el van dipositar.

—Us ho agraeixo infinitament i prego a Déu perquè us recompensi tanta bondat —va fer Alí Bei en francès.

Othman va traduir de nou i Aschasch somrigué i s'assegué al seu costat.

Durant una bona estona van estar parlant i Alí Bei va informar Aschasch que havia viscut molts anys a Europa, estudiant a les seves universitats. Feia tant de temps que no parlava la llengua dels seus pares que l'havia oblidada. Fins i tot havia oblidat els seus costums, explicà. Va ser amb motiu de la mort del seu pare que va decidir que havia arribat el moment de retornar a la font d'on va brollar i, fins i tot, complir el sagrat precepte de visitar La Meca. Llavors Aschasch s'interessà per la ferida de la cama i ell explicà que se l'havia fet a Espanya, en un accident en el qual la diligència va perdre una roda i va bolcar.

—Puc oferir-te un metge —va dir Aschasch i Othman va traduir.

—Ja han cosit la ferida —respongué Alí Bei—. Ara només cal esperar.

Van seguir parlant força estona fins que Alí Bei va demanar si ja podia anar a la casa que havia ordenat llogar, però Aschasch li va pregar que aquella nit es considerés el seu convidat i li va oferir una habitació. Poc podia dir a un personatge de tanta qualitat que la casa encara no estava a punt per rebre'l perquè no havien començat a endreçar-la fins aquell mateix matí, malgrat que ja feia dies que l'amo havia rebut l'encàrrec.

—Accepto la teva hospitalitat —va fer Alí Bei—. Però demà, sens falta, vull establir-me a casa meva.

—Sens falta —respongué Aschasch.

Quan el convidat va marxar, el caid va donar l'ordre que, si calia, treballessin tota la nit, però que l'endemà havia d'estar tot enllestit.

2.- ENDAVANT

A Madrid tot havia anat molt de pressa. En poc més de dos anys el palau havia rebut dos nous estadants i havia recuperat a qui ja l'havia ocupat durant força temps i que retornava amb ganes de quedar-s'hi.

En política les amistats sempre són relatives i depenen del moment i de les circumstàncies. Francisco, el que havia estat majordom del Príncep de la Pau, havia deixat el seu lloc l'any 1798 i havia estat substituït per Eusebio, coincident amb l'entrada de Francisco de Saavedra, nomenat ministre d'Hisenda el 1797 per Godoy, però que va acabar per intrigar contra el seu propi mentor fins a l'extrem que un rumor cada cop més insistent que apuntava que el Príncep de la Pau s'havia venut als anglesos i s'oposava als plans francesos sobre una possible invasió de Portugal, va aconseguir que el rei Carles IV, enmig d'una profunda crisi econòmica i temorós que no es produís un alçament a l'estil francès, prengués la decisió de prescindir dels serveis del que, fins aleshores, havia representat la seva millor garantia. De manera que l'any 1798 el palau rebé amb tots els honors l'intrigant ministre d'Hisenda esdevingut Secretari d'Estat. Tanmateix, ningú no comptava amb que Saavedra patís un agreujament de les xacres que ja feia alguns dies que arrossegava i que, alguna llengua malintencionada, atribuïa a un intent d'emmetzinament a càrrec de gent desconeguda.

Carles IV, davant d'un problema de proporcions difícils de valorar, va prendre la decisió de triar com a substitut de Saavedra un home jove que ocupava el lloc d'oficial major de la Secretaria d'Estat. Alguna cosa hi va tenir a veure la reina Maria Lluïsa, en aquesta decisió. Així, Eusebio contemplà com en ben pocs mesos el palau tornava a canviar de mans. No obstant això, va tenir la sort que Mariano Luís de Urquijo, el nou Secretari d'Estat, no tenia cap majordom de la seva confiança i el confirmà en el càrrec.

Dos anys havia durat aquest... diguem... parèntesi, perquè enmig d'una crisi cada cop més insostenible, tant a l'interior com a l'exterior del país, Napoleó va acabar posant-hi cullerada i Godoy recuperà el seu lloc. L'enfrontament d'Urquijo amb l'església de Roma, la situació ruïnosa de les arques de l'estat, que amenaçava de no poder pagar ni l'exèrcit, el constant encalçament de les costes d'ultramar per part dels pirates anglesos, el progressiu deteriorament de la situació a Europa i les pressions cada cop més punyents de la diplomàcia austríaca i russa per tal que Espanya abandonés Napoleó, van acabar per desembocar en la seva destitució, un cop el general francès esdevingué primer cònsol de la república.

Mare de Déu! Quantes coses que havien passat en poc temps. I, finalment, Godoy, recolzat per Napoleó, va veure com les portes del palau se li obrien de bat a bat per donar-li la benvinguda. Ai! Per desgràcia, Francisco ja era massa gran i estava malalt. Què podia fer?, va pensar el Príncep de la Pau i va decidir conservar Eusebio, un majordom molt estirat, responsable i curós amb els servidors, que no tolerava el més petit error i que tot just entrar-hi va endegar tot un seguit de canvis que havia afectat la major part del servei.

Godoy, assegut a la taula del menjador, va contemplar Eusebio que li servia el cafè. De forma impecable, naturalment. Llàstima! De totes les persones que l'havien servit, ell recordava especialment Maria, la dona que no parlava ni podia sentir, però que l'entenia només amb un gest. On seria ara aquella dona? Va haver de marxar precipitadament perquè un parent s'havia posat malalt a Barcelona i després ja no va tornar. Sí. Quina llàstima! Amb ella servint-lo, podia parlar lliurement, dir qualsevulla bajanada i quedar-se ben tranquil, amb la confiança absoluta que no l'havia escoltada ningú.

—Excel·lència, aquest matí ha arribat el coronel Ventura —anuncià Eusebio—. He ordenat que el conduïssin a la sala blava.

—Gràcies, Eusebio —va fer Godoy, mentre observava les torrades.

—Vostra Excel·lència mana alguna cosa més?

—No.

Eusebio va fer una reverència, redreçà l'esquena i es retirà caminant com si portés un pal d'escombra enganxat a la columna vertebral.

Potser l'hauria de canviar, pensà Godoy. En tres anys no havia aconseguit acostumar-se a tanta tibantor. Eficient, ho era. No podia negar-ho. Però... Mira que n'era, de fred! Francisco era ben diferent d'aquell tros de glaç!

Acabà el seu desdejuni i es dirigí cap a la sala blava, on l'esperava impacient el coronel Ventura, un home força eficient, però amb un caràcter sec. Gairebé tant com Eusebio. Darrerament s'envoltava de gent sense gaire alegria. Ai! Això s'hauria de corregir. Una cosa és la feina, que ja va bé que tothom sigui efectiu, però no s'ha d'oblidar que la vida és per viure-la.

—Quines noves tenim del viatger? —demanà Godoy, després de saludar el coronel.

Ventura s'havia posat dempeus i esperà pacientment fins que Godoy s'assegués. Llavors, obrí la cartera negra i tragué un document. Es tocà el bigoti, s'escurà la gola i començar a informar.

—El coronel Amorós ja ha arribat a Tànger i ja hem rebut les primeres notícies. El viatger ha hagut de quedar-se en aquesta ciutat per culpa d'una ferida a la cama, però ja ha encetat els contactes amb notable èxit. Tothom el respecta i ningú no ha posat en dubte la seva història. Ha escrit al sultà per demanar-li permís per continuar el viatge pel Marroc —informà Ventura, mentre li passava la carta que acabava de rebre.

Godoy li indicà que podia seure i començà a llegir la carta que acabaven de rebre del coronel Amorós. Allà deia que havia mantingut una primera reunió amb el viatger i havien començat a repassar el pla i a fer-hi retocs per deixar-lo enllestit. El coronel, segons es desprenia del to de la carta, estava entusiasmat. Fins i tot comparava Domènec Badia amb Hernán Cortés. Godoy somrigué, entre divertit i satisfet. La comparança era agosarada, però al mateix temps li plaïa. Espanya estava mancada, des de feia dies i dies, d'un gran explorador i només vivien del record de les grans èpoques passades. Que aparegués un nou Hernán Cortés seria una gran notícia.

—Bé! Amb Amorós a Tànger ja estic més tranquil. L'operació està en marxa i enmig de tanta disbauxa, si més no, alguna bona notícia havíem de tenir —va fer Godoy, satisfet, retornant la carta a Ventura—. Sa Majestat encara viu convençut que només es tracta d'un viatge d'exploració per obrir noves rutes comercials i no està al corrent dels darrers canvis. Esperem que el viatger faci la seva feina el més aviat possible i llavors haurà arribat el moment de desvetllar-li el vertader objectiu del projecte. Sobretot, mireu que el viatger rebi tot el que necessita.

—Sí, excel·lència.

Havien convingut, de bon començament, que ningú, en aquell despatx ni en la correspondència ni en les notes que es creuaven, no parlaria mai de Domènec Badia ni d'Alí Bei, com si aquests noms haguessin desaparegut per sempre més o mai no haguessin existit. S'hi referirien com el viatger i els que n'estaven al cas ja sabrien de qui parlaven.

El Príncep de la Pau sospirà. Havien estat tres anys ben difícils. Recuperar les relacions amb el clergat, després del desastre d'Urquijo, no va ser una tasca senzilla, però la reina Maria Lluïsa havia contribuït amb l'ajut de Múzquiz, el seu confessor que, segons els rumors, sonava amb força com possible arquebisbe de Santiago. Pertot arreu els serveis es paguen i l'Església no és cap excepció. Com més alt és el servei, més generosa ha de ser la recompensa.

Després es va trobar abocat a la Guerra de les Taronges, amb Portugal, que va ser més una opereta que no pas un enfrontament, perquè va durar poc més d'un mes i es va saldar amb la presa de la ciutat d'Olivenza, per immediatament encetar negociacions de pau que se signaren a Badajoz i que per a Portugal representaren moure lleugerament les fronteres amb Espanya, desprendre's de part de la Guyana, Oyapock i l'Amazona en favor de França i afegir un pagament de quinze milions de lliures que a Napoleó li va semblar insuficient. En fi! Un ridícul espantós per part del govern de Sa majestat Carles IV d'Espanya i un generós regal per a França, malgrat que, amb l'habilitat característica, Godoy va fer arribar la notícia al públic com una gran victòria dels exèrcits i de la política espanyola, detall que meresqué la gratitud del rei i... de la reina.

Sort que poc després, França i Anglaterra, esgotades per tanta guerra, van signar la pau d'Amiens. Un altre ridícul espantós, perquè Espanya va ser ignorada i va veure com Anglaterra conservava l'illa de Trinitat. On quedaven els temps de Carles I i de Felip II? Morts i enterrats. No obstant això, Godoy va pensar que havia arribat el moment d'emprendre noves aventures al marge d'Europa, però ara tot tornava a embolicar-se i ja corria el rumor que les dues grans potències es preparaven per l'inevitable. Poc havia durat aquell parèntesi i Godoy era ben conscient que Espanya no podia afrontar una altra guerra. Tanmateix, no seria gens senzill mantenir-se neutral. Napoleó reclamava la flota espanyola per poder fer front a la britànica, que havia demostrat la seva superioritat a la batalla d'Abu Qir, a l'est d'Alexandria, on l'almirall Nelson havia derrotat la flota francesa comandada per l'almirall Brueys, victòria que havia suposat el domini britànic sobre el Mediterrani. Si més no, quedava demostrat que les forces franceses, fins al present infal·libles damunt terra ferma, seguien tenint dificultats damunt de l'aigua.

Eren anys complicats i difícils. Cada cop més. I no ajudava gens ni mica el poc caràcter d'un monarca que havia perdut tot el prestigi i d'una reina que manava més que ningú. Males llengües també deien que Godoy havia caigut per culpa de les seves nombroses aventures en llits que no eren el que li havia estat assignat per Maria Lluïsa, i que havia tornat a recuperar el poder no tan sols per la intervenció de Napoleó, sinó perquè finalment va entendre que s'havia de plegar als capricis femenins de qui mana de debò.

Un petit retir permet contemplar la situació des de l'exterior i veure allò que tenim davant del nas. En poc temps Godoy havia après moltes lliçons i ara tot depenia del que fos capaç de fer el viatger. Amb cent homes com Domènec Badia, al que Amorós feia dipositari de l'esperit dels grans descobridors espanyols, bé podria retornar la grandesa d'imperi a Espanya. No en va, el regne conservava totes les colònies americanes.

Ara Godoy recordava quan aquell home prim i petit li va proposar per primer cop l'expedició a l'Àfrica. Un viatge que permetria descobrir noves rutes per terra i atrapar les fons del Nil, el mar interior que tothom suposava que existia enmig d'un continent inexplorat. A més, si aconseguia trobar una ruta que lligués el Mediterrani amb el mar Roig, la ruta cap a l'Àsia i els perills que comportava quedarien reduïts tan considerablement que el comerç es multiplicaria per mil. Tancà els ulls i somrigué. Badia i ell tenien la mateixa edat, havien nascut amb poc temps de diferència, i era evident que gaudien del mateix esperit. Homes per a qui el físic comptava ben poc, perquè gaudien de l'ànima dels gegants. El Príncep de la Pau ho va veure de seguida, el primer dia que el va conèixer. Per això l'havia escoltat anys enrere, quan li va demanar permís per enlairar un globus a Còrdova; el va tornar a escoltar més tard, malgrat que l'experiment del globus havia fracassat, quan li va presentar un pla per envair Portugal que, malauradament no va poder dur a terme; i, més tard encara, va poder llegir el projecte de crear un nou banc que podia haver contribuït meritòriament a pal·liar el desastre financer dels comptes reals, però que tampoc va poder ser. Ara, finalment, aquell projecte al nord d'Àfrica que Badia li va presentar una tarda donava la justa mida de les possibilitats d'aquell home i va ser llavors que a Godoy se li va ocórrer que podien aprofitar per fer més coses, si les circumstàncies li eren molt favorables. Si França i Anglaterra entraven en guerra i Espanya es mantenia neutral, podria abocar tots els seus esforços al Marroc i mirar d'aconseguir el gra que el monarca d'aquelles terres li negava obstinadament. Llavors, l'economia es recuperaria i el seu prestigi no tindria límit.

El seu somrís es va fer més ampli en recordar l'ensurt que havia tingut quan Badia va tornar de Londres. Aquell home s'havia presentat al seu despatx amb cara de circumstàncies.

—Rojas ens ha enganyat —havia fet—. No en sap ni un borrall, d'àrab.

—Què? —Godoy gairebé havia fet un salt a la butaca.

—Els seus coneixements són extremament limitats —seguí Badia—. Ho he descobert per casualitat, gràcies a un musulmà que vaig trobar a Londres. Rojas i jo van passar per davant d'una botiga i van entrar-hi atrets pels objectes que s'exposaven a l'aparador. Es tractava d'un comerç musulmà. Dins hi havia alguns clients i ens vam passejar per davant de les poselles. Ens vam separar. Rojas es va quedar davant d'un gerro. El vaig veure cridar l'home que s'estava darrere del taulell i el vaig escoltar demanar-li alguna cosa en àrab. Aquell home li va respondre en anglès. Rojas va insistir en àrab i aquell home abandonà el seu lloc, va venir fins a ell i li deixà anar un petit discurs en àrab, tot prenent diverses peces amb les mans i mostrant-l'hi. Llavors, Rojas li va donar les gràcies, va girar cua, tot cofoi, i va seguir tafanejant. L'home del taulell se'l va quedar mirant tot sorprès. Després es tombà per tornar al taulell i gairebé ensopegà amb mi. «Excuseu-me. Anava distret». Es disculpà i se sentí obligat a explicar-me'n el motiu. Senyalà discretament Rojas, abaixà la veu i va dir amb una rialla divertida «Aquell home em volia fer creure que coneix l'àrab, però només sap quatre paraules i mal pronunciades. És més: crec que no se n'ha assabentat del que li he dit, perquè just havia començat a explicar-li quina era la peça més interessant i no m'ha deixat acabar. Se n'ha anat cap a un altre costat». «Què dieu ara!», vaig fer jo, i abaixant la veu vaig afegir: «És un dels homes que hi entén més de tot Espanya, per no dir el que més hi entén. Fins i tot dóna conferències sobre llengua i poesia àrabs». «Oh! És amic vostre», enrogí el comerciant. «Perdoneu aquest pobre ignorant. No volia ofendre ningú», es va disculpar. «No heu ofès ningú. No és pas amic meu. El conec només per referències», vaig mentir i vaig mirar Rojas tot simulant interès. «Fins i tot diria, que m'he equivocat. De fet s'assembla a l'home que dic, però ara que m'hi fixo, no és el mateix», vaig negar. «Sort que no és el millor expert, perquè llavors significaria que a Espanya no hi ha ningú que en sàpiga», em va dir aquell home. Vam estar parlant una estona més, mentre Rojas examinava diversos objectes, i va resultar que aquell home era tot un erudit.

—Déu meu! Quin desastre! Això llença per terra tots els nostres plans —havia exclamat Godoy.

—No necessàriament —havia negat Badia, amb una mirada especial— Potser, fins i tot, és una benedicció.

—Què voleu dir?

—Què hauria passat, si no arriba a ser per aquest encontre fortuït? ——havia demanat Badia, i sense esperar resposta, prosseguí—: Poc menys que ens matarien només posar un peu a Tànger, perquè el ridícul seria de proporcions incalculables i ningú no s'empassaria la meva història. Per més que Rojas Clemente sigui doctor en Teologia per la Universitat de València i hagi pronunciat conferències sobre gramàtica i poesia àrabs, no pot formar part de l'expedició, perquè cada cop resulta més evident que si ningú mai no ha alçat la veu per denunciar la seva incultura en aquesta matèria és per la senzilla raó que ningú, en tot Espanya, gaudeix dels mínims coneixements que li permetin discutir les seves afirmacions.

—Maleït sigui! —havia fet Godoy—. Com podeu dir que ha estat una benedicció? Aquest imbècil pagarà el que ha fet.

—El pobre viu convençut que en sap i ja s'havia fet la idea que marxarien plegats. No pot anar amb mala fe, sinó que simplement no és conscient del perill. Ningú no es fica conscientment en un embolic com aquest. El que hem de fer ara no és castigar-lo, sinó dir-li que no hi va.

—Qui el substituirà? —havia demanat Godoy.

—Ningú —havia fet Badia—. No disposem de temps per cercar un recanvi.

—Llavors?

—Aquella nit, després d'assabentar-me de la... diguem inexactitud... dels coneixements de Rojas, quan em vaig tancar a l'habitació de l'hotel, em vaig esgarrifar. Veia que el desastre era tan gran que bé podia significar la fi del projecte. Durant dos dies vaig estar reflexionant-hi, meditant, pensant, cercant una possible solució. Finalment vaig prendre una determinació. No permetria, sota cap circumstància, que ningú m'aturés. Les llargues nits somiant amb aquest viatge, les inacabables discussions amb els babaus de l'acadèmia, les emprenyadores passejades per tots els despatxos dels ministeris, els constants retards... Tant d'esforç per acabar en un desastre? No! —gairebé havia cridat Badia—. No accepto que tot aquest projecte arribi a la fi d'una manera tan absurda, després de tots els entrebancs que he hagut de superar. Va ser aleshores que vaig concebre un pla increïble i la primera passa va ser anar a visitar sir William Blizard, el cirurgià, i demanar-li que em practiqués la circumcisió.

Godoy havia trigat a reaccionar. Mirava aquell home amb uns ulls com taronges. Potser no havia sentit prou bé, pensà, però Badia li ho va repetir.

—Us heu begut l'enteniment? —Ara sí que Godoy es va aixecar de la cadira. No s'ho podia creure.

—Potser sí —Badia somreia—. Si hagués sabut el que m'esperava, no ho hauria fet. Ho vaig passar fatal, horrorós!, durant més d'una setmana. «Si us exciteu, traieu-vos les sabates i els mitjons i fiqueu les mans en aigua freda», em va dir sir William Blizard. Allò va ser una maledicció. Aquella setmana, de forma increïble, m'excitava a tothora, a la més petita oportunitat, només veure un turmell o notar que una respiració un pèl més profunda feia tibar la roba d'un vestit femení, i el pitjor va ser que sempre m'arribava en el moment i en el lloc més inoportú, quan no disposava d'aigua freda a la vora ni em podia descalçar. I quin mal que feia! La mare que em va parir!, si em permeteu dir-ho així. Ho recordo com un malson. Però era del tot necessari.

—Necessari per a què?

—Una setmana després ja ho tenia tot enllestit —seguí explicant Badia—. Marxaré tot sol. He canviat tota la història, he decidit prendre un altre nom, he refet tots els documents i he reconstruït tot el pla per tal de seguir endavant. Déu m'ha donat una habilitat que mai no li podré agrair prou. Sóc capaç de dibuixar amb notable precisió. Això m'ha permès retocar els arbres genealògics, crear nous segells, modificar textos i bastir-me un nou passat. Ja no sóc Alí Bei Abdallah, sinó Alí Bei el-Abbasi, fill d'Othman Bei, príncep siríac, descendent de l'oncle del Profeta.

Badia obrí la carpeta i li mostrà tots els documents. Una vertadera obra d'art.

—Extraordinari —lloà Godoy, al final, sense haver pogut pronunciar ni una sola paraula, impressionat pel relat—. Però, podreu creuar Àfrica tot sol?

—Més val marxar sol que mal acompanyat. De manera que no en dubteu ni un instant —havia respost ell, amb fermesa.

Dues hores després Badia abandonava aquell despatx amb el permís per continuar. Només que tot havia variat. L'objectiu científic de l'expedició passava a segon terme i els plans polítics adquirien una importància de primer ordre. Godoy li demanava que confeccionés un pla detallat de com envair el Marroc. Allò no hi tenia res a veure amb l'objectiu inicial que consistia a cercar una ruta per terra per creuar Àfrica i descobrir les fonts del Nil. Tanmateix, Badia va somriure i va fer que sí amb el cap.

Un parell de setmanes després, quan Godoy va jutjar que tot era a punt, Domènec Badia va marxar cap al sud. El projecte s'havia salvat i el Príncep de la Pau ja havia disposat que, en arribar a Tànger, Badia es trobaria amb el coronel Amorós i plegats acabarien d'enllestir el pla. Aquesta era la idea.

Tanmateix, semblava que el destí els donava l'esquena i que totes les forces de l'infern es confabulaven contra ells. Tres dies després Godoy es va assabentar que la diligència on viatjava el seu home havia perdut una roda, havia sortit del camí, el conductor havia perdut el control dels cavalls, el vehicle havia bolcat i Badia va acabar amb una bona ferida a la cama.

—És greu? —havia demanat Godoy, espantant, quan li van dur la notícia.

—Camina amb moltes dificultats —havia informat el coronel Ventura, a qui havia triat per controlar aquell afer.

—I ara què? —havia fet el Príncep de la Pau.

—El viatger segueix el seu camí —havia respost Ventura.

—Que és boig?

—Ha dit que ja descansarà a Tànger i que allà es recuperarà.

Una setmana després va haver de sumar un altre contratemps. El coronel Ventura no sabia com dir-li.

—Hi ha hagut un error —va fer, finalment—. El gruix de l'equipatge del viatger ha estat embarcat en un altre vaixell que ha salpat en una altra direcció.

—Oh, no! —va fer Godoy amb desesperació—. No hi ha ningú que pugui fer alguna cosa com Déu mana?

—No us heu d'amoïnar —li va dir Ventura—. El tenim sota control i de ben segur que li duran.

Bé! Si més no, el seu home ja era a Tànger. Sense equipatge i amb una ferida a la cama.

Déu meu!, va fer Godoy. Seria capaç de seguir endavant?

*** ***

Othman va entrar a la sala on l'esperava Aschasch. El dia anterior havia acompanyat Alí Bei a la casa que havia llogat i ara, de bon matí, venia per informar.

—És un home molt llest —va fer l'intèrpret—. Només entrar-hi s'ha adonat que les parets encara fan olor de guix humit. «Ara entenc l'interès del caid per convidar-me a dormir a palau», m'ha dit. Després, encara que coix, ha visitat tota la casa. Ha lloat que fos espaiosa i agradable, amb una balconada que dóna al mar, situada en el bell mig de la ciutat, a uns carrers de la mesquita i a prop del mercat. Li ha complagut.

—Bé! I què més? —demanà Aschasch. Tot allò eren bajanades.

—Diu que vol aprendre la nostra llengua el més aviat possible.

—Per què? —preguntà el caid, i Othman aixecà les espatlles—. Segons va dir vol seguir cap a l'est i arribar a La Meca.

—Pateix un desconeixement total de la realitat del nostre país i ha arribat convençut que tothom parla *mandé*. Li he hagut d'explicar que existeix un bon plec de dialectes que no tenen res a veure amb el *mandé*, que només es parla en zones molt interiors.

Aschasch es gratà la barba.

—Procura guanyar-te la seva confiança. Explica-li tot el que vulgui saber i acompanya'l pertot arreu. No permetis que aprengui massa de pressa la nostra llengua. Comprens?

—Perfectament, senyor —respongué Othman—. He començat per fer-li veure que el ritual marroquí és diferent del siríac i l'estic posant al corrent dels costums més elementals. Amb això ens hi podem passar una bona colla de dies.

—Sabem alguna cosa del seu equipatge? —s'interessà Aschasch.

—No res. Segueix extraviat.

Othman va seguir les instruccions del caid i Alí Bei, davant l'absolut desconeixement de tot el que feia referència a la vida a Tànger i amb la ferida a la cama que li produïa una mica de febre, el va nomenar administrador. A partir d'aquell moment l'intèrpret pagava els proveïdors i els criats i negociava al mercat.

Quan la febre va remetre completament, cada matí Othman acompanyava el príncep fins la platja. Allà, Alí Bei es despullava i es banyava a les aigües salades per tal d'enfortir la salut i acabar de guarir la ferida. Othman s'havia sorprès en veure'l despullat. Vestit amb tota aquella roba feia respecte, però quan es despullava apareixia un cos prim i escanyolit. No podia ser gaire fort, va pensar l'intèrpret.

Malgrat que encara no estava del tot recuperat, cada divendres Alí Bei es dirigia a la mesquita i un criat duia una catifa que estenia per tal que l'il·lustre visitant s'agenollés i resés, cosa que feia amb dificultat per causa de la ferida de la cama. En aquest punt Othman també es va sorprendre davant la força de voluntat del príncep, que serrava les dents amb força i doblegava la cama encara que sués sang.

La gent de Tànger de seguida sentí curiositat per aquell home i els notables de la ciutat el convidaren a casa seva.

Així van transcórrer les primeres setmanes d'estada a Tànger, fins que un bon dia es presentà davant d'Aschasch un dels nombrosos informadors que corrien per la ciutat.

—Què vols? —va fer el caid, recolzat als coixins, mentre triava una figa de la fruitera.

—Alí Bei ha acomiadat Othman —digué aquell home prim i vestit amb una gel·laba que li anava massa gran, amb les mans agafades damunt del pit, l'esquena plegada i el cap cot.

—Com ha estat això?

—Es veu que el príncep s'ha adonat que Othman comptava quatre on només n'hi havia tres i en descomptava tres on havia de descomptar-ne quatre, fent desaparèixer el quart dins la seva bossa —somrigué l'home.

—Aquest turc és un ambiciós i un imbècil —s'enrabià Aschasch.

—També diuen que la seva primera reacció va ser cridar-lo i fer-lo fora, però s'hi va repensar. Ja feia dies que sospitava que Othman és alguna cosa més que un intèrpret que tu li has ofert.

—Tot i així, segons expliques, l'ha fet fora.

—Sí, però abans li ha posat un parany i l'ha enxampat amb els seus comptes particulars —somrigué l'informador—. El turc no ha pogut negar res. No obstant això, no l'ha acomiadat amb les mans buides, sinó que li ha donat les gràcies pels seus serveis i, a més, li ha fet un bon regal per tal que no es pugui queixar.

—És molt hàbil aquest home! —va fer Aschasch—. Tanmateix, què farà, ara, sense intèrpret?

—Qui ha dit que no en tingui? —L'home rigué tot ensenyant les dents del davant, que semblaven les d'un conill—. Ha agafat al seu servei un jueu sefardita anomenat Josep que substitueix Othman en les tasques d'intèrpret. Pel que fa al govern de la casa, no ha pres ningú. Diu que ja s'ho manegarà ell.

MALEÏT CÁTALA!

Aquell gir dels esdeveniments, a Aschasch, no li va fer el pes. Ell, com sempre, ho volia tenir tot ben controlat, però ara no comptava amb ningú que l'informés directament de tots els moviments d'Alí Bei. Josep, aquell maleït jueu a qui ja coneixia, no es deixaria subornar. Pesava més l'odi que sentia pel caid de Tànger que tots els diners que li pogués oferir.

Aschasch encara es mostrà més preocupat quan va veure que Alí Bei, a partir d'aquell moment, encetava una intensa i rica vida social que anava des de les cases dels nobles fins a les habitacions més humils. Semblava voler xuclar els coneixements d'aquelles terres amb una fam inexhaurible. Es passava el dia parlant amb la gent, fent preguntes i més preguntes. Bé, aquesta valoració s'hauria de corregir, perquè l'il·lustre visitant no parlava ni una paraula d'àrab i sempre anava acompanyat de Josep que li servia per entendre's amb la gent. De manera que les seves reunions amb els nobles, de vegades, resultaven un xic complicades, perquè aquell home, segons explicaven i segons havia pogut comprovar el mateix Aschasch, feia ostentació d'una cultura i d'un llenguatge que plantejava seriosos problemes al pobre intèrpret. A més, el fet de ser jueu obligava Josep a triar amb molta cura cada paraula que emprava en la traducció, no fos el cas que pogués ofendre algú perquè, llavors, el càstig, segons qui rebés l'ofensa, podia resultar terrible. No podien oblidar que els jueus eren menyspreats pels musulmans d'aquelles terres, que podien castigar-los sense haver de menester gaires excuses.

Othman havia informat Aschasch que Alí Bei, quan es tancava a casa seva, sobretot de nit, prenia notes en uns llibres que duia amb ell i que guardava gelosament a la seva cambra. El turc havia mirat de fer-los una ullada, però estaven escrits en espanyol i ell només coneixia l'àrab i el francès. De manera que no podia informar-lo del seu contingut, excepte els dibuixos que aquell viatger hi feia: escenes quotidianes, vestits, objectes diversos, edificis, la fortalesa, la badia, la ciutat... També li havia explicat que, quan visitava el consolat espanyol, no volia que l'acompanyés. Tot i així Othman havia pogut assabentar-se que Alí Bei es tancava en una cambra amb un home que havia arribat a Tànger poc després que ell i que responia al nom de Francisco Amorós. A més, segons deien, ostentava el grau de coronel.

Potser en preparaven alguna de grossa?, va estar temptat de pensar el caid, però va desterrar aquesta idea perquè Alí Bei havia fet donació d'una alfàbia que van posar a la porta de la mesquita per tal que els visitants assedegats per la calor poguessin refrescar-se amb l'aigua i apaivagar la set. Un home que vol atacar no té un gest com aquest.

Els dies van anar passat i el neguit d'Aschasch arribà al límit quan el 17 d'agost va tenir lloc l'eclipsi anunciat per Alí Bei. Aquest esdeveniment va fer que el príncep siríac guanyés un considerable prestigi entre la gent principal, mentre el poble planer li atorgava una aurèola de santedat que no era gens bona per als interessos del caid, que va desitjar sincerament que aquell home abandonés Tànger i prosseguís el seu viatge cap a on fos, tal com deia que tenia previst fer. Tanmateix, això no era possible. El viatger havia hagut de quedar-se a Tànger per guarir la ferida de la cama i ara que la ferida ja no representava cap impediment, resultava que el seu equipatge, que per error algú havia embarcat a Cadis en un altre vaixell, encara no havia arribat. A tot això havien d'afegir que la carta que Alí Bei havia enviat al sultà demanant-li permís per creuar el Marroc no havia rebut resposta.

Finalment, el 19 de setembre d'aquell 1803, un vaixell va descarregar un bon paquet de baguls, caixes i alforges a nom del príncep Alí Bei el-Abbasi.

Què hi havia a l'interior?, es demanà Aschasch, però va haver d'esperar fins que els seus homes es van assabentar.

—Hi ha de tot i força —va fer Sidi Ali. I a les seves paraules s'hi endevinava un deix d'admiració—. Vestits, teles, perfums, fusells, pistoles i unes coses ben estranyes que el capità del vaixell diu que són instruments de mesura.

60

—Fusells? —demanà Aschasch. Els instruments de mesura no tenien cap mena d'importància per a ell.

—Més de cinquanta —va fer aquell home.

Pistoles i fusells. Què pretenia? Havia estat rebut amb solemnitat per l'alfaquí Mfarrasch, el cap dels doctors de la llei que havia dit que es tractava d'una persona molt instruïda i generosa. Tan generosa que la gent el seguia com un eixam d'abelles a l'espera que obrís la bossa i deixés anar alguna moneda.

Allò no podia ser bo, pensava Aschasch. Un home d'aquesta qualitat esdevé perillós i podria, fins i tot, posar en entredit la seva autoritat si, tal com semblava, la gent del poble començava a demanar-li la seva intercessió en assumptes de justícia.

Durant aquells mesos havia estat calibrant amb molta cura les seves passes, però no havia pogut fer res de res perquè res no hi havia fora del que qualsevol prendria per normal en un musulmà. I de les converses que havien tingut, en les diverses ocasions que l'havia convidat a palau, no n'havia tret res més, llevat del que tothom ja coneixia: que la seva llarga estada a Europa, de ben petit, li havia fet oblidar l'àrab, la llengua dels seus pares, i que ara pretenia recuperar tota la cultura dels seus avantpassats. Per això feia tantes preguntes.

Bé! Ja havia arribat l'equipatge i quan arribés la resposta del sultà Alí Bei marxaria cap a l'est i tot retornaria a la normalitat. Només que esperava que fos aviat. Com més temps trigués a marxar, més delicada esdevindria la situació i ell començaria a perdre autoritat moral, mentre Alí Bei seguia guanyant prestigi.

3.- L'INCIDENT

Francis Herald va prendre la carta procedent de Londres que anava dirigida personalment a ell, va trencar el segell i l'obrí. Feia esment al seu darrer informe, en el qual consignava la presència al consolat espanyol del coronel don Francisco Amorós.

«Vés per on, ara resulta que aquest personatge és prou conegut pel govern de Sa Majestat», es va sorprendre.

Segons deia la carta, el coronel don Francisco Amorós era persona de confiança del Príncep de la Pau i estava adscrit a la Secretaria d'Estat i Despatx de Guerra i, segons els Serveis d'Informació de Londres, Godoy no bellugava peces de tanta categoria si el tema no era de primer ordre. La primera pregunta era: què hi feia, al Marroc, un oficial de la Secretaria d'Estat? I la segona: tenia alguna a veure amb l'arribava del príncep siríac, del qual també en feia esment?

Herald va deixar el document a un costat i medità. Com s'havia de prendre aquella carta? ¿Com una oportunitat per demostrar la seva vàlua i aconseguir que el cridessin de nou a Londres o com un parany que li posava el seu cap per descobrir si havia canviat o com la idea d'un idiota que vol fer mèrits? Bé, fos quina fos la resposta, tenia davant dues opcions. La primera: seguir el joc a qui fos i començar a investigar. I la segona: tallar-ho immediatament. I fos quina fos l'opció triada, cada paraula que escrivís al seu informe havia de ser raonada i assenyada. Aquest cop ningú no l'enxamparia.

Arrufà el nas. El sol era abrusador, no es movia ni una gota de vent, a aquella hora no hi havia ningú al carrer i si li donava peu, al babau de torn, allò esdevindria una història increïble i interminable. De manera que va concloure que, com que feia una calor insuportable i no li venia gens de gust bellugar-se, el millor era meditar-ho tot amb calma.

La carta de Londres duia el segell d'urgent. Allò significava que calia respondre de seguida. Doncs, el millor seria cercar alguna explicació convincent. «Vegem què hi tenim», medità i badallà. Quina calor que feia! El Tractat de Pau, Amistat, Navegació, Comerç i Pesca de 1799 entre Espanya i el Marroc, negociat i signat pel cònsol Salmón encara no havia entrat en vigor. Primer per causa de la pesta bubònica que caigué damunt del Marroc i que va obligar a suspendre unes relacions comercials que ni tan sols havien començat. Després, un cop solucionat el problema, Muley Sulayman simplement no el va aplicar. Així de fàcil. I Godoy seguia necessitant el gra del Marroc.

Hi havia alguna relació amb l'arribava de Francisco Amorós? Potser Godoy l'havia enviat per mirar de desblocar la situació. Ja tenia una possible resposta a la primera pregunta. I prou convincent. I és clar que algú que conegués el Marroc de seguida diria que el més assenyat, si es volia negociar, era dirigir-se a Marràqueix, on vivia el sultà. Londres quedava força lluny i l'experiència demostrava que no tenien ni la més petita idea del que passava per aquelles contrades. Tanmateix, sempre hi ha algú que és més llest que els altres. De manera que allò s'havia d'arrodonir un xic més.

Es gratà la barbeta. Alí Bei era un personatge força peculiar. Es bellugava molt i es feia veure de valent. Algú que ve a espiar no es comporta com ell ni freqüenta tantes cases, entre elles els consolats, sinó que procura passar desapercebut. I és clar que, d'altra banda, visitava amb regularitat el consolat espanyol i, segons deien, havia fet una gran amistat amb el coronel Amorós. L'havia fet o ja es coneixien d'abans? Podria ser un agent de Godoy?, es demanà. Ai, que ja començava a deixar volar massa la imaginació!

A poc a poc. Ell també sabia per experiència que els serveis d'espionatge espanyols gaudien d'una bona dosi d'imaginació, però fallaven en els detalls. Si Alí Bei era un agent espanyol, el camí triat resultava massa complicada i implicava massa gent, perquè s'havia presentat precedit d'una carta de recomanació que el ministre francès Talleyrand havia enviat a Guillet, comissari general de relacions comercials del consolat a Tànger, i d'una altra que Godoy havia enviat a Antonio González Salmón, cònsol espanyol. A tot això havia d'afegir les cartes que aquell príncep duia personalment i que estaven signades per gent dels cercles científics de Londres, tal com va mostrar a James Matra el primer dia que va visitar el consolat britànic. Per tant, si feien cas de tot allò, Alí Bei passava per haver estat educat a Londres i haver viscut a París, mentre que el seu pare va viure i va morir a Còrdova. Posades així les coses resultava ben normal que portés cartes dels tres països: d'Anglaterra, on havia estudiat, de França, on hi havia viscut, i d'Espanya, on hi vivia el seu pare. Si tot allò formava part d'una conxorxa, la veritat era que hi havia per traure's el barret, perquè resultava impensable creure que un ministre francès, el cap del govern espanyol i unes personalitats rellevants del món científic britànic haguessin decidit participar-hi. Tot massa perfecte. I ja seria del tot inimaginable que tots ells haguessin estat enganyats, sense que ningú no hagués sospitat res de res.

No. Negà amb el cap i somrigué. I, en l'hipotètic cas que tothom hagués col·laborat en la trama o que, fins i tot, haguessin estat enganyats, ja era de bojos creure que Antonio González Salmón, que havia substituït en el càrrec de cònsol al seu germà

Juan Manuel i que continuava regentant l'extensa xarxa comercial que el seu antecessor havia bastit, també hi participés. El coneixia prou bé mercès al seu amic i company de negocis Gerardo Pasiego i sabia que, si tan sols s'hagués ensumat que els seus negocis podien arribar a perillar, la qual cosa seria certa si Godoy pretenia canviar la situació al Marroc, Alí Bei no hauria durat ni tres dies.

«Ai! Muntar una operació d'aquesta envergadura sense que ningú se n'assabentés és del tot impossible. I menys a Tànger. Els seus habitants no són, precisament, un pou de discreció i qualsevol moviment de qualsevol personatge mínimament representatiu esdevé motiu de comentaris», conclogué just quan sonaven uns cops a la porta.

—Endavant —va fer.

La porta s'obrí i aparegué un funcionari.

—Sir James us espera al seu despatx —anuncià.

—Ara mateix hi vaig —respongué Herald; guardà la carta de Londres i es posà dempeus.

Quan es dirigia cap al despatx del cònsol es va creuar amb lady Matra, a la que saludà amb una inclinació de cap. L'esposa de sir James era molt tafanera i això li feia pensar en un altre detall. El caid de la ciutat també s'havia interessat per les passes d'Alí Bei. I és clar que aquesta és una de les tasques d'un governador, però el nom d'Aschasch disposava d'una fitxa prou extensa dins dels arxius d'Afers Exteriors on hi figurava que el consolat britànic sol·licitava amb certa regularitat partides de diners per fer front als *favors* de tan alt dignatari. Si Aschasch, després d'uns mesos, encara no li havia posat les mans al damunt, significava que la història que Alí Bei explicava, sobre que era descendent de l'oncle del Profeta i tota la pesca, havia de ser certa. Això també ho consignaria al seu informe, decidí. I també hi escriuria que de vegades Alí Bei s'havia mostrat insolent i ningú no havia gosat replicar-lo. Ni el mateix Aschasch. No era això un signe inequívoc que delatava un príncep?

MALEÏT CÁTALA!

Quan va arribar al despatx de sir James Matra ja tenia l'esquema fet dins del cap.

—Bon dia, Francis —saludà sir James.

—Bon dia, senyor.

—Afers exteriors ens demanen que fem el que calgui per tal de solucionar un conflicte entre els americans i els marroquins —digué el cònsol.

—De quin conflicte es tracta? —demanà Herald.

—Fa uns mesos un vaixell americà va ser apressat per un de marroquí i ara el marroquí ha estat apressat pels americans que, a més, han alliberat els seus compatriotes —digué sir James amb les ulleres posades i el document a les mans.

—No han estat capaços de defensar-se, els marroquins? —somrigué Herald.

—La batalla era força desigual —li tornà el somrís sir James—. Quatre contra un. El vaixell marroquí va escapar, tot abandonant la seva captura, però una de les naus americanes el va perseguir fins que el va atrapar.

—Un contra un —féu Herald.

—Cert, però poca cosa es pot fer davant de quaranta canons i quatre-cents homes —respongué sir James—. El vaixell marroquí va ser conduït a Gibraltar i els americans, després d'infructuosos intents de conversa, finalment ens han demanat que fem de mitjancers.

—I per què no han demanat ajut a Espanya? —s'estranyà Herald—. Ells tenen Ceuta, dins la mateixa costa africana i a tocar de Tànger.

—Precisament per això. Els americans han pres aquesta decisió perquè saben que les relacions entre el Marroc i Espanya no són el bo i millor que caldria esperar i han jutjat que la intervenció del Godoy no resultaria oportuna —replicà sir James, i es va estar d'afegir que l'agregat comercial també ho hauria de saber, malgrat que de ganes no li'n faltaven. Algú que ha d'informar Londres del que passa al Marroc hauria d'estar al cas de certs detalls importants.

—Amb què ens afecta tota aquesta història de pirates? —demanà Herald.

—Els americans van veure que l'arrais llençava un document al mar —explicà sir James. Havia emprat el mot àrab *arrais*, que era el que feien servir en aquelles contrades, enlloc de dir el capità del vaixell marroquí o el patró i va llançar un esguard a Herald per comprovar si el seguia—. Els americans van aconseguir recuperar el document, que estava mig esborrat. Semblava una ordre. El problema és que no es podia distingir qui la signava i, quan l'hi van preguntar, l'arrais, després de dubtar, va dir que havia estat el caid de Tànger.

—Aschasch? —s'estranyà Herald—. Però si no sap ni llegir ni escriure.

—Sí, però els americans no ho saben —va fer sir James, negant amb el cap— Posades així les coses, no volen negociar amb Aschasch i, per tal de deixar anar el vaixell marroquí, exigeixen que el sultà es presenti a Tànger, que renovi per escrit els acords de bona voluntat i que destitueixi Aschasch.

—Quin és el nostre paper, llavors? —demanà Herald.

—Acollir els americans i acompanyar-los durant l'entrevista amb el sultà, tot impedint que cometin alguna errada imperdonable —respongué sir James—. No hem de perdre de vista que els Estats Units d'Amèrica és una nació jove, sense cap tradició, sense experiència diplomàtica i amb un desconeixement absolut de tot el continent africà, malgrat que es nodreixen d'esclaus.

—Ho prepararé tot —digué Herald.

Va fer una petita reverència amb el cap i abandonà el despatx.

En arribar al passadís, somrigué satisfet. Sir James, sense saber-ho, acabava de solucionar-li tots els problemes. Ara escriuria al seu informe que el coronel Amorós havia arribat a Tànger perquè estava al corrent de l'incident amb el vaixell americà i sabia que el sultà visitaria aquella ciutat, circumstància que segurament aprofitaria per fer alguna nova oferta. Hi havia, sinó, alguna altra explicació racional a la seva presència? Imaginar-ne alguna més, seria tan com fer volar coloms, es respongué ell mateix. Si un funcionari babau de Londres havia volgut ser més intel·ligent del que li pertocava, amb aquest detall li taparia la boca, i si el seu cap l'havia volgut posar a prova veuria que havia canviat i que ja mereixia que li aixequessin el càstig.

*** ***

El sultà Muley Sulayman va arribar a Tànger el dia 5 d'octubre de 1803. No va entrar a ciutat, sinó que ordenà plantar les seves tendes als afores i allà s'hi instal·là.

Durant la seva estada va rebre la visita de James Matra, amb qui va parlar llargament, i va acceptar les condicions imposades pels americans, va signar un nou pacte d'amistat i va destituir Aschasch, a qui oficialment tothom feia responsable d'aquell desgraciat incident.

Un cop solucionada la crisi, el vaixell marroquí va ser alliberat i quan va entrar a port i els americans van marxar, Aschasch recuperà el seu càrrec. Naturalment, era un just premi per haver carregat amb el mort i haver salvat l'honor del sultà, vertader artífex de l'ordre d'abordar el vaixell americà, fet que ningú no podia demostrar.

Aquell matí d'aquell divendres del mes d'octubre Hasim es dirigia a la mesquita per resar. Més que resar, per implorar un miracle. Si no trobava res més, hauria d'acabar per acceptar el treball que li havien ofert en uns horts. Des que havia desembarcat a Tànger les coses no anaven a l'hora i això que ell resava molt sovint, però Al·là segurament estava força ocupat i no el podia escoltar. Per tant, era qüestió d'insistir-hi.

Va enfilar el carrer estret que conduïa a la plaça i va veure que davant seu caminaven tres homes. Un d'ells, el que anava al davant, no gaire alt i més aviat prim, duia un turbant. Havia de ser important, perquè els que el seguien guardaven la distància dels servents i n'hi havia un que feia tota la fila de ser jueu.

Just quan l'home del turbant ja entrava a la plaça es va creuar amb un grup de moros que caminaven en direcció contrària i que entraven al carreró. En el moment de trobar-se amb els dos homes que semblaven els servents del primer, un d'ells es va entrebancar amb el jueu.

—Per què m'has empès, jueu de merda? —va fer aquell home.

El jueu s'apartà i inclinà el cap per demanar disculpes, tot i que Hasim havia vist clarament que la culpa no era seva. L'home del turbant, que anava unes passes per davant, en sentir l'enrenou, s'aturà i es tombà. Hasim també es va aturar. Altres moros d'aquell grup havien envoltat el jueu i l'increpaven.

—Què passa, Josep? —escoltà Hasim que feia la veu de l'home del turbant, en castellà.

El pobre jueu no va tenir temps de badar boca. Aquells animals se li llançaren al damunt i el van començar a apallissar. L'home del turbant s'atansà i mirà d'arribar fins al centre de la rotllana, però li barraven el pas mentre seguien clavant puntades de peu al pobre jueu.

—Us heu tornat bojos? —va dir l'home del turbant, en francès, aixecant la mà. I ho va repetir en espanyol i en anglès.

Tanmateix, ningú no li feia cas, perquè no parlava la seva llengua. Va buscar amb la mirada el criat, que s'havia apartat i feia com que no passava res. Evidentment es tractava d'un jueu i, per tant, allò no anava amb ell.

—Deixeu en pau el meu intèrpret. Sóc el príncep Alí Bei! —va fer l'home del turbant en castellà.

Pobre diable!, va fer Hasim, en veure la pallissa que estava rebent el jueu. Si algú no l'ajudava, encara el matarien. I decidí donar-li un cop de mà.

MALEÏT CÁTALA!

—Deixeu-lo estar —cridà ben fort, mentre aixecava els braços ben enlaire—. És un servent del príncep Alí Bei.

Tothom s'aturà i es quedà mirant-lo. Després miraren Alí Bei, amb respecte, i inclinaren el cap.

Alí Bei apartà aquells homes i va veure el cos estès de Josep, tot ple de blaus, amb els llavis inflats i la sang que li rajava del nas.

—Porteu-lo a casa meva —va fer.

—Porteu-lo a casa del príncep —ordenà Hasim.

Els homes remugaren, però la mirada d'Alí Bei era prou eloqüent i obeïren.

—Qui ets? —demanà Alí Bei, quan aquells moros se'n duien Josep.

—Hasim, senyor. T'acompanyaré fins que deixin el teu servent a casa teva, per si els has de dir alguna cosa —s'oferí Hasim.

—T'ho agraeixo. Veig que parles prou bé l'espanyol —lloà Alí Bei.

—La meva àvia era sefardita —respongué Hasim. Llavors negà amb el cap i va fer petar la llengua—. Ai, pobre home! Si és el teu intèrpret, ho tens magre. L'han estomacat de valent i amb els llavis i el nas que li han deixat no crec que pugui parlar durant uns dies. Sento dir-ho, però has comès un error en prendre un jueu perquè et faci d'intèrpret. Sempre acaben apallissats i no tenen cap mena d'autoritat moral.

—Sembles prou assenyat. De què treballes?

—Fet i fet, vaig treballar al costat del pare conduint caravanes pel desert, fins que Al·là el va cridar al seu costat. Llavors vaig servir a casa d'uns anglesos i després vaig navegar pel Mediterrani a bord d'un vaixell marroquí. Fa uns dies vaig desembarcar amb la idea de fer alguna cosa diferent. No sé: potser muntar algun negoci —explicà Hasim amb un aire suficient.

Van arribar a casa del príncep, els moros van deixar Josep a la porta i entre el criat i Hasim l'entraren i el conduïren fins a una sala, on una serventa el va guarir.

Hasim ja havia complert i va fer l'esma d'acomiadar-se. Alí Bei tragué una moneda de la bossa i l'hi va oferir. Hasim anava a agafar-la, però Alí Bei l'enretirà, tot tancant la mà.

—Has fet algun cop d'intèrpret? —demanà.

—No, senyor. Mai —negà Hasim, amb els ulls clavats a la mà tancada del príncep.

—I no t'agradaria?

—No hi havia caigut —es gratà la barbeta Hasim. I era cert.

—Demà haig de veure el sultà i Josep ha rebut de valent. Si no puc comptar amb ell, no sé com m'ho manegaré —digué Alí Bei, obrí la mà i jugà amb la moneda—. Tu m'hi podries acompanyar.

—Jo?

—A la mà tinc un flus, que ja és teu —digué Alí Bei i l'hi lliurà la moneda—. Si demà m'hi acompanyes, en tindràs tres més.

—Home... —va fer Hasim, com si allò li semblés poc. Un bon negociant mai no ha d'acceptar el primer preu.

—Què me'n diries d'un muzuma?

—No ho sé... jo... —mirà de forçar un xic més.

—Un dirham i no en parlem més.

Un dirham eren quatre muzumes. No calia donar-hi més voltes.

—Serà un honor servir-te —va fer Hasim, alhora que doblegava l'esquena en una profunda reverència.

—T'espero demà a casa meva. Quan el sol despunti.

Hasim va fer una altra reverència i Alí Bei el saludà amb una petita inclinació del cap.

Un dirham només per parlar. Allò era millor que treballar l'hort i força més productiu. Com no se li havia acudit abans, que podia fer d'intèrpret? Vés per on: que la seva àvia fos sefardita encara resultaria una benedicció, somrigué divertit.

L'endemà al matí es presentà a casa d'Alí Bei, tal com havien quedat, i va ser conduït directament a les habitacions privades del senyor de la casa. Només entrar-hi, el príncep li donà dos muzumes.

—Josep té els llavis tan inflats que no se li entén res del que diu. Aquesta és la meitat del preu convingut. Quan haguem tornat de veure el sultà, en tindràs la resta.

—No calia que ara em paguessis res. M'ho podies donar tot en tornar —respongué Hasim, però va allargar la mà i va acceptar els diners, que van desaparèixer en un tres i no res.

—Creus que el vestit és adient per entrevistar-me amb el sultà? —demanà Alí Bei, tombant-se cap al mirall.

Havia triat un turbant vermell, una camisa blanca, uns pantalons estil turc i una jaqueta ricament brodada amb fil d'or. Què havia de respondre?, es demanà Hasim mentre feia una ullada a tota la roba.

—Jo, si em permets, m'estimaria més un turbant blanc. És més discret per a una primera entrevista —suggerí Hasim—. I, potser canviaria la jaqueta. El daurat és un pèl pretensiós al Marroc.

—Potser tens raó —acceptà Alí Bei—. Pots dir al criat que me'n busqui un de blanc i que em dugui una jaqueta blava? —i es va treure el turbant vermell.

Hasim va veure el cap rapat d'Alí Bei i el ble de cabell que li queia de la coroneta fins més avall del clatell. La primera impressió el va dur a comparar aquell príncep amb un guerrer tàrtar, dels que ell havia vist dibuixats en un llibre que tenien a la casa on havia servit. Però, quan es va treure la jaqueta, amb aquelles muscleres, i Hasim contemplà la poca envergadura del cos, la imatge s'esfondrà.

—D'on ets, noble príncep? —demanà Hasim.

—De Síria —respongué el príncep, mentre es posava el turbant blanc.

—I què hi fas aquí, si puc demanar-ho?

—Hi estic de pas i em dirigeixo a La Meca.

—Em sembla recordar que vas arribar ferit de la cama dreta.

—Ets observador —afirmà Alí Bei, amb el cap, sense deixar de contemplar-se al mirall.

—T'agrada Tànger?

—Em sorprèn, més aviat —somrigué Alí Bei—. Haig de dir que durant aquests mesos d'estada les sorpreses han estat constants i variades. Per a mi, que he viscut a Europa, és com haver desembarcat en un altre món.

—És la mateixa sensació que vaig tenir en el meu primer viatge per mar. Cada país era diferent —afirmà Hasim.

—Ja ho pots ben dir! —va fer Alí Bei—. Vosaltres encara mesureu en colzes, sense tenir en compte que ja fa dies que s'ha establert el sistema mètric decimal. Per això em sorprenc. Un colze, que vosaltres anomeneu *draa*, està dividit en vuit parts anomenades *tomins*. A Europa tot és múltiple de deu. És molt més fàcil. I pel que fa a les monedes, en teniu de coure, de plata i d'or. La més petita és el *kirat*, que és de coure, seguida del *flus*. Entre les més emprades hi ha el *dirham* o unça, que és de plata, juntament amb el *muzuma*, també de plata. I entre les d'or cal destacar-ne el ducat, que anomeneu *metzkal*. Quant a les equivalències, semblen una barreja entre els caòtics britànics, amb les seves lliures, corones, penics i tota la pesca, i els europeus partidaris d'establir pertot arreu el sistema decimal. Un *flus* val quatre *kirats*, un *muzuma* són sis *flus*, una unça quatre *muzumes* i un ducat val deu unces.

Acabà d'ajustar-se el turbant blanc i va veure que Hasim afirmava amb el cap en un gest d'aprovació. Sí, el blanc era més discret.

—L'escorta ja és aquí, senyor —va anunciar un criat, i Hasim va traduir.

—Doncs, no fem esperar el sultà. Ordena els criats que carreguin tots els regals i marxem de seguida —respongué Alí Bei i es dirigí ben decidit cap a la porta.

Durant el trajecte, Alí Bei i Hasim parlaren de moltes coses i el nou intèrpret comprovà que el príncep gaudia d'una bona cultura i que era prou intel·ligent. En un moment de la conversa sorgí el nom d'Aschasch.

—No entenc com el sultà pot donar un càrrec tan important a algú com ell —va fer Hasim.

—Un monarca, si vol conservar el seu regne, ha de saber amb qui pot comptar, bé sigui perquè sent devoció per la seva persona, bé sigui perquè li té por, i Aschasch li té un gran respecte —respongué Alí Bei—. Bé, més que respecte, gairebé diria pànic. Aschasch és un inculte, naturalment, i per pròpia decisió, però això no significa que també sigui imbècil.

A cada nova paraula l'intèrpret descobria que aquell príncep siríac sabia un pou de coses, era molt observador i en poc temps havia après un niu sobre Tànger. A més, tenia una conversa molt agradable i ho explicava tot amb molta claredat.

—Josep ja m'ha comunicat que no em podrà acompanyar un cop abandoni Tànger. Segons m'ha explicat en certes zones els jueus no poden muntar a cavall i en certes ciutats fins i tot han de caminar descalços —va dir Alí Bei—. A Europa això no passa. Tothom conviu en pau i harmonia.

—Aquí la filosofia és clara: si vols la pau, procura manar tu —replicà Hasim.

—Manar no significa ni esclavitzar ni abusar.

—Tu has viscut gairebé tota la teva vida a Europa i has oblidat els nostres costums i la nostra llengua. Potser també has oblidat l'odi que sentim els uns pels altres —respongué Hasim—. A mi no m'agrada com tractem els jueus. No puc oblidar que tinc una àvia sefardita. Però tampoc m'agrada com ells s'han aprofitat de nosaltres durant molts anys i ens han robat el que era nostre. A més, recorda que Espanya, sense anar més lluny, ja els va fer fora i ens els va encolomar a nosaltres. Ara, Europa no ens pot venir amb lliçons.

—Veig que coneixes la història —va fer Alí Bei.

—Conec el que els meus pares em van explicar i el que les nostres tradicions diuen. I les tradicions no són per fer bonic.

Un cop van arribar a l'explanada on els homes del sultà hi havien plantat les tendes, el van veure damunt del cavall i envoltat per una bona colla de soldats armats i ben disposats. Els nostres dirigents donen molta importància a la imatge i creuen que sempre s'ha d'impressionar els visitants, li explicà Hasim.

El sultà rondava els quaranta anys, era alt, fort, moreno i amb uns ulls on s'endevinava la intel·ligència. Vestia discretament, sense fer ostentació del seu càrrec, i no semblava gaire amant dels protocols.

Sort que Alí Bei havia fet cas dels seus consells i havia acabat portant un turbant blanc i una jaqueta blava, molt més discrets i en consonància amb el tarannà que mostrava Muley Sulayman, pensà Hasim, satisfet.

Van avançar lentament fins trobar-se davant del sultà. Llavors, Alí Bei, va fer un gest.

—Ja podem presentar els regals —va dir.

Hasim va alçar la mà i els soldats de l'escorta que l'havia anat a buscar s'apartaren per deixar passar els criats, que van anar dipositant als peus del sultà totes les caixes i objectes que duien. Davant de tot van deixar una safata amb unes claus lligades amb una cinta. El que no sabia Hasim era que tot havia estat prèviament pactat en una entrevista que Alí Bei havia mantingut amb Aschasch, a qui el sultà havia encarregat que veiés si el regal era digne de la seva persona. En cas contrari, Alí Bei no hauria estat rebut.

MALEÏT CÁTALA!

Muley Sulayman alçà la mà i un oficial de la seva guàrdia s'avançà, agafà les claus i, després de tres temptatives, obrí la primera caixa, després la segona i així successivament fins que va deixar al descobert els vint fusells amb baioneta, els dos mosquets de gros calibre i els cinc parells de pistoles. Llavors, Muley Sulayman ordenà que es descobrissin la resta de regals consistents en pólvora, un parell de sacs de perdigons per caçar, un equip de caçador, teles, confitures, essències i petits objectes de joieria.

—Benvingut siguis, príncep Alí Bei —digué Sulayman, paraules que Hasim va traduir puntualment.

Alí Bei va fer una profunda reverència, tot duent-se la mà al pit, tal com li havia explicat Aschasch que havia de fer, i el sultà li va fer un gest per indicar-li que el podia seguir fins la tenda. Ell era l'última persona que Sulayman rebia aquell dia. Tots els altres havien fet donació dels seus regals, havien presentat la seva queixa o la seva petició i havien marxat. Però, Aschasch havia aconseguit situar Alí Bei el darrer de la llista, gràcies al fet que havia dit que era descendent de l'oncle del Profeta. Bé! També mercès al petit detall de la bossa ben farcida que Alí Bei li va fer arribar en mostra d'agraïment per haver-li aconseguit l'entrevista. Tot compta en aquesta vida.

Els soldats s'apartaren i deixaren passar Alí Bei i Hasim, mentre el sultà desapareixia a cavall. Llavors, el príncep i l'intèrpret es posaren a caminar en la mateixa direcció.

Aschasch els esperava a la porta de la tenda. El sultà ja hi havia entrat, però el caid va fer esperar Alí Bei fins que va rebre l'avís que Sulayman ja s'havia acomodat. Llavors s'apartà.

Tan bon punt va entrar, Hasim va veure que la tenda era molt espaiosa i oferia un bon aixopluc i tantes comoditats com la casa del caid, perquè en aquelles terres el mobiliari no era abundós i tot ho solucionaven amb coixins, catifes i mantes. Les cadires i les taules a l'estil europeu ni existien, excepte a les residències dels cònsols i a les cases d'algun comerciant que rebia força sovint gent infidel i que disposava d'una estada amb cadires i sofàs a l'estil europeu, però que habitualment no emprava. El sultà romania assegut en uns coixins que reposaven damunt les catifes que cobrien tot el terra.

Hasim caminava mig espantat darrera d'Alí Bei, que seguia les passes d'Aschasch i que s'aturà a uns metres del sultà. Sulayman va fer un gest amb la mà i indicà un coixí. Alí Bei s'avançà i s'hi assegué. Hasim es quedà dempeus, darrere seu.

Durant una estona el sultà es va interessar pels llocs on havia estat i per les disciplines que havia estudiat amb els cristians. Hasim va traduir el millor que va poder. Després Alí Bei va recordar el sultà que li havia escrit una carta tot demanant-li permís per continuar el seu viatge, però Sulayman no respongué, sinó que s'interessà per saber com s'ho havia manegat per predir l'eclipsi de sol. Evidentment, l'havien informat de tots els moviments de l'il·lustre visitant.

—Ho he pogut fer gràcies als meus coneixements d'astronomia i als instruments de què disposo —respongué Alí Bei.

Hasim va traduir i el sultà somrigué.

—M'agradaria veure aquests instruments. Podeu marxar i portar-los —va dir.

Hasim traduí.

—No és possible —va fer Alí Bei.

Hasim es va quedar en silenci, sense saber què havia de fer. Va mirar Aschasch, però el caid poc el podia ajudar, perquè no entenia ni una paraula d'espanyol.

—No és possible —repetí Alí Bei, tot indicant-li amb la mà que li traduís al sultà.

—És que... —Hasim va somriure nerviós i deixà anar una petita rialla.

Tothom els mirava encuriosits. Què estava passant allà?, es demanava Aschasch.

—Som a la tarda i no queda prou temps per muntar-los. Explica-li que ho farem demà —aclarí Alí Bei, i va fer un gest prou eloqüent amb la mà per indicar-li que traduís.

MALEÏT CÁTALA!

Hasim volia explicar Alí Bei que a un sultà mai no se li pot negar res, però Sulayman el mirava i esperava la resposta. No podia encetar una discussió. De manera que engolí saliva. Si no tenia lloc un miracle, d'allà no sortirien vius.

—Oh, gran senyor del Marroc! —aixecà les mans Hasim, i la veu gairebé li tremolà. Sulayman el mirà sorprès. Quina representació era aquella?—. Si tu així ho manes, el príncep Alí Bei sortirà corrents com el vent i complirà el teu desig com el més fidel i humil dels teus servidors, però el seu cor s'omple de pena en veure que no podràs gaudir del magne espectacle que et podria oferir si tinguessis la infinita paciència i la immesurable bondat d'esperar fins demà, quan el sol disposi de més llarg camí i la nit no ens assetgi tan de prop. Llavors, el cel ens oferirà tota la seva esplendor i Alí Bei podrà demostrar-te les seves explicacions. Oh, gran senyor del Marroc! Dignat escoltar el prec d'Alí Bei que no cerca altra cosa que la teva més gran felicitat — acabà i plegà l'esquena fins que el cap gairebé li tocava els genolls.

Alí Bei el mirà sorprès. Quina traducció més llarga! I quina representació, amb totes aquelles reverències! Després mirà el sultà, que s'havia quedat en silenci i semblava pair tot aquell llarg discurs. Potser la traducció no havia estat bona, pensà.

—Esperaré al príncep Alí Bei demà al matí, a les vuit — digué finalment Sulayman.

Hasim redreçà l'esquena i va traduir. Alí Bei afirmà amb un cop de cap, s'aixecà, saludaren respectuosament i marxaren.

Durant tot el camí de retorn Hasim es mostrà preocupat. De tant en tant mirava enrere. Un cop arribaren a ciutat el jove va respirar alleugerit i Alí Bei se'l mirà sorprès.

—Ai, príncep! Ben bé pots dir que estàs tocat de la mà de Déu —va fer el jove intèrpret.

—Per què ho dius?

—Ningú no nega res al sultà sense patir-ne les conseqüències i tu ho has fet i Sulayman t'ho ha acceptat —rigué Hasim—. Déu t'ha beneït.

—Com vols mostrar el funcionament d'aparells que requereixen llum, si és fosca nit? —va fer Alí Bei, en to d'evidència—. A més, m'ha semblat que Sulayman és una persona intel·ligent i assenyada que sent interès per la ciència i la tècnica.

—Potser sí, però... —digué Hasim, i no va acabar la frase.

Hasim va rebre els dos muzumes que li havia promès Alí Bei i van quedar que tornaria l'endemà per acompanyar-lo de nou a veure el sultà.

L'endemà, tal com havien convingut, tornaren a la tenda del sultà carregats amb els aparells de mesura. Muley Sulayman els esperava i va oferir Alí Bei una tassa de té amb llet. De nou van parlar dels estudis que aquell príncep havia fet a Europa. En acabar la tassa de té, Sulayman s'interessà pels instruments i els agafà amb les mans i els observà amb molta cura, mentre Alí Bei explicava el seu funcionament i Hasim traduïa el millor que podia, perquè algunes paraules tècniques se li feien costa amunt. Acabades les explicacions, Sulayman va demanar-li una demostració i Alí Bei va calcular l'altura del sol.

—Tens més instruments? —preguntà Sulayman.

Hasim va traduir i Alí Bei afirmà amb un cop de cap. No s'havia equivocat amb Sulayman. Era un home intel·ligent i curiós, amant de les ciències i aficionat a l'astronomia.

—També els vull veure —digué el sultà. Llavors, va recordar que Hasim, el dia anterior, li havia dit que era millor esperar fins l'endemà per poder gaudir millor de l'espectacle i va fer—: Va bé demà al matí?

Hasim traduí i Alí Bei tornà a assentir amb el cap i van quedar altre cop per l'endemà a primera hora.

Quan tornaven cap a casa d'Alí Bei, Hasim reia tota l'estona i cantava lloances a Déu.

—Per què vas tan content? —preguntà Alí Bei.

—T'has fixat que aquest cop el sultà no t'ha ordenat que tornis demà, sinó que t'ha preguntat si t'anava bé?

—És normal —va fer Alí Bei.

—No n'és pas tant, de normal —negà Hasim, que cada cop se sentia més cofoi—. El sultà mai no demana, sinó que ordena. Això significa que ets un protegit d'Al·là i que ell et respecta.

L'endemà van tornar amb la resta d'instruments i les taules astronòmiques, que el sultà també va examinar amb molt interès, mentre el viatger desplegava tots els seus coneixements i responia amb precisió les preguntes de Sulayman, que deixaven ben palès que se sentia sorprès i impressionat per la gran quantitat de números continguts en aquelles taules.

El sultà convidà Alí Bei a asseure's al seu costat, li presentà el seu cosí germà Abdelmelek, que ocupava el lloc de general de la guàrdia imperial, i li oferí te.

Van estar parlant llarga estona sobre tot tipus de temes: des de científics, fins religiosos, filosòfics i polítics. Llavors, Alí Bei va aprofitar per recordar-li altre cop que li havia demanat permís per continuar el seu viatge.

—Per què duu els bigotis tan llargs? —demanà el sultà, ignorant el recordatori d'Alí Bei.

Hasim traduí.

—A Llevant es porten així —respongué Alí Bei, estranyat.

Sulayman va alçar la mà i demanà unes tisores. Les hi van dur i ell, personalment, va fer l'esma de tallar-li els llargs bigotis. Alí Bei primer es va enretirar i el sultà es posà tens, però després va allargar el coll i va atansar la cara. Llavors el sultà somrigué complagut, els hi va tallar fins deixar-los a la grandària que era normal al Marroc i ordenà que guardessin els pèls junt amb les tisores.

Quan van tornar a casa, Hasim va notar que Alí Bei es mostrava molt feliç. Fins i tot li havia canviat la mirada i la respiració. Mantenia el cap més dret que de costum i somreia amb suficiència.

L'endemà Alí Bei convidà a dinar a una bona colla de coneguts, entre ells diversos doctors de la llei, i els va explicar com l'havia rebut el sultà i com ell li havia demostrat el funcionament dels aparells que duia. Ho va fer amb grandiloqüència i donant-se importància.

—Ha tingut detalls tan delicats que estic convençut que sent un gran afecte per mi —va fer, i es tocà el bigoti.

Hasim, a mesura que traduïa, s'havia anat sorprenent amb el to d'Alí Bei, però, ara, en escoltar la darrera frase i veure el gest de tocar-se el bigoti, encara se sorprengué més. No és que fos absolutament evident, però Muley Sulayman havia deixat per dos cops que Alí Bei prengués la iniciativa i fixés data i hora per demostrar-li el funcionament dels instruments. Segons el tarannà d'aquelles terres, allò es podia prendre per una pèrdua d'ascendència del sultà davant d'un visitant. Per tant, segurament el monarca havia volgut deixar ben clar que qui manava era ell i havia triat fer-ho amb el bigoti d'Alí Bei. Era lògic: amb aquell acte, davant de tothom, Sulayman demostrava que ell havia decidit sobre el cos del convidat i que en guardava un objecte absolutament personal. Tanmateix, Alí Bei ho presentava com un detall cap a la seva persona tot argumentant que aquest gest s'havia d'interpretar com un acte d'algú que sent afecte per un altre i desitja que la seva aparença sigui el bo i millor.

Aquella nit es presentà a casa d'Alí Bei un criat del sultà. Duia un objecte embolicat amb tela. El van conduir a presència del senyor de la casa. El criat es va agenollar davant d'ell i desembolicà el present. Hi havia dos pans negres. El criat es va retirar.

—El gest més sagrat entre els musulmans és presentar-se amb un tros de pa i menjar-lo plegats. Representa un signe de fraternitat. Però, què vol dir enviar un parell de pans, sense que vingui ningú? —s'estranyà Alí Bei.

—Significa que tu ets el convidat i ell el teu amfitrió. Per tant ell et protegirà i t'honorarà —digué Hasim, i va fer una petita reverència.

—I és clar! —va fer Alí Bei—. Ara som com germans.

Hasim va escoltar aquelles paraules i es quedà pensarós.

—Qui sou germans? —demanà.

—El sultà i jo —respongué Alí Bei—. No has vist com m'ha tractat i les seves mostres d'afecte?

—Sí, però...

—I ara m'envia pa. Què puc pensar, sinó que em considera com un germà?

Potser sí, però enviar pa també formava part de la cortesia musulmana. Anar més enllà potser era un pèl arriscat, pensà Hasim.

Tanmateix, qui era ell per replicar un príncep? Els nobles empren un llenguatge que no està a l'abats del poble planer. A més, com ja havien arribat a l'acord que el príncep Alí Bei el prendria al seu servei i li pagaria cinc dirhams per setmana, que l'acompanyaria durant el seu viatge pel Marroc i que, a més, viuria a casa seva, amb el menjar i el dormir assegurats... si Alí Bei deia que era germà del sultà, per a ell ho seria. Com si volia dir que era el mateix sultà. Qui paga, mana. I qui paga generosament, encara pot manar molt més.

4.- HASIM

—**Q**uè en penses? —va fer Sulayman.

Estava en companyia de Muley Abdelmelek, cosí germà seu i general de la guàrdia imperial. Prenien una tassa de te ajaguts damunt de coixins.

—Alí Bei és intel·ligent i culte —digué Abdelmelek—. I és clar que aquesta història que els anys d'estudi a França i a Anglaterra li han fet oblidar fins i tot la llengua del seu pare, costa de creure. Alguna cosa li hauria d'haver quedat. Si més no, l'Alcorà. Però quan profunditzes un pèl, de seguida te n'adones que no domina la matèria.

—Els fusells, les pistoles, la pólvora... Tot és anglès — medità Sulayman—. Creus que l'envien ells? Podria resultar perillós?

—No tinc prou dades per contestar aquestes preguntes — respongué Abdelmelek, i va fer un glop de te—. Pel moment les nostres relacions amb els anglesos són cordials i res no fa sospitar que puguin pensar-ne alguna.

—Sí. Els instruments que duu també són anglesos. Jo diria que s'ha pres moltes molèsties per fer-nos veure que ve d'Anglaterra. Per tant, no crec que l'enviïn els britànics. —digué Sulayman.

—Hi ha una cosa que m'ha sorprès —va fer Abdelmelek
—. En cap moment no ha esmentat la seva estada a Espanya, tot
i que va ser curta, i curiosament Aschasch diu que parla bé
l'espanyol.

—També sabem que parla força bé el francès —somrigué
Sulayman—. I James Matra diu que, si bé no passaria per un
anglès, és evident que ha estat a Londres. A més: un home que
triés una disfressa tan absurda, no seria gaire intel·ligent. Si vol
visitar el nostre país, la millor garantia és la discreció. Alí Bei,
de discret, no n'és gaire, per no dir gens. Al contrari. Aquest
afany d'entrevistar-se amb gent important, haver fet donació
d'una alfàbia per a la mesquita, haver predit un eclipsi de sol...
Tot això, i tenint en compte que no és cap babau, em fa pensar
que de debò es tracta d'un príncep siríac i que la història que
explica és certa. Altrament, seria massa fantàstica. Tot lliga:
s'ha passat la joventut estudiant i viatjant i ara que ja té trenta-
cinc anys sent la necessitat de retornar a l'origen després de la
mort del seu pare. Trenta-cinc anys ja és una edat en la qual el
cap comença a omplir-se de seny. És lògic.

—De tota manera, no hem d'oblidar que els europeus ens
consideren poc més que bàrbars i s'imaginen que no tenim la
més petita idea del que s'hi cou, allà. Això sempre és positiu,
perquè els altres es confien, i per tant és bo mantenir-los en
aquesta creença. Anglaterra i França estan massa ocupades com
per dedicar-se a muntar somnis, el rei d'Espanya és un babau i
Godoy es creu molt intel·ligent. D'ell sí que podríem esperar
qualsevulla genialitat —apuntà Abdelmelek.

—Potser sí, però és que això seria molt més que una
genialitat. Seria simplement una història increïble —afirmà
Sulayman amb una forta riallada.

I seguiren bevent te com si el temps no existís, mentre
Abdelmelek afirmava amb el cap. Qui seria capaç de muntar un
pla tan absurd i esperar que tothom se l'empassés? Ningú amb
dos dits de seny.

MALEÏT CÁTALA!

El sultà abandonà Tànger el 12 d'octubre camí de Meknès i totes les tendes desaparegueren.

Bé!, va fer Hasim, tot fregant-se les mans. El seu senyor ja tenia permís per continuar el viatge i el caid s'havia posat a la seva disposició per tot el que hagués de menester.

L'endemà de la sortida de Sulayman, Hasim acompanyà Alí Bei al palau del caid.

—Vull una embarcació que es dirigeixi a Gibraltar per recollir-hi el material que m'ha arribat d'Anglaterra. Es tracta de tendes de campanya que necessitaré per al meu viatge —digué Alí Bei amb un to autoritari.

Aschasch somrigué i va fer una petita reverència amb el cap. Les instruccions del sultà havien estat prou clares en el sentit de proporcionar al príncep siríac tot el que demanés.

—Disposo d'una petita embarcació que podria salpar avui mateix —contestà—. El problema és que no té prou mariners i s'haurien de buscar.

—Què costarà buscar-los? —féu Alí Bei amb un somriure.

Hasim traduí i va estar a punt de somriure, però se'n va estar. Coneixia prou bé la fama del caid i, evidentment, Alí Bei no era cap babau. Sulayman havia ordenat Aschasch que ajudés el príncep en tot allò que demanés, però no havia dit que l'ajut hagués de ser gratuït. Per tant, el caid tenia les mans lliures per cobrar i sabia que aquell viatger no regatejava.

Uns dies després, el coronel Amorós acabava de redactar l'informe de la darrera entrevista amb Alí Bei, en la qual van enllestir el pla per envair el Marroc.

Va deixar la ploma i va prendre els papers per repassar tot el document.

Muley Sulayman havia aconseguit una posició que no es recordava des feia temps. I tot gràcies a una intel·ligència digna de tot elogi. Tanmateix, segons els informes del mateix cònsol espanyol, al costat de notables virtuts, gaudia d'uns vicis també força notables que no agradaven a una bona colla de doctors de la llei. En allò que es referia a les dones, per exemple, corrien algunes històries que el feien mereixedor d'aquest llorer. Com la que esmentava certa casa de meuques que va ordenar tancar per després fer portar totes les dones a presència seva per castigar-les. Però, un cop va veure la qualitat d'aquells cossos, va canviar de plans i les conduí al seu harem. També explicaven que Muley Abd-as-Salam, el germà del sultà que era cec, duia una vida que no s'hi adeia gaire amb la llei musulmana. A casa seva corria el vi, es fumava tabac i haixix i es practicaven orgies. Pocs anys abans havia començat a construir un gran palau a Fes per poder gaudir a bastament de les seves afeccions. El sultà, fart de tanta disbauxa, li prohibí i l'obligà a repudiar més de dues-centes concubines. Fins aquí, res a dir, si no fos perquè les dues-centes concubines van passar a engreixar l'harem de Sulayman.

Bé, el fet és que tot això feia pensar Amorós que hi havia més que una possibilitat de dur el pla endavant, si Alí Bei es comportava amb rectitud, bondat i justícia, tal com havia fet fins aleshores. La donació de l'alfàbia, la predicció de l'eclipsi, el compliment estricte de la llei musulmana amb la visita cada divendres a la mesquita, les almoines i les ablucions i el seu tarannà obert que el duia a escoltar tothom, eren una bona base de partida per aconseguir un gran prestigi i Amorós lloava totes aquestes iniciatives. Un cop assolit un sòlid prestigi, tenint en compte que ja havia obtingut permís del sultà per visitar el Marroc, havia d'arribar fins les muntanyes de l'Atlas on, segons tenien entès, habitaven rebels contraris a la monarquia imperant. Aquests rebels fins i tot es negaven a pagar els tributs.

Així doncs, la conclusió resultava evident. Si aparegués un cabdill amb prou prestigi per aglutinar-los, esclataria una rebel·lió que acabaria amb Muley Sulayman. I qui millor per encapçalar aquesta revolta que un descendent de l'oncle del Profeta? Durant el seu viatge fins a l'Atlas, Alí Bei tindria prou temps per conèixer aquelles terres i poder parlar amb aquella gent. Amorós no dubtava ni un instant que, en ben poc temps, el viatger ja parlaria la llengua d'aquelles contrades, detall que Alí Bei no li va desmentir.

Durant tres hores havien estat repassant tots els detalls de l'operació. Amb què comptava per poder convèncer els rebels de l'Atlas? Amb armes que Godoy ordenaria tenir preparades i a punt per embarcar. Abans, però, hauria alliberat tots els rebels de pagar impostos i els hauria proporcionat pas lliure per arribar als ports i poder comerciar.

Després de llegir-lo per segon cop, bé podia dir que en aquell pla res no quedava a l'atzar. Fins i tot havien determinat quines serien les tropes amb què podien comptar. No un gran exèrcit, sinó vint-i-quatre mil homes molt ben equipats i preparats, dividits en vint mil destinats a infanteria de línia, dos mil a tropes lleugeres i dos mil més a cavalleria. La idea era organitzar aquells homes en legions de quatre mil, amb regiments de mil, batallons de cinc-cents, companyies de cent i esquadres de deu. Quant als diners, també s'havia previst tot: sis mil duros i vint-i-quatre mil faneques de blat per començar, sis mil duros més al cap de sis mesos i mil duros mensuals durant sis mesos més.

En fi!, que qui llegís aquell informe tan detallat podia suposar que tot gairebé ja era fet i que només quedava pendent donar l'ordre d'atacar.

L'últim dia, Alí Bei i Amorós s'havien acomiadat satisfets pel treball dut a terme durant aquelles setmanes i el coronel va tornar a felicitar el viatger pel seu èxit en l'entrevista amb el sultà.

—Aquest episodi, que a ben segur representarà un tombant en la història d'Espanya i d'Europa, ha començat amb bon peu i no dubto que acabarà amb la victòria absoluta —digué el coronel, i abraçà el viatger.

L'acompanyà fins la porta del carrer. Just en arribar al vestíbul, es trobaren amb el cònsol González Salmón, que venia acompanyat del seu segon secretari, Gerardo Pasiego.

—Altre cop gaudim de la vostra visita —va fer el cònsol amb una bona rialla.

—Parlar amb el coronel Amorós és un plaer indescriptible —li tornà el somrís Alí Bei—. Llàstima que d'aquí ben poc marxaré.

—Sentirem perdre un home de la vostra qualitat —lloà el cònsol.

S'acomiadaren i González Salmón es quedà pensarós.

—No deixa de ser curiosa aquesta notable amistat —comentà—. No creieu, senyor Pasiego?

—El coronel Amorós es deu d'avorrir —respongué l'interpel·lat.

—Potser sí, perquè es passa moltes hores tancat a la seva cambra. Tal vegada, si sabéssim què hi fa, li podríem donar un cop de mà —digué el cònsol.

—No crec que vulgui explicar gaires coses. De fet, guarda tota la documentació dins del seu bagul i cada cop que surt, que no és gaire sovint, el tanca amb clau —explicà Pasiego.

El cònsol es tombà cap a ell i el mirà fit a fit.

—Això és el que diu la noia que li neteja i li endreça l'habitació —aclarí de seguida Pasiego.

—Ara que parleu d'aquesta noia, se m'acut que li podríem proporcionar companyia femenina —medità el cònsol—. Un home té necessitats i una dona el distrauria un pèl de les seves moltes ocupacions.

—I potser el faria sortir de l'habitació i gaudir de la vida —afegí Pasiego.

—Sí —afirmà González Salmón amb lents moviments de cap.

—Sí —repetí Pasiego i també assentí amb el cap, lentament.

MALEÏT CÁTALA!

Seguiren caminant. El cònsol i el seu segon secretari s'entenien força bé. Fins i tot, el segon secretari l'ajudava en certs afers i el González Salmón li permetia treure bon profit d'alguns negocis i tancava els ulls davant d'altres que Pasiego feia tot sol.

*** ***

El dia 25 d'octubre de 1803 tot era a punt i la petita caravana es disposava a creuar les portes de Tànger. L'escortaven quatre soldats de la guàrdia del caid.

—Amic meu, si has de viatjar, et caldrà una escorta —li havia dit Aschasch, i Hasim havia traduït—. Triaré per a tu quatre homes ben armats i valents. Seran cars, però seran els millors.

Aschasch no havia triat precisament els millors, però de ben segur que eren els més cars, pensà Hasim en veure aquells homes, però no va dir res. Alí Bei, com sempre, va pagar sense protestar i tots contents.

Quan ja s'acomiadaven, Alí Bei va abraçar Aschasch amb llàgrimes als ulls i li va agrair el delicat detall d'haver-li ofert una escorta. Hasim va fer un posat de babau, però tampoc no va dir res. Per a ell cada cop quedava més clar que el seu senyor no tenia ni la més remota idea dels costums ni del tarannà del Marroc, malgrat que ja feia uns quants dies que vivia entre ells. Això d'haver viscut i estudiat a Europa, li havia permès adquirir coneixements força interessants, però que aquí, en aquestes contrades, no servien per a res. La caravana només es composava de disset homes, trenta animals, entre cavalls i ases, i duia una ridícula escorta de quatre soldats. Qualsevol noble de segona fila, duria el doble d'animals, pel capbaix, i una protecció molt superior.

Bé, si més no, l'havien seguit fins allà diverses personalitats per tal d'acomiadar-lo. Semblava que tothom volia ser present quan comencés a caminar. I és clar! Hasim somrigué.

En els darrers dies Alí Bei havia intensificat el seu tarannà generós i obria la bossa amb més facilitat.

Fins i tot Aschasch li va dir que sentia tristesa per perdre un amic tan il·lustre. Hasim traduí i pensà que devia ser veritat, que el caid estava trist, però no pas per les raons que tothom podia deduir d'aquell comiat i de les seves paraules, sinó perquè perdia una font d'ingressos prou important i fàcil. Des que havia marxat el sultà, cada cop que Alí Bei obria la boca per demanar, també havia d'obrir la bossa per pagar. Però el més increïble era que semblava que no se n'adonés del que qualsevol altre qualificaria de simple espoliació.

Al comiat també hi va assistir el coronel Amorós, que va parlar amb Alí Bei.

—Amic meu, a partir d'ara comença el vostre gran viatge i estareu sol. Només depeneu de vós mateix. Tingueu ben present que Salmón no en sap res de res. Si sabés què preteneu fer, el més probable és que se'n pesqués alguna per fer-vos caure. De manera que no espereu que us pugui ajudar. És més: no podreu confiar en ningú, perquè l'únic que és al corrent de la missió és el vicecònsol a Mogador i el camí és llarg i perillós. A través d'ell us farem arribar diners —li va donar les darreres instruccions—. Resaré per la vostra protecció.

Hasim només va poder escoltar la darrera frase.

Finalment. abraçades i més abraçades, i després de resar totes les oracions que se'ls va ocórrer per desitjar fortuna i protecció al viatger, van aconseguir posar-se en moviment gairebé passat el migdia.

Alí Bei marxava amb els ulls plorosos i quan ja havien fet unes quantes passes tombà el cap i contemplà les muralles de Tànger.

—Em sap greu deixar tan bons amics —digué, tot eixugant-se les llàgrimes.

Hasim no va fer cap comentari. Els infidels mai no han estat tan expressius com els musulmans i el seu senyor no estava acostumat a tanta cerimònia. Ja s'hi acostumaria i temps tindria per descobrir que totes aquelles demostracions d'afecte formaven part del costum i que no hi havia de buscar res més enllà, pensà, i somrigué.

Dues hores després el guia va ordenar aturar-se i plantar el campament. Encara podien veure les cases de Tànger.

—Per què ens aturem? —demanà Alí Bei, tot sorprès.

—És el que toca fer —respongué Hasim.

—Encara és de dia i encara podem fer un bon tros —es queixà Alí Bei.

—És el primer dia —va fer Hasim en to d'evidència.

—I què? —demanà Alí Bei.

«Oh, gran Al·là! Aquest home no sap res de res i tot se li ha d'explicar», pensà l'intèrpret.

—Doncs que el primer dia de viatge s'ha de fer un trajecte curt —explicà Hasim—. A la que plantes les tendes per primer cop i fas el sopar, és, habitualment, quan descobreixes si has oblidat alguna cosa important per al viatge. La lògica diu que, si ets massa lluny i has de tornar, perds molt de temps, mentre que, si hi ets a prop, no et farà cap mandra anar-la a buscar.

—Ah! —va fer Alí Bei.

Hasim va tenir cura que es plantessin les tendes i va ordenar preparar el sopar. Després es va quedar mirant el cel, mentre el sol s'amagava i començaven a aparèixer les primeres estrelles.

Qui ho hauria dit!, somrigué satisfet i feliç. Servia un gran senyor, cobrava un bon sou i ja no havia de malviure. Ai! Ara recordava el dia que va acabar la seva formació i el seu pare, seguint la tradició, el va passejar per tota la ciutat de Tetuan i va donar una festa en el seu honor. Ja era un home, li havia dit. Ja sabia llegir i escriure. Fins i tot, parlava i podia llegir el castellà. El seu pare havia pensat, amb bon criteri, que si ell hagués parlat bé l'espanyol hauria pogut comerciar amb Ceuta i que, tal vegada, el seu fill algun dia en trauria profit. De manera que va ordenar la seva esposa que parlés amb la seva mare, que era sefardita, per tal que li ensenyés la llengua dels infidels.

El seu somriure es va fer més ampli. Què n'estaria, d'orgullós, el seu pare en veure que la seva previsió havia estat molt encertada!

En aquelles contrades els homes es feien molt aviat i només necessiten saber llegir una mica per entendre el que diuen els llibres sagrats. Encara que, ben mirat, repetien cada versicle tants cops que al final l'aprenien de memòria i ni el llegien. Les dones també es feien aviat, però per parir i tenir cura de la llar. Així doncs, el naixement d'un mascle es considerava una benedicció del cel. Representava uns nous braços per treballar.

Hasim es va sentir molt important el primer cop que va acompanyar el seu pare en un viatge que va començar a Tetuan, va vorejar les muntanyes del Rif fins atrapar Fes, continuà per Meknès i acabà a Rabat. Quatre ciutats força diferents.

D'aquell desplaçament en tregué molts ensenyaments. La seva ciutat, Tetuan, banyada per les aigües del Mediterrani, disposava d'una terra fèrtil i plena a vessar d'oliveres i tarongers i constituïa el centre comercial del Marroc. Fes, per contra, endinsada en el territori del país, situada vora el riu Ouadi, afluent del Sebou, i completament emmurallada, feia molts anys que havia esdevingut el centre cultural on anaven a estudiar els fills dels grans homes. La universitat de Quaraouyine, present des del segle IX, gaudia d'un reconegut prestigi arreu de l'Islam. Meknès, situada al nord de l'Atlas, representava el centre agrícola de la regió, després d'haver perdut bona part de la seva força amb les guerres de successió que seguiren la mort de Muley Ismail, ocorreguda l'any 1727. I, finalment, Rabat, en ple oceà Atlàntic, va ser durant molts anys cau de pirates procedents d'Andalusia que enriquiren la ciutat, fins que Muley Ismail va decidir posar fre a tanta disbauxa i els imposà unes taxes que desanimaren molts. Des d'aleshores, la pirateria havia disminuït considerablement, tot i què Muley Sulayman encara la utilitzava de tant en tant. El cas de l'incident amb el vaixell americà n'era un exemple.

Per terra, Hasim no havia anat més enllà. El seu pare li havia explicat que vorejant la costa atlàntica, cap al sud, trobaria Casablanca, gran port per on passaven immensos carregaments de te, llana i cereals I més al sud apareixien Marràqueix i Agadir, i després el desert.

Llàstima que el seu pare no havia pogut llegar-li tots els seus coneixements. El pobre, força temps abans, durant un viatge va emmalaltir de febres i va morir lluny de casa. Tanmateix, li havia permès descobrir que existeix alguna cosa més que el seu entorn immediat i va ser gràcies a aquella experiència que, a la mort de la seva mare, quatre anys després, va prendre la decisió de conèixer món i es va embarcar en un vaixell que havia fondejat a Ceuta i que havia perdut dos homes.

La vida és força curiosa, va pensar. Ara tornava a viatjar per terra. Respirà fondo. Davant seu s'obria un futur impensable. Simplement meravellós!

L'endemà a primera hora van aixecar el campament. El guia va donar les ordres oportunes i es posaren en marxa.

Hasim damunt del seu cavall va veure que les muralles de Tànger desapareixien lentament fins que la terra se les engolí. Des que havia mort la seva mare i s'havia embarcat, era el primer cop que tornava a endinsar-se en terra ferma i dins seu es bellugava el cuc de l'aventura, com durant el primer viatge que va fer amb el seu pare. La nit anterior no havia tingut aquesta sensació perquè encara notava la presència de la ciutat. Què succeiria a partir d'aquest moment?, recordava haver-se demanat anys enrere, al costat del seu progenitor.

—Ià! —cridà amb força i esperonà el seu cavall amb decisió.

El dia era clar i serè i la caravana marxava a bon ritme. No feia massa calor. Cap al migdia Alí Bei va ordenar que s'aturessin.

—Passa alguna cosa? —demanà Hasim.

—Vull saber la latitud i la longitud —respongué Alí Bei.

—Què és això?

—Les coordenades que ens permetran conèixer amb exactitud on som i cap on hem d'anar.

—El guia coneix aquestes terres —somrigué Hasim—. Però tu, és el primer cop que vens. Com pots saber on ets?

—Amb l'ajut de la brúixola, del rellotge i del sextant, per l'altura del sol puc determinar on sóc —va explicar Alí Bei al mateix temps que prenia mesures. Després consultà un mapa—. Ara, un cop ja sé on em trobo, només haig de veure on està la meva destinació i marcar la ruta. Ho veus? —senyalà.

—Sí —va fer Hasim.

—Si has navegat, segurament hauràs vist que el capità feia alguna cosa d'aquestes —digué Alí Bei.

—El nostre capità vorejava contínuament la costa. Deia que era més segur que fiar-se del cel —Hasim rigué.

—Doncs ara veuràs per a què serveix el que jo acabo de fer —digué Alí Bei—. Crida el guia.

Hasim anà a buscar el guia i el portà.

—Per què anem tant cap al sud? —demanà Alí Bei.

Hasim traduí.

—És la ruta —va fer el guia.

—No és cert. Si ens dirigim a l'oest guanyarem temps —va dir Alí Bei, i senyalà un punt a l'horitzó.

—No és bo anar per allà —va fer el guia, tot mirant Hasim.

—Abdul diu que no és la ruta correcta —digué l'intèrpret.

—Jo he pres les mesures i dic que anem malament. Fes es troba cap a l'oest —va fer Alí Bei amb seguretat.

Hasim mirà el guia, després mirà Alí Bei. Què havia de fer? Finalment va tornar a mirar Abdul i va traduir les paraules del seu senyor.

—És cert, però si plou podem tenir problemes —replicà el guia.

—Quants dies trigarem a arribar? —demanà Alí Bei.

—Quatre o cinc, a tot estirar —respongué Abdul.

—Amb un cel tan serè, com vols que plogui? —rigué Alí Bei.

Abdul intentà replicar, però Hasim aixecà la mà amb energia i tallà tota discussió.

—Si el meu senyor va predir que el sol s'apagaria i es va apagar i ara diu que no plourà, significa que no plourà —va fer, tot convençut.

El guia finalment va acceptar, però no pas sense murmurar paraules de protesta ni sense bellugar el cap a cantó i cantó. Tanmateix, posarien rumb a l'oest.

La tercera nit, des que es van amagar a les tendes fins que va sortir el sol, va caure un aiguat que gairebé semblava el diluvi universal. L'endemà es van llevar, van aixecar el campament, van plegar les tendes mullades i van marxar, però a mig matí van donar de patac amb un riu força cabalós. Els animals van remugar inquiets quan intentaven obligar-los a creuar i Abdul va fer un gest prou eloqüent amb el cap. Ell ja havia dit que aquella ruta, si plovia, no era la correcta per anar a Fes.

—Jo no hi entenc, ni d'instruments ni de mesures, però sé on són els rius i els barrancs i sé que en aquest mes el temps canvia amb molta rapidesa —va fer.

—Cap on hauríem d'anar? —demanar Hasim.

—Si refem el camí perdrem molt de temps. El millor que podem fer és dirigir-nos cap al nord on hi trobarem un lloc per passar-hi. Només que, llavors, no arribarem a Fes, sinó a Meknès.

—Ja ens va bé! —va fer Alí Bei.

—Però això no és el que havíem previst —replicà Hasim.

—Seguirem cap al nord —ordenà el príncep, i esperonà el cavall.

Hasim es va quedar bocabadat. A Tànger, Alí Bei havia estat molt clar.

—Va dir que volia visitar Fes, abans d'arribar a Rabat —es queixà Abdul—. Em va semblar lògic, perquè Fes està abans que Meknès. En cas contrari, haurem de tornar enrere.

—Qui paga, mana —va fer Hasim.

—Sí —acceptà Abdul—. I Al·là és infinitament savi i castiga la supèrbia.

Alí Bei no era un home fort. Això, Hasim ho havia vist de seguida, tot just encetar el viatge. El segon dia que va ploure, només plantar la tenda, s'hi aixoplugà i ordenà que li portessin aigua calenta per als peus. Hasim la hi va dur i va veure que el pobre tremolava com una fulla al vent i s'arrapava a la manta. Per la fila que feia, devia tenir força febre i resultava prou evident que no estava acostumat a viatjar amb una caravana i que no era capaç de suportar llargs recorreguts.

On millor es coneix un home és dins d'una caravana, quan arriben les dificultats, li havia dit el seu pare. I tenia raó.

Quatre dies més tard, el dia 1 de novembre, després d'haver patit les inclemències del temps, albiraren Meknès.

*** ***

El coronel Amorós va abandonar Tànger dos dies després de la sortida d'Alí Bei, mentre Pasiego li comunicava al cònsol

González Salmón que no havia tingut temps per esbrinar res del que hi havia dins del bagul.

—Tampoc no ens ha d'amoïnar —havia fet el cònsol espanyol—. Tant un com l'altre ja han marxat.

Amorós va arribar a Madrid un matí i aquella mateixa tarda ja era rebut per Godoy, que acabava d'assabentar-se'n.

—Quines notícies em porteu del viatger? —va demanar el Príncep de la Pau, tot just veure el coronel que entrava per la porta del despatx.

—El nostre home ja ha abandonat Tànger i va camí de Fes. Des d'allà es dirigirà a Meknès, on segurament el sultà el rebrà amb tots els honors —explicà Amorós—. No en tinc cap dubte després d'haver vist el que és capaç de fer el nostre home. Us haig de dir que va abandonar Tànger, tot i els auguris de mal temps i en contra de l'opinió del mateix guia. És un home amb el caràcter d'un gran conqueridor. El caid de la ciutat, a petició del sultà, que ha quedat molt impressionat amb el nostre home, li ha assignat una escorta formada per quatre dels seus millors homes. Aquest detall us pot donar una petita idea de l'ascendència que ha obtingut entre aquella gent. Jo, personalment, l'he vist caminar pels carrers de Tànger i com el seguien. Era tot un espectacle. Aquella gent ignorant, després de predir l'eclipsi de sol, el tenen per un gran príncep i per un enviat de Déu.

—Magnífic! —va fer Godoy i es posà dempeus.

—Ja no tinc cap dubte de l'èxit de l'operació. Hem reconstruït tot el pla i crec que és perfecte. Però, per damunt de tot, crec que hem triat l'única persona que el pot fer realitat.

Què més podia dir Amorós? I què més podia escoltar Godoy? El futur era absolutament immillorable.

5.- SHARA

Sidi Mohamed Salaui, primer ministre i governador de Larraix, que acompanyava Sulayman en aquell viatge, va enviar un oficial de palau per acollir Alí Bei, després que el sultà rebés una nota del viatger anunciant que era a les portes de la ciutat i sol·licitava una casa per estar-s'hi.

L'oficial, amb una escorta de cinc soldats, va arribar al campament d'Alí Bei i Hasim va entrar a la tenda del seu senyor per avisar-lo.

—Noble príncep, els soldats enviats per Sidi Mohamed Salaui ja són aquí i t'esperen —anuncià.

Alí Bei mirà l'intèrpret. Els seus ulls brillaven per causa de la febre, que ja feia un parell de dies que arrossegava i que cada cop era pitjor. Va fer que sí amb el cap, s'aixecà i es dirigí cap a l'exterior.

—Com està el meu germà Sulayman? —demanà un cop va ser davant l'oficial.

Hasim traduí i l'oficial el mirà sorprès. Si aquell home fos un personatge de primera fila, el sultà hauria fet venir el mateix primer ministre. I si el considerés un germà, fins i tot hauria vingut ell, personalment. Llavors mirà Alí Bei i va copsar una estranya brillantor als seus ulls.

—El meu senyor fa dos dies amb febres molt altes —explicà Hasim, en veure l'expressió interrogadora en el rostre de l'oficial.

—El millor serà conduir-lo directament a la casa que Sidi Mohamed li ha assignat i que es fiqui al llit —va fer l'oficial—. Agafeu l'equipatge imprescindible i seguiu-me. Deixaré dos homes per tal que escortin els criats. Preneu una llitera i porteu el malalt —ordenà.

—Prepareu el meu cavall —sentí Hasim que feia la veu d'Alí Bei.

—Millor amb una llitera —ordenà l'oficial.

—On s'ha vist que un príncep sigui portat com un invàlid? —cridà Alí Bei, en veure que portaven la llitera.

—Què passa? —demanà l'oficial.

—Insisteix que vol entrar a ciutat a cavall —informà Hasim.

—Bé! Encara he de fer moltes coses i no puc perdre el temps discutint. Ja el recollirem, si cau —acceptà l'oficial, i donà l'ordre de marxar.

La petita comitiva arribà a la porta Bab el-Jemis. En dues ocasions, durant el trajecte, Alí Bei havia estat a punt de dormir-se damunt la cavalcadura i caure. Sortosament Hasim caminava al seu costat i ho havia impedit.

De sobte, tot just quan entraven a ciutat, el príncep aixecà les mans com si fos un monarca i començà a saludar, mentre la gent se'l mirava embadalida.

—Només faltava això —va fer l'oficial, i aixecà els ulls al cel.

La petita caravana es dirigí cap a la porta de Bab Mansur, la creuà i s'endinsà pels carrers d'una població que havia nascut al segle IX, que havia estat abandonada a començaments del segle XII, després que el sultà Abd el-Munem l'ataqués i castigués els rebels que s'havien alçat contra ell, i que de nou havia estat repoblada, però que no va conèixer la vertadera glòria fins que no va arribar el regnat de Muley

Ismail. Les muralles eren immenses, quilòmetres de llargada que envoltaven totes les cases i totes les mesquites i que Hasim va contemplar de nou fins que l'oficial s'aturà davant la casa que havien assignat a Alí Bei.

No era una casa gran, però sí confortable, tal com va poder comprovar l'intèrpret, si tenia en compte el que significava confortable en aquelles terres, amb habitacions estretes, llargues i sense llum, i amb els terres de totxos irregulars. Allà van descavalcar.

—Faràs bé de cridar un metge —va dir l'oficial—. Aquest home ja comença a delirar.

—No en coneixem cap —replicà Hasim.

—Parlaré amb Sidi Mohamed Salaui per tal que us n'enviï un.

Hasim acomiadà l'oficial i acompanyà Alí Bei a fins l'habitació.

—He demanat a l'oficial que cridi un metge —va dir l'intèrpret, mentre ajudava el seu senyor a ficar-se al llit.

—Per què? —demanà Alí Bei.

—La teva pell crema més que el sol del desert —féu Hasim amb una esgarrifança.

—Només necessito descansar i demà em sentiré millor —respongué Alí Bei—. Porteu-me aigua.

Un criat va dur una gerra d'aigua i un got de terrissa. El príncep va prendre la bossa que duia amb ell, la va obrir, va treure un flascó, agafà la gerra, omplí el got, hi va ficar unes gotes i s'ho va prendre. Poc després dormia, però el seu son era agitat i ple d'estranys somnis, la seva veu era embarbussada i difícil d'entendre i la suor omplia l'estada de calor i de flaires corporals.

Aquella tarda un home trucà a la porta del carrer. Hasim obrí.

—El meu nom és Sayyidi ben Halef —es presentà—. M'envia el primer ministre Sidi Mohamed Salaui. Segons m'ha explicat, el vostre senyor està força malalt.

—Entra, si us plau —el va fer passar.

El conduí fins a l'habitació d'Alí Bei.

—Crema com una foguera —va dir, quan ja eren al costat del llit.

Sayyidi va posar la mà damunt el front d'Alí Bei i s'esgarrifà.

—Ràpid! Porteu força aigua i tovalloles —ordenà—. Mulleu-les, despulleu-lo i emboliqueu-lo. Hem de baixar aquesta febre com sigui.

Els criats van començar a despullar el seu senyor, però quan ja li havien tret els pantalons i anaven a fer el mateix amb la camisa, Alí Bei obrí els ulls i els mirà espantat.

—Em voleu prendre la roba —cridà—. Fugiu, malparits!

—Hem de fer baixar la febre —intentà raonar Hasim.

—Ningú no em traurà la camisa —s'agafava la roba amb força.

—Què li passa? —demanà Sayyidi.

—No vol de cap de les maneres que li traieu la camisa —explicà Hasim.

—Doncs, mulleu tovalloles i emboliqueu-lo tal com està —ordenà Sayyidi—. No perdem el temps amb bajanades o ell perdrà el seny.

Durant tota la nit van estar al costat del malalt. L'endemà a primera hora la febre havia cedit i Alí Bei obrí els ulls. Encara conservava la camisa agafada amb les dues mans.

—On sóc? —demanà.

—A Meknès —respongué Hasim.

—Em sento molt cansat.

—Has patit molta febre —digué Hasim.

—Agafeu una gallina, prepareu un brou i que reposi —va fer Sayyidi.

—Qui és? —demanà Alí Bei.

—Sayyidi ben Halef, un metge que ha enviat el ministre Salaui —explicà Hasim, però Alí Bei s'havia adormit un altre cop.

—Ja puc marxar —digué Sayyidi—. Sembla que s'ha recuperat. Si torna a pujar-li la febre, crida'm.

Hasim acompanyà Sayyidi fins a la porta, li donà les gràcies, li pagà els serveis i l'acomiadà. Un cop va tancar, respirà alleugerit.

*** ***

El dos soldats van obrir la porta i Sidi Mohamed Salaui va entrar a l'estança, va caminar deu passes, es va aturar davant Muley Sulayman i va fer una reverència.

L'estada era gran, lluminosa i molt acollidora. El sultà romania ajagut damunt dels coixins que cobrien bona part del terra. Sulayman indicà al primer ministre els coixins que tenia davant seu i Sidi Mohamed s'assegué.

Ja feia uns anys que el sultà l'honorava amb aquell càrrec i Sidi Mohamed el servia tan bé com podia. Sentia per aquell monarca un gran respecte i una profunda veneració i estava convençut que Sulayman era un rei tan gran com Muley Ismail, el que va encetar la reforma de tot el país. Malauradament, la seva mort significà una lluita interna pel poder que es va saldar amb una bona colla de morts i una pèrdua de tots els avenços que havia aconseguit, fins que Sulayman va assolir el poder i va començar a redreçar les tortes. Ara, el poble estava content, malgrat que encara hi havia alguns senyors que es negaven a pagar els tributs i algunes tribus que semblaven campar com volien. No obstant això, el país vivia en pau i tothom respectava aquell home poc inclinat als grans escarafalls i als luxes, malgrat que tothom coneixia la marcada inclinació que sentia per les dones.

—Què n'has esbrinat? —demanà Sulayman.

—Tots els servents, fins i tot l'intèrpret, diuen i repeteixen que el motiu del seu viatge és peregrinar a La Meca —respongué Sidi Mohamed.

—I què hi ha vingut a fer, a Meknès?

—Segons l'intèrpret, volien anar a Fes, però es van equivocar de camí i van acabar a Meknès.

Sulayman va posar cara de babau.

—I què se li havia perdut a Fes?

—L'intèrpret diu que, si més no, volia visitar Fes per no fer-te un lleig.

—Quin lleig em podia fer?

—Tu havies estat molt generós en concedir-li permís per visitar el Marroc —digué Sidi Mohamed.

—Jo només li he concedit permís per travessar el Marroc. No li he dit res de visitar-lo —va fer Sulayman, tot estranyat.

—Potser no t'ha entès.

—Doncs, vaig ser molt clar —digué Sulayman.

—L'intèrpret diu que ell t'havia escrit una carta per demanar-te permís per visitar tot el Marroc. M'imagino que, quan tu li vas dir que podia passar, ell va interpretar que li deies que sí, a la seva petició. Pensa que ha viscut molt de temps entre infidels i que no parla l'àrab —va fer Sidi Mohamed.

—I què? —va fer Sulayman.

—Cada país té els seus costums i, de vegades, costa que els europeus entenguin els nostres —digué Sidi Mohamed.

—No vaig ser prou clar quan li vaig tallar els bigotis? —es queixà Sulayman.

Sidi Mohamed somrigué divertit.

—Has posat l'exemple més adient. Sembla que ell s'ho ha agafat com un senyal del gran amor que li professes.

—No en volia sentir cap de més bona —rigué Sulayman —. Aquest home és un personatge ben curiós. Què hi diu el teu metge?

—Ja coneixes Sayyidi. És força prudent. Però, en aquest cas, s'ha esplaiat més del compte. Diu que no és ni gaire alt ni gaire fort. Més aviat diria que és dèbil, en l'aspecte físic. Ha parlat amb el guia que l'ha acompanyat fins aquí i pel que sembla es refreda amb facilitat, segons quin menjar li fa mal i ha patit una febrada com poques vegades n'ha vist. Sayyidi gairebé juraria que és un miracle que estigui viu i encara més miracle que no hagi perdut el seny. A més, pel que ha pogut esbrinar ja va arribar a Tànger ferit i mig malalt i durant una setmana també va patir febres.

—Bé! —va fer Sulayman—. Poc ens ha de preocupar aquest home.

—No n'estic tan segur, si em permets contradir-te —negà Sidi Mohamed—. Pel que sembla, físicament potser és dèbil, però es comporta amb suficiència, de vegades respon amb insolència i, massa sovint, reparteix diners amb magnificència. No m'agrada.

—Potser perquè ha estat educat a Europa, entre infidels — aquest cop va ser Sulayman qui el disculpà.

—Doncs, deu haver après costums ben estranyes. L'oficial que he enviat per rebre'l m'ha explicat que ha entrat a ciutat saludant com si fos un idiota o com si es pensés que és el mateix sultà —replicà Sidi Mohamed.

—El món àrab és immens i, tot i que tenim la mateixa creença, cada lloc posseeix les seves peculiaritats. Potser Síria té aquests costums. Si a tot això li sumem que cada home és un cas únic, perquè Al·là, en la seva infinita saviesa, va crear la diversitat, Alí Bei deu ser el resultat de la confluència de tot un seguit de circumstàncies que, possiblement, han donat lloc a un cas digne d'estudi —rigué Sulayman. Després s'eixugà les llàgrimes—: No diria el mateix, Sayyidi?

—Ell sempre diu que la febre, quan és molt alta, pot ennuvolar els ulls d'un home i trastocar la seva realitat, i Alí Bei en tenia molta. Potser no sabia ni el que es feia —Semblà que el primer ministre es conformava, però afegí—: No obstant això, a mi no em sembla pas ni que estigui boig ni que sigui idiota. Al contrari: jo diria que és força intel·ligent. Potser ha decidit viatjar a Meknès i comportar-se d'aquesta manera perquè considera que no l'has tractat com la seva dignitat es mereix. Els quatre soldats que Aschasch li va assignar per escortar-lo és un insult per a qui coneix els nostres costums.

Sulayman es quedà una estona pensarós. Sidi Mohamed tenia raó i, d'altra banda, l'avar d'Aschasch no era cap llumener pel que feia al protocol i la finesa de l'educació. Més encara si hi havia diners pel mig.

—Assigna-li una escorta més important —va dir, finalment—. Farem que se senti més afalagat i si hi ha hagut alguna ofensa, serà una manera de demanar-li disculpes i de fer que prossegueixi el seu viatge. Que l'escortin fins la frontera amb Algèria.

—Trenta homes? —demanà el primer ministre.

—No! —va fer Sulayman, amb una riallada—. Amb cinc que s'hi afegeixin als que ja té, n'hi haurà prou. Hauré més que duplicat l'escorta que li va deixar Aschasch —callà un instant, i afegí—: Coneixent el caid de Tànger, el més probable és que li hagi cobrat pel servei. Deixa-li els homes sense demanar res a canvi. Entesos?

—Sí, senyor —assentí Sidi Mohamed, amb el cap.

—Quantes dones l'acompanyen? —demanà el sultà.

—Cap ni una.

—Cap ni una? —va fer Sulayman—. Com és possible?

—Sembla que no en té —respongué Sidi Mohamed.

Ara sí que Sulayman es quedà pensarós de debò. Per a ell, un home sense dones resultava del tot impensable.

—Interessant. No serà...? —va fer un gest prou eloqüent amb les mans en una clara referència a la feminitat.

—Oh! —va fer Sidi Mohamed—. Vols dir si...? Doncs, no ho sé. Al·là és tan comprensiu que hi ha coses que s'oblida d'escriure-les a la cara de ningú.

—Esbrina-ho —ordenà Sulayman.

—No hi haurà prou temps —es queixà Sidi Mohamed—. Demà marxem cap a Fes.

—És veritat. No me'n recordava —va fer Sulayman—. Ja ho esbrinarem allà.

—Com, si ell és aquí?

—Fes es troba cap a l'est. El més normal és que, si vol dirigir-se a La Meca, vagi cap allà —replicà Sulayman.

No deixava de ser curiós, aquell príncep siríac. A Sidi Mohamed li havia caigut força malament, somrigué Sulayman. Fos com fos, en pocs dies marxaria i ningú no se'n recordaria mai més.

*** ***

Abdul va informar Hasim que el viatge de Meknès a Fes, amb una bona marxa, podia fer-se en una jornada, però que era millor esperar un parell de dies. El temps amenaçava canvis importants. Tanmateix, Alí Bei ordenà preparar-ho tot per marxar.

—Has estat malalt i encara no estàs refet del tot. Sayyidi va dir que les recaigudes sempre són pitjors —replicà Hasim.

—Si el desplaçament només dura una jornada, poc hem de témer —somrigué Alí Bei—. Si el matí s'aixeca serè, marxarem.

Home! També tenia raó, va pensar Hasim. Si triaven un matí ben serè, difícilment s'espatllaria abans d'arribar a Fes.

L'endemà al matí, ben d'hora, la petita caravana escortada pels nou soldats, abandonà Meknès i es dirigí cap a l'est. El cel era serè i el temps es presentava agradable.

—Pregunta Abdul si creu que la pluja ens ofegarà —va fer Alí Bei, tot rialler, quan arribats al migdia ja havien recorregut més de la meitat del trajecte.

Hasim traduí.

—No temptem el nom d'Al·là —respongué Abdul.

A primera hora de la tarda, com si es tractés d'un bruixot, la predicció del guia esdevingué realitat i el cel es va ennegrir fins fer por. Alí Bei, de tant en tant, aixecava els ulls i contemplava aquells nuvolots espessits i amenaçadors.

Poc després començaren a caure gruixudes gotes que es transformaren en una cortina d'aigua. Hasim s'avançà, es posà a l'altura del seu senyor i cridà enmig de la tempesta:

—Abdul diu que seria bo enviar algun missatger per tal que no tanquin les portes de la ciutat abans no arribem. En dies així les tanquen ben aviat.

El que Hasim no va traduir era que Abdul havia afegit que, en dies com aquells, a Fes tancaven aviat les portes perquè no creien que hi hagués cap idiota capaç de viatjar en aquelles condicions.

Alí Bei, cobert amb una manta i amb el nas rajant-li, va fer que sí amb el cap. Hasim va donar l'ordre de seguida i un soldat esperonà el seu cavall i desaparegué. Si no arribaven a temps, l'intèrpret no volia ni imaginar el que representaria haver de muntar les tendes sota aquella maledicció.

Una estona després la pluja encara queia amb més violència i havien de marxar lentament per no equivocar-se de camí.

—Haurà arribat? —cridà Alí Bei.

—Qui? —demanà Hasim.

—El soldat que hi hem enviat.

—Suposo que sí —va fer Hasim.

—N'hauríem d'enviar un altre, per si el primer s'ha perdut.

—Com tu manis, senyor —respongué Hasim.

Si el príncep ho ordenava, els enviaria tots, un darrere l'altre, va fer Hasim, mentre abaixava el cap i s'amagava sota la manta. Si haguessin fet cas d'Abdul, ara serien a Meknès, ben calents i ben contents. D'aigua ja n'havia tingut prou amb tota la que els havia caigut al damunt durant el viatge de Tànger a Meknès. Oh, Senyor!

Van entrar a ciutat gairebé a fosques i sota una cortina d'aigua. Els dos soldats que Hasim havia enviat els esperaven per conduir-los directament a l'habitatge que ell havia ordenat llogar des de Meknès.

Es tractava de la casa de Muley Idris, un lloc prou important, residència de qui fou el sultà fundador de la ciutat l'any 808, conegut amb el nom d'Idris I.

Alí Bei no va voler ni veure la casa. Ja ho faria l'endemà. Va sopar lleuger i es retirà després d'haver ordenat que li portessin aigua calenta.

Hasim n'hi va portar. Alí Bei es descalçà i, entre esternuts, va ficar els peus dins el cossi d'aigua i es cobrí amb una manta seca.

—Després d'haver vist que a Tànger gairebé no ha plogut una gota en tot l'estiu, m'imaginava aquestes terres gairebé desertes, però reben més aigua que tota Andalusia —es queixà.

—És l'època de l'any —respongué Hasim.

Va retirar els peus de l'aigua, se'ls eixugà i s'estirà damunt del matalàs. Estava esgotat. Va tancar els ulls i tossí. Segurament ja tornava a tenir febre, pensà Hasim, i el tapà amb la manta. Una bona suada li aniria bé.

Tres dies, va estar malalt. Hasim, en vista de la pujada que feia la febre, li va preguntar si cridava un metge, però Alí Bei es negà. N'hi hauria prou amb tornar a embolicar-lo amb tovalloles humides.

Així ho van fer i el quart dia la febre desaparegué, però va quedar demacrat i dèbil.

—No hi ha res que un bon àpat no pugui arreglar —va fer i, aixecant la veu, afegí—: Sóc el príncep Alí Bei, descendent de l'oncle del Profeta i Déu és amb mi.

L'endemà es llevà i Hasim li mostrà la casa. Era gran i espaiosa. I és clar que no podia dir que fos precisament barata. Tanmateix, un príncep descendent de l'oncle del Profeta havia de menester un lloc digne per estar-s'hi.

—On s'allotja el sultà? —demanà Alí Bei, en arribar a la terrassa i contemplar la ciutat.

—Encara no ha arribat —respongué Hasim.

—Com que no ha arribat? Va sortir de Meknès abans que nosaltres —s'estranyà Alí Bei.

—Cert, senyor. Però diuen que ha hagut de desplaçar-se cap al sud per causa d'un petit problema.

—Prepara-ho tot per marxar —ordenà Alí Bei.

—Per què?

—No vas veure que m'ordenava seguir-lo? —s'estranyà Alí Bei.

—No m'hi vaig fixar —negà Hasim amb el cap, perplex.

—Entre els nobles ens entenem amb el llenguatge dels gests —féu Alí Bei amb un somriure.

Hasim el va mirar. No n'estava del tot guarit, de les febres, reflexionà. Si tornaven a marxar, podia recaure un cop més i, dèbil com estava, podria resultar fatal. Havia d'impedir a tot preu un nou viatge i aconseguir que descansés.

—Pel que he pogut saber, ha de venir a Fes un cop hagi enllestit el petit problema que té —mentí descaradament—. Si nosaltres marxem i ell arriba, doncs... haurem fet un camí en va. No creus? Jo penso que l'únic que has fet és avançar-te.

—Tens raó. Millor ens quedem —rectificà Alí Bei—. Avui és divendres. Anirem a la mesquita per donar gràcies a Déu.

Hasim somrigué. Era una bona decisió.

Van traspassar la porta i totes les mirades dels que ocupaven el carrer es fixaren en la seva persona.

L'arribada d'Alí Bei a Fes havia creat un petit rebombori entre la gent d'aquell barri. Durant els primers dies tothom es demanava qui era l'home que s'allotjava a la casa de Muley Idris i que no sortia. Era com un misteri. I havia de ser molt ric, deien mentre la curiositat augmentava. Ara, el misteri sortia a la llum.

Durant el recorregut, van poder conèixer la ciutat. Hasim ja hi havia estat i havia passejat pels carrers estrets i sense empedrar, entre cases altes amb voladissos i passadissos elevats que unien una part amb l'altra. Alí Bei va contemplar aquella curiositat arquitectònica i va fer el comentari que podia haver estat força artística, però que degut a la poca amplada dels carrers, aquests resultaven massa foscos i tristos. D'altra banda, per ser una ciutat que comptava amb més de cent mil ànimes, les façanes no donaven sensació ni de poder ni de riquesa. Les nombroses esquerdes feien pensar en una construcció de mala qualitat, amb escales estretes, irregulars i mal acabades, els terres de totxo o de rajoles amb dibuixos i les parets despullades o mal pintades. Si la casa de Muley Idris no constituïa un cas aïllat, bé podia dir que només l'interior de les grans mansions escapaven d'aquesta nefasta valoració. I poc contribuïen a millorar l'aspecte general d'aquella població les muralles amb arcades que es tancaven cada nit convertint la ciutat en barris independents.

—I és clar que tot també té un aspecte positiu —digué Alí Bei, després del rosari de planys—. Tot i que Fes no ofereix la imatge d'haver estat el centre del regne en temps de Muley Idris, aquesta gran profusió de mesquites permet albirar que segueix sent el centre de la cultura del Marroc.

Hasim li va donar la raó. Allà, dins de les muralles, s'alçaven dues-centes construccions dedicades a Al·là que competien entre elles. I, enmig, s'aixecava la de Quaraouyine, seu de la universitat, a poca distància de la casa de Muley Idris.

—Això ja és una altra història —somrigué Alí Bei en arribar a la mesquita.

Catorze portes s'obrien per donar entrada a l'oratori format per setze naus i dues-centes setanta columnes envoltaven el gran pati d'arcs que permetia que nombrosos fidels s'atansessin per escoltar les paraules de l'imam, que se situava al mur sud, al *mehreb*, cavitat que li permetia dirigir l'oració del divendres.

—Jo no hi he estat mai, però algú m'ha dit que es pot comparar amb el pati dels Lleons de l'Alhambra de Granada — va fer Hasim.

—Els haig de donar la raó —afirmà Alí Bei.

Hasim va somriure satisfet.

Allà l'arquitectura semblava haver fet un parèntesi, perquè les columnes eren molt treballades, el terra uniforme i amb força dibuixos, on es constatava que els artesans hi havien abocat totes les seves habilitats. I és clar que va ser construïda en altres temps, a l'igual que passava amb els grans edificis que van aparèixer a la península Ibèrica durant la dominació musulmana. Tanmateix, segles després, la seva gran cultura i aquella empenta que els duia a dominar les tècniques, l'escriptura, la poesia, l'art, l'agricultura i la medicina, havien mort.

Després de descalçar-se i fer les ablucions, Hasim estengué la catifa i el seu senyor s'agenollà i amorrà el cap per donar gràcies a Al·là per la seva infinita bondat en conservar-li la vida. Un cop acabades les oracions, Alí Bei es passejà pels patis i pels passadissos i pujà a la terrassa. Ho mirava tot amb interès i preguntava mil i un detalls. Finalment s'aturà davant dels tres rellotges de sol que servien per marcar les hores de les oracions. Llavors va treure el seu rellotge de corda i la brúixola.

—M'ho imaginava —negà diverses vegades, i va fer una petita marca damunt les rajoles.

—Què passa? —demanà Hasim.

—Ves a buscar la màxima autoritat de la mesquita i prega-li que vingui —ordenà Alí Bei.

Poc després, l'intèrpret li presentà Mohamed Yusu, un dels doctors de la llei i màxima autoritat religiosa de la mesquita. Venia acompanyat de diversos imams i estudiosos.

—Els rellotges de sol horitzontals no estan correctament orientats i les hores que donen són inexactes —digué Alí Bei.

Hasim va traduir i el doctor que semblava el més important va reflexionar uns instants, es tombà cap als que l'acompanyaven i van estar discutint una estona.

—Digues que ho puc demostrar amb el meu rellotge que he portat d'Anglaterra —va fer, cansat d'escoltar discussions que no entenia.

Finalment, Mohamed Yusu es tombà i demanà:

—Com s'haurien de situar?

Hasim traduí i Alí Bei es dirigí cap al primer rellotge i senyalà la petita marca que havia fet per fixar el punt d'orientació exacta.

Els doctors van tornar a discutir entre ells i semblava que un no hi era d'acord, però el que manava va dir:

—Orienteu els rellotges com el príncep Alí Bei ha assenyalat —ordenà.

Hasim traduí i Alí Bei assentí satisfet. Dos homes van executar immediatament les seves instruccions i situaren els rellotges en la direcció exacta que ell havia marcat.

—Sort n'heu tingut que jo vingués aquí i corregís aquest error —va fer Alí Bei amb evidents mostres d'orgull—. A partir d'ara, les oracions es faran a l'hora en punt.

Hasim somrigué i traduí. Mohamed Yusu va fer una petita reverència i es retirà. L'imam que havia discutit amb ell, tornà a increpar-lo i ell li respongué:

—El canvi és ínfim i només afecta uns minuts. Recorda que la cortesia musulmana impedeix que duguem la contrària a un convidat. De manera que esperarem que hagi marxat i després els tornarem a situar tal com estaven.

Quan abandonaven la mesquita, Hasim es fixà que Alí Bei caminava amb el cap ben dret. Més del que li era habitual.

—He pensat que a partir d'ara cobraràs un dirham al dia —digué Alí Bei aquella tarda—. Però, ara m'hauràs d'ensenyar l'àrab més de pressa. Al·là no acceptarà que un príncep com jo desconegui la llengua dels seus.

—Com tu manis, noble príncep —respongué Hasim.

A partir d'aquell dia els quaderns d'Alí Bei s'ompliren de notes i més notes sobre la llengua d'aquell país.

Un dia Alí Bei va convidar a casa uns estudiants de la Quaraouyine. Eren joves i se l'escoltaven embadalits. Hasim traduïa el millor que podia, perquè el seu senyor parlava de filosofia i de religió i emprava paraules que el pobre intèrpret no havia sentit mai i constantment havia de demanar aclariments.

En un moment de la conversa, un dels estudiants va llegir un escrit d'un dels seus mestres. Hasim el va traduir.

—Qui ha escrit això? —demanà Alí Bei.

—Ahmed ben Mahasà—respongué el noi.

—Qui és aquest Ahmed ben Mahasà? —preguntà Alí Bei.

—El meu mestre.

—I què té d'especial? És diferent dels altres?

—No. És com qualsevol altre —s'estranyà el jove.

—Doncs, com veig que és un home qualsevol i que el que diu no és correcte, només escoltaré el que diu quan sigui fruit del bon seny.

Hasim es quedà en silenci. Com havia de traduir allò? I què en pensarien aquells nois, si llençava per terra el prestigi d'un dels seus mestres?

—Tradueix tal com ho he dit —ordenà Alí Bei.

I ho va fer.

Les cares d'aquells joves no tenien dita. Miraven alternativament Hasim i Alí Bei. El primer feia un posat que gairebé demanava perdó i el segon somreia beatíficament.

Quan la visita s'acabà i els joves estudiants van marxar, Hasim es va atansar a Alí Bei.

—Per què els has dit que no escoltaries el que havia de dir el seu mestre? —demanà.

—És evident que el motiu del vostre retard és que no us deixen pensar lliurement, però jo he vingut per obrir-vos els ulls i mostrar-vos el camí —digué Alí Bei.

—Com un profeta?

—Com un home que veu la llum —li contestà.

MALEÏT CÁTALA!

Oh, gran Al·là!, va fer Hasim, per a ell mateix. Alí Bei cada cop es prenia més llibertats, ordenava a qui li venia de gust, discutia (a través d'ell, naturalment) de qualsevol tema i tots plegats callaven per no contradir un convidat, la qual cosa encara l'esperonava més, tot pensant que els seus arguments eren irrebatibles.

Durant una de les moltes converses que Alí Bei havia mantingut amb la gent de Fes, li havien parlat dels banys, força abundosos, i de les virtuts del vapor que permetien recuperar la salut i enfortir el cos. Tant i tant li van lloar les propietats medicinals que va decidir visitar-los i emprar-los. Va triar una tarda i Hasim l'acompanyà. En arribar a la porta, dos soldats li barraren el pas.

—No podeu entrar-hi —va fer un d'ells.

Alí Bei no va haver de menester cap mena de traducció. El gest havia estat prou expressiu. Llavors, terriblement enfadat, es plantà davant d'aquell soldat, el mirà directament als ulls, a ben poca distància, i digué:

—Sóc amic del sultà, descendent de l'oncle del Profeta, príncep siríac i ningú no em prohibirà que entri als banys.

El soldat va mirar el seu company i ambdós posaren cara de babau. No havien entès res de res. Llavors, Hasim va traduir, però sense aplicar la vehemència del seu senyor.

—És l'hora de les dones —va respondre el soldat a Hasim.

—Oh! —va fer Alí Bei, quan va escoltar la traducció de l'intèrpret.

Va girar cua i se n'anà amb el cap ben dret, pas ferm i una actitud farcida de dignitat.

L'endemà van tornar al matí i els soldats se'l van mirar amb una espurna de burla als ulls. L'acte de fatxenderia del dia anterior els havia impressionat, però, després, quan el van veure marxar amb la cua entre cames, van acabar esclafint de riure.

Hi van ser prop de dues hores. Alí Bei es va quedar molt sorprès quan la temperatura augmentà més de quinze graus en passar del vestuari a la primera sala, calor que esdevingué molt més forta quan arribà al fons d'una mena de cova amb l'atmosfera saturada de vapor d'aigua que sortia pels forats que hi havia al terra.

Va estar fent moltes preguntes i demanant què era aquella olor tan agradable que es desprenia. Li van explicar que es tractava d'essències. Llavors es va interessar per les galledes d'aigua que es repartien per les quatre cantonades.

—És aigua que impedeix que els dimonis, que s'escapen dels inferns que hi ha sota, ens puguin fer mal —li explicà un home que també prenia els banys—. Per això de tant en tant ens mullem les mans, els braços, la cara i el clatell. És la nostra protecció.

En sortir, Alí Bei encara reia de valent.

—Quina explicació tan absurda! —no parava de dir—. Posar galledes d'aigua freda als racons per tal d'impedir que s'escapin els dimonis que viuen sota la sala. N'és molt, d'ignorant, aquest poble.

Els dies següents es va dedicar a discutir amb els imams. Hasim pensava que hi havia moments que el príncep Alí Bei deia coses molt maques i amb molt de sentit. Coses que havia après a Europa i Hasim, assegut al seu costat, traduïa amb un somriure. No obstant això, de tant en tant, el seu senyor podia deixar anar alguna idea que no s'entenia massa i que, fins i tot, no semblava adir-se amb els ensenyaments del Profeta. Llavors, l'intèrpret patia horrors, perquè estava convençut que, si traduïa tot el que deia i tal com ho deia, molts dels que l'escoltaven fugirien esparverats i en el millor dels casos els deixarien sols. De manera que va començar a filtrar les paraules del seu senyor per tal de no ofendre ningú.

MALEÏT CÁTALA!

Un dia, després d'una llarga discussió que semblava no conduir enlloc i que ningú no era capaç d'entendre perquè les paraules d'Alí Bei eren tan complicades que no hi havia manera de traduir-les, el príncep es va posar les mans al pit i va fer:

—No digueu mai que una cosa és així perquè jo ho he dit. Digueu que és així només quan vosaltres hagueu arribat a aquesta conclusió.

Ai!, va fer Hasim per a ell. Allò anava en contra de tots els ensenyaments i posava en perill l'autoritat de tots els mestres que cada dia ensenyaven a les escoles, Com havia de traduir aquella frase?

—No es pot dir com és una cosa fins que no s'ha vist —va fer.

Davant d'aquella evidència, els que escoltaven van mirar Alí Bei i van fer que sí amb el cap.

—Ja hem donat un gran pas —somrigué Alí Bei.

Un gran pas... cap a on?, es demanà Hasim, que ja anava més que perdut i cada dia es trobava amb una nova sorpresa.

Una nit Alí Bei va convidar Ahmed Yihidi a sopar. Aquell home era tingut per un dels mestres més importants.

—Per què aquí, a Fes, tothom em demana quantes esposes tinc? —preguntà en un moment de la conversa, quan ja havien acabat de menjar—. A Tànger no ho feien.

—Allà t'havien vist arribar i sabien que no en tens cap. Aquí seguim el costum —respongué Ahmed—. Ens interessem per la família de qui acabem de conèixer i el primer de tot és demanar per les esposes. És normal que demanis per elles abans de demanar pels fills.

—Entesos —afirmà Alí Bei. Callà un instant, i afegí—: El que em sorprèn de valent és la cara que poseu quan us dic que no tinc cap dona ni vull tocar-ne cap fins haver complert el sagrat deure de peregrinar a La Meca.

—L'home és aquí, a la terra, per servir Déu i donar-li gràcies per la seva bondat i la millor manera de fer-ho és tenir fills que també el lloaran —explicà Ahmed.

—Doncs a Europa, els sacerdots catòlics es mantenen purs per dedicar-se només a Déu —explicà Alí Bei—. Consideren que és el més gran sacrifici que poden fer per lloar el seu Déu.

—Això tinc entès —afirmà Ahmed, i somrigué divertit—. En certa ocasió vaig viatjar a Granada. Allà vaig tenir ocasió de conèixer alguns cristians. Fins i tot vaig arribar a intimar amb un sacerdot amb qui vaig parlar de valent. Em volia convèncer que la seva era la religió vertadera i posava com argument el que tu m'acabes de donar. Fins i tot em va dir que cada nit resava per la meva conversió. Li vaig agrair el gest i li vaig demanar com s'ho manegava quan la natura el cridava. Ell em va mirar molt seriós i em respongué que no li costava gens estar-se'n, perquè Déu li donava forces.

—Ho veus? —obrí Alí Bei les mans en senyal d'evidència.

—El problema és que l'endemà d'aquesta conversa em va semblar veure'l que s'endinsava en un carrer de la ciutat. Primer vaig dubtar, perquè no anava vestit com sempre, amb aquella roba que li diuen sotana. Vaig estar a punt de cridar-lo, però per prudència i per por a equivocar-me, me'n vaig estar. Tot i així, el vaig seguir una estona i el vaig veure parlar amb una dona, agafar-la pel braç i entrar en una casa. M'hi vaig atansar. No m'havia equivocat. Es tractava d'una casa de meuques. Vaig esperar pacientment. Quan va sortir em va veure, es va esgarrifar i a mi no se'm va ocórrer res més que preguntar-li si havia aconseguit convertir-la. No va saber què respondre —replicà Ahmed i va riure tant que li saltaren les llàgrimes. Quan es va calmar un xic, va fer—: És evident que quan més parles d'una suposada virtut, més tens dins del cap i dins del cor el pecat contrari.

—Una cosa és oferir un sacrifici i l'altra, ben diferent, poder complir el teu desig —disculpà Alí Bei el pobre sacerdot.

—No conec els costums de Síria, però recordo el que ens diu el Profeta i no crec que sigui diferent del que us ensenyen allà. Al·là no em demana cap sacrifici tan absurd com aquest. Jo tinc dona i fills i això no m'impedeix servir Déu. Al contrari: tinc fills que lloaran el seu nom i que faran que el seu regne sigui cada cop més gran.

—Això vol dir que no pots entendre que vulgui mantenir-me pur fins entrar a la ciutat santa? —insistí Alí Bei.

—El Profeta diu que són les dones que s'han de purificar després de tenir la regla. L'home, per mantenir-se pur, en té prou amb no tocar-les mentre siguin impures. Està escrit al versicle 222 del segon Sura. I el 223 diu: «les vostres dones són els vostres camps. Aneu-hi sempre que vulgueu». Els cristians, per contra, ho centren tot en el sexe i, per tant, els seus sacerdots no són homes complets.

—Homes complets? —s'estranyà Alí Bei.

—Un home complet és aquell que utilitza tot el que Déu li ha donat. Inhibir voluntàriament una part nostra és negar-se la plenitud.

Aquella nit, quan Ahmed va marxar, Hasim va veure que Alí Bei es quedava força pensarós. Potser era el primer cop que el seu senyor no havia guanyat en una discussió. I també era cert que, si bé mai no havien parlat de dones, perquè entre els àrabs es considera de mala educació parlar d'aquest tema, l'intèrpret havia vist en diverses ocasions que els ulls del príncep marxaven darrere del cul d'alguna noia de les que es creuaven pel carrer o darrere del rostre d'alguna jueva, que, al contrari que les marroquines, no duien la cara tapada.

L'endemà, a mig matí, Hasim va sortir a cuita-corrents darrere d'Alí Bei. El príncep acabava de comunicar-li que se sentia obligat a fer callar totes les veus que li demanaven que prengués muller i havia decidit comprar una esclava. Quan va escoltar aquelles paraules, l'intèrpret s'estranyà. Qui demanava el seu senyor que prengués muller?

—Només s'han interessat per si tenies esposes —va fer.

—Si no tinc cap dona em consideraran un home incomplet —digué Alí Bei.

—Ningú no...

—No em vulguis enganyar. Anit ho vaig veure ben clar.

Hasim va mirar el seu senyor. A veure: què se li havia escapat? Què va passar anit? Van sopar amb Ahmed Yihidi i van parlar de moltes coses. Ah!, recordà de sobte. Els versicles 222 i 223 del segon Sura. I és clar!

—Tens raó, noble príncep —va dir, acotant el cap.

—La vull negra —va fer Alí Bei, camí el mercat.

—Per què precisament negra? —demanà Hasim.

—Perquè així ho he decidit —respongué Alí Bei.

Bé! Doncs, la buscarem negra, decidí Hasim.

—I que sigui verge —afegí Alí Bei.

Verge? Què li havia agafat ara, a aquell home? Oh, Gran Senyor! On trobaria una esclava negra i verge? Les negres perdien la virginitat ben aviat. El príncep cada cop ho posava més difícil.

Durant la resta del matí van estar visitant tots els tractants d'esclaus sense cap resultat. Tothom responia que amb el color no hi havia problema, però que la virginitat ja era una altra història. Els traficants que les conduïen fins a ciutat ja feia dies que havien venut totes les virginitats, si és que no les havien trencat ells mateixos. Alí Bei es mostrà inflexible: la volia verge, negra i de seguida.

—Per què t'entestes a demanar-la verge? —preguntà Hasim—. Només és una esclava.

—Un príncep com jo no comparteix cap dona amb ningú —respongué Alí Bei.

—No discutiré —va fer Hasim, però afegí—: Tanmateix, si el que vols és apaivagar la cremor, mentre no la trobes, jo podria buscar-te una dona...

—No.

—Jo, de tant en tant, visito certes cases i... —insistí Hasim amb molta prudència.

—No! —negà Alí Bei, amb força.

Doncs, no, conclogué Hasim per a ell, i callà.

L'endemà al matí, quan Hasim tornava del mercat, just quan obria la porta de casa, s'atansaren dues dones. La més vella se li encarà.

—He sentit dir que el teu senyor, el noble príncep Alí Bei, busca una esclava jove, maca, negra i verge.

—Sí —afirmà Hasim.

—Nosaltres en tenim una —digué la dona.

—No us mogueu i espereu-me aquí —ordenà ell.

Va pujar les escales i va trucar la porta de l'habitació que Alí Bei emprava per estudiar. Va escoltar la veu del seu senyor que li concedia permís per entrar-hi.

—Hi ha dues dones que diuen que tenen una esclava negra, jove, maca i verge —informà Hasim.

—Segur?

El jove va fer un gest, tot tombant el cap a un cantó i obrí les mans amb els palmells cap amunt.

—Segur, segur... és el que podem veure —digué.

Alí Bei es quedà callat, meditant.

—Fes-les entrar —ordenà.

Hasim va sortir i tornà amb les dues dones, que es presentaren davant d'Alí Bei amb el rostre cobert.

—És cert, el que diu Hasim: que teniu una esclava jove, maca, negra i... verge? —demanà el príncep.

—És una flor tendra com una rosa —digué la dona vella, que semblava que portava la veu cantant—. Té uns pits preciosos, ben rodons i durs com una pedra, la pell és fina com la seda i l'esquena llarga i llisa, amb un cul ben eixerit i carnós que qualsevol home voldria grapejar. Les seves carns són voluptuoses i llueixen com una nit de lluna plena, els seus malucs serien l'enveja de la més delicada de les àmfores...

—No exageres? —la tallà Alí Bei, després d'escoltar la traducció que anava fent Hasim.

—Ho pots comprovar quan vulguis i que Déu em castigui ara mateix, si he dit mentida —replicà la dona.

—I de debò és verge? —demanà Alí Bei.

—No ens paguis, si no ho és —el desafià la dona.

—És un tracte just —digué Hasim, després de traduir.

—Quant en demanes?

—Trenta ducats d'or —va fer la dona vella, mentre l'altra s'enganxava al seu braç i l'estirava.

Hasim va veure aquell gest. Això volia dir que l'altra es conformaria amb menys.

—Estàs boja! —féu Hasim rient.

—Quant en demana? —intervingué Alí Bei.

—S'ha begut l'enteniment, senyor. Demana trenta ducats d'or —Hasim encara reia—. No hi ha cap esclava que valgui aquest preu.

Les dues dones xiuxiuejaren en veu baixa. Discutien. Hasim somrigué divertit. L'havia encertat.

—On trobareu una esclava negra i verge? —insistí la dona vella, sense fer cas de les protestes de la que l'acompanyava —. Fa dos dies que la busqueu i heu anat a veure tots els traficants i tots els tractants i no heu trobat res.

—Si ho és, digues-li que rebrà trenta ducats d'or —acceptà de sobte Alí Bei—. Pregunta-li el nom.

Hasim es quedà bocabadat. Anava a discutir, però la mirada d'Alí Bei el tallà. Bé! Qui paga mana. Arronsà les espatlles i traduí.

—Salima, senyor —respongué la dona vella.

—Doncs, aquesta tarda t'espero aquí mateix —l'acomiadà.

Les dues dones van fer una reverència i marxaren. Ambdues xiuxiuejaven felices.

Aquella tarda, a primera hora, van tornar acompanyades per l'esclava.

Shara, va dir Salima que es deia la noia. I no havia mentit en res. Quan va descobrir el seu rostre, Hasim va contemplà extasiat aquella pell fosca i fina, que lluïa com el banús, els llavis gruixuts i molsuts, els ulls negres i enormes, el nas petit amb la base ampla i aixafat de la punta, i els cabells arrissats. Déu meu!, va fer. Arribava vestida amb una tela blava que l'envoltava i dibuixava perfectament la corba d'uns malucs que es movien amb gràcia, mentre abaixava la mirada amb timidesa. No devia tenir més enllà de setze anys. Quina sort que havia tingut el príncep! Ell fins i tot donaria la vida per una dona com aquella.

—Si l'acceptes, la prepararem per tu —digué Salima.

—El tracte és el que és —va fer Alí Bei, i Hasim traduí.

—Nosaltres esperarem aquí fins que tu hagis comprovat que taca els llençols —digué Salima.

L'altra dona protestà, però Salima la va fer callar.

—El tracte és el que és —va fer Salima i clavà un cop a la mà de la seva companya que l'estirava del braç.

La van pujar a la planta superior, on la van banyar i la van perfumar. Mentre Alí Bei ordenà que preparessin una cambra sense que hi faltés el més petit detall.

El príncep es mostrà neguitós durant tota la resta de la tarda. «No m'estranya», pensà Hasim. «Shara és com un somni».

—Però què hi fan aquestes dones? —demanà Alí Bei amb insistència.

—La preparen per tu, senyor —respongué Hasim.

—I necessiten tanta estona?

—Tot allò que és bo, es fa pregar —el calmà Hasim.

Finalment, Salima va baixar.

—La dolça Shara, la flor més formosa del paradís, t'espera, noble príncep. Quins pits que guarda i quina escalfor que surt del seu entrecuix! Oh, senyor! Quan la banyava li he parlat i tota ella sospira per tu! —gairebé recità amb passió.

Alí Bei s'aixecà, es mossegà els llavis, dubtà uns instants, va mirar l'intèrpret i, finalment, es dirigí cap a la cambra.

Bé! Ja ningú no podria dubtar que el seu senyor era un musulmà complet, va fer Hasim.

6.- PRIMERA CONTRARIETAT

L'hivern havia entrat amb timidesa, però, de mica en mica, a mesura que el mes de gener de l'any 1804 avançava, es va sentir valent i acabà per desfermar la més crua violència.

Aquell matí, el dia s'havia llevat desagradable, amb un cel cobert de núvols espessits que semblaven immenses bosses a punt de rebentar, mentre que el fort vent del nord havia fet baixar les temperatures fins a l'extrem que els carrers de Madrid apareixien quasi deserts. Els pocs vianants que es deixaven veure caminaven de pressa, vestien gruixuts abrics i s'agafaven amb força el barret, mentre que només alguns carruatges, els conductors dels quals semblaven fantasmes embolcallats amb capes fosques, ànimes en pena que renegaven a cada passa dels animals, gosaven desafiar els mals averanys que s'albiraven. La resta de la població, aquells que no havien de sortir per força, romanien tancats a casa i guaitaven per les finestres, des d'on murmuraven oracions en demanda d'una clemència que no arribava. Poc després, els cels s'obriren i descarregaren tot el que aquells nuvolots negres hi guardaven.

Els arbres del jardí del palau reial també aixecaven els seus brams davant d'aquell atac de la natura i les fulles cridaven espaordides amb les remors i les queixes que s'arrencaven, les unes a les altres, amb els frecs que el vent les obligava a produir, mentre gruixudes gotes les fuetejaven sense cap misericòrdia.

Godoy, ben arraulit sota la manta, contemplava el magne espectacle des de l'interior del carruatge, mentre el seu secretari per als afers d'Àfrica es tancava l'abric amb força. Havia quedat amb el rei, per despatxar.

El Príncep de la Pau era més madur, havia après la lliçó i es plegava a tots els capricis de la reina, convençut que aquest tarannà li permetria manegar-la amb més facilitat. Si més no, així ho havia cregut durant un temps, però els darrers dos mesos alguna cosa havia canviat. A la passió incontrolada de Maria Lluïsa, ara havia de sumar aquells fogots sobtats de qui ja entrava en l'edat en la qual el caràcter de certes dones esdevé incontrolable i molt difícil de predir. Tan aviat es mostrava eufòrica i amb ganes de menjar-se'l sencer, com queia en la més gran de les depressions i, llavors, comprava noves joies, sense tenir en compte la precària situació de les arques reials. I ja no parlem dels comptes de l'estat, perquè n'hi havia per llogar-hi cadires. Cada cop que Godoy mirava de prendre noves mesures, era pitjor. La desamortització dels béns de l'Església havia servit per pal·liar momentàniament una conjuntura que esdevenia insostenible després d'haver claudicat davant Napoleó i haver comprat la neutralitat d'Espanya en el conflicte amb Anglaterra amb el vergonyós pagament de sis milions de lliures cada mes i el permís d'entrada als ports de la península, sense cap mena de restricció, per als vaixells de guerra francesos.

No. La desamortització continuada no era el camí més encertat i, tard o d'hora, s'esgotaria. D'altra banda, plantejar certs canvis en les estructures del país, amb un rei com Carles IV, resultava força complicat. Fins i tot impensable, si tenia en compte que darrere del monarca s'alçava la figura omnipresent i dominadora de la reina Maria Lluïsa i una noblesa farcida de prebendes que, sota cap circumstància, es mostrava disposada a perdre'n la més petita.

MALEÏT CÁTALA!

El carruatge es va aturar i el criat, mirant de protegir-se amb el paraigua, va baixar a cuita-corrents les escales per obrir la porta i desplegar l'escambell que hi havia sota el vehicle. Godoy sospirà, s'aixecà i sortí per amagar-se sota el paraigua. El criat va tancar la porta el més ràpid que va poder i el va acompanyar fins deixar-lo sota el porxo, on l'esperava un oficial. El Príncep de la Pau resava per no creuar-se amb l'infant Ferran, que amb els seus gairebé vint anys havia canviat força, però no en el sentit positiu, precisament. L'animadversió que ja li tenia de ben petit, havia crescut fins a l'extrem que el menyspreava a la més petita oportunitat i Godoy sabia prou bé que, en diverses ocasions, havia conspirat per fer-lo fora del govern. Sortosament, comptava amb el favor del rei i, el que era més important, el de la reina, que s'havia engreixat i havia perdut els pocs vestigis del seu suposat encant de joventut, que sempre havia mirat de realçar mercès a la gran quantitat de joies que duia al damunt. O, tal vegada, amb aquella profusió d'abillaments perseguia enlluernar els ulls dels homes fins a deixar-los cecs i impedir-los descobrir que sota ja no hi quedava gaire per atraure ningú. Si anys enrere, a vegades, fer-la contenta ja havia suposat un esforç voluntàriament acceptat, ara, fos quina fos la circumstància, esdevenia un martiri que hauria aconseguit que molts sants reneguessin de les seves creences, pensà Godoy. Tanmateix, el poder té les seves servituds. Què hi farem!

El secretari va veure com el criat que acompanyava Godoy plegava el paraigua i ja no tornava, sinó que feia l'esma de marxar. Ell no havia estat prou ràpid i, potser, el criat no s'havia adonat que hi havia algú més, perquè aquell idiota havia tancat la porta del carruatge d'un sol cop. Sospirà amb ràbia i, amb la cartera ben premuda contra el pit, esperant que li proporcionés un xic d'escalfor, va omplir els pulmons, va aguantar l'aire, va obrir la porta, va fer un bot, va sortir esperitat i arribà xop i renegant. Tot just sota el porxo, va mirar significativament el criat, però aquest no es va sentir al·ludit.

Resultava prou evident que no era que hagués suposat que ja no hi havia ningú més dins del carruatge, sinó que havia decidit que no era prou important com per merèixer una nova remullada. Malparit!

El Marroc, indiscutiblement, constituïa la gran aposta de Godoy. Obtenir gra a baix preu significaria alimentar una població que cada dia es queixava més i, el que era més important, poder exportar-ne a Europa i recuperar el prestigi que els darrers desastres econòmics i militars havien fet minvar fins gairebé desaparèixer. Per aquesta raó visitava el rei amb més freqüència i li parlava constantment dels progressos de Domènec Badia. Fins i tot, quan no havia rebut notícies o eren banals, tal com havia succeït durant tota l'estada del viatger a Tànger, se les inventava. Sortosament, aquell dia podia explicar que Tànger quedava enrere i que l'intrèpid explorador segurament anava camí de Fes, perquè les darreres informacions parlaven de Meknès i de com havia estat rebut per Muley Sulayman.

El Príncep de la Pau es va treure l'abric i el barret i els va lliurar al criat. Després, enfilà l'escala i es dirigí cap a la sala dels quadres d'escenes de caça, on l'esperava Carles IV. El sentinella obrí la porta, Godoy entrà seguit del seu secretari, s'aturà i féu una profunda reverència.

—Majestat —saludà.

—Què tenim avui? —demanà Carles IV, incòmode amb el temps.

—Grans notícies del viatger. Ha obtingut permís de Muley Sulayman per visitar el país, ha abandonat Tànger i ja el tenim camí de Fes —informà Godoy.

—Això significa que l'està tractant com a un amic, i els amics no s'han de trair —digué el rei.

—Majestat, la situació interna d'Espanya és en extrem delicada i necessitem imperiosament el gra del Marroc —replicà Godoy.

—El viatger podria utilitzar la seva amistat amb Muley Sulayman per aconseguir que ens vengui gra, però no pas per trair-lo i conquerir el Marroc —replicà Carles IV.

—Ja hem intentat arribar a un acord de totes les maneres possibles, i no ho hem aconseguit. Les arques de l'estat es troben buides i els temps se'ns llença al damunt —respongué Godoy i, en veure que el rei feia un posat gens positiu, canvià els arguments i afegí—: Prou que sabeu que el Marroc professa la religió musulmana, són infidels. Conquerir el Marroc permetria que la seva població abracés la vertadera religió.

—El mateix dèiem del continent americà i el que vam fer va ser matar en nom de Déu Totpoderós —negà el rei—. Ara ens plouen problemes pertot arreu.

—Les revoltes a les colònies de l'altre costat de l'Atlàntic no venen de la mà dels nadius d'aquelles terres, sinó dels fills dels espanyols que hi van anar —replicà Godoy—. I tot perquè l'economia no va a l'hora i no podem mantenir la presència dels nostres vaixells a les costes americanes, tal com desitjaríem, circumstància que els pirates anglesos aprofiten de valent.

—Sigui com sigui, no és bo trair la confiança d'algú que ens acull com un amic —insistí el rei.

Ja feia dies que Carles IV es mostrava contrari al pla de Godoy. Per un cop a la vida, el monarca espanyol prenia decisions i, malauradament per al Príncep de la Pau, ho feia en el pitjor dels moments i amb un tema que resultava vital per als interessos d'Espanya, i no hi havia manera que fer-lo baixar del ruc. Potser havia explicat el seu pla al rei massa aviat, es penedia Godoy.

El Príncep de la Pau va abandonar el despatx una estona després, sense haver obtingut cap victòria. La partida seguia en taules. Europa bullia per culpa de Napoleó i ell feia veritables equilibris per mantenir Espanya allunyada del conflicte. Tanmateix, el descontentament de la població era cada cop més evident i els lliberals cada cop es mostraven més forts. No ho entenia. El rei, un cop allunyat el perill que va significar la revolució francesa, havia canviat d'opinió en molts aspectes. Potser l'infant Ferran hi tenia alguna cosa a veure.

La tempesta es desfermà de nou en el precís instant que Godoy abandonava el palau i de poc va servir el paraigua que el criat sostenia, perquè en el curt recorregut fins al carruatge va quedar ben xop. Pitjor va ser per al secretari, que altre cop va haver de fer tot el camí corrent sota la pluja i el vent, mentre el criat tornava i desapareixia per la porta.

Potser no havia triat un bon dia per parlar amb el rei i hauria d'esperar que canviés el temps i sortís el sol. Tal vegada, llavors, també canviaria l'humor del monarca. Però, mentre, els dies passaven i, amb ells, les setmanes i els mesos i l'economia cada cop anava pitjor.

*** ***

Assegut al seu palau de Fes, el sultà mirava d'entendre el que li havia explicat aquell servidor. Què havia fet malament?, es demanava. A ell no li semblava pas cap deshonor. Ben al contrari. Per això havia ordenat que anessin a buscar l'intèrpret d'Alí Bei... com es deia...? Hasim. Sí, això mateix. I havia dit que el portessin de seguida.

Els dos soldats van arribar a casa de Muley Idris, van demanar per Hasim i li van ordenar que els acompanyés. L'intèrpret va preguntar per què i els soldats li van contestar que havien rebut ordres i que fes el favor de callar i seguir-los.

Quan van arribar al palau del sultà, Hasim no sabia què pensar i va començar a tremolar. O ell n'havia fet alguna, que no en tenia consciència, o el responsable n'era el seu senyor. De què era responsable? Doncs... no ho sabia, però segur que amb aquell tarannà tan especial els havia ficat en un bon embolic.

Ara estava davant del sultà, agenollat al terra i amb l'esquena ben plegada.

—Per què s'ha ofès Alí Bei? —demanà Sulayman.

Hasim aixecà el cap.

—Ofès? —preguntà.

—Sí, home, sí! —va fer el sultà—. Amb l'afer dels rellotges.

Ai, Senyor!, va fer Hasim per a ell. No, si ell ja ho havia dit, que allò acabaria malament. El sultà es referia al dia que un servent de palau es va presentar a la casa de Muley Idris amb un document que nomenava Alí Bei responsable dels rellotges i de donar les hores per a les oracions a la mesquita. Fins i tot se li assignava una renda de les arques reals.

—Potser hi ha hagut un malentès —respongué Hasim.

—Quin malentès? Els meus servents diuen que es va ofendre fins l'extrem de cridar com un foll.

—El meu senyor va... senyalar que els rellotges no... no... estaven ben orientats —dubtà Hasim, tot buscant les paraules i les frases més adients—. És cert. Tanmateix... ell ho va fer sense demanar res a canvi i... doncs... doncs... quan va rebre la teva carta va pensar que... que... que...

—Què va pensar? —va fer Sulayman.

—Va pensar... va pensar...

—Prou que has dit que va pensar —es desesperà Sulayman—. Ja ho sé que va pensar, però m'agradaria saber què va pensar.

—És que Síria és un país força estrany, amb uns costums i una manera de pensar molt especials —digué Hasim—. De fet es va enfadar perquè no et volia ofendre.

Sulayman es va quedar estupefacte. Ara ja no entenia res de res.

—Qui és l'ofès i qui ofèn a qui? —demanà.

—Jo de vegades també tinc vertaders problemes per entendre el meu senyor —mig somrigué Hasim—. Sembla que a Síria, quan es fa alguna cosa sense que la demanin, s'ha de fer de tot cor, sense demanar res a canvi. Llavors... llavors... si qui rep el regal... doncs... fa un altre regal... doncs... sembla ser que es pot interpretar com que qui ha fet el que ha fet, no ho ha fet de bon cor i perseguia obtenir el que li han donat.

El sultà va haver de fer una pausa en la conversa per poder entendre el que Hasim acabava de dir.

—Són ben complicats, aquests siríacs! —exclamà finalment.

—A voltes resulta un pèl difícil entendre'ls —afirmà Hasim amb diversos cops de cap, tot posant uns ulls com taronges.

Oh, Senyor!, pensà Sulayman. El pobre Sidi Mohamed havia suggerit aquell honor i Alí Bei s'ho prenia per un insult. Malament! El primer ministre s'enfadaria molt davant la reacció del príncep siríac i, potser, no ho acabaria d'entendre. En fi!

—Com molt bé has dit, tot plegat és un malentès. Anul·laré l'ordre i s'ha acabat —conclogué Sulayman, i va fer un gest amb la mà.

Hasim s'aixecà i es retirà sense donar l'esquena al sultà, amb el cap cot i l'esquena plegada.

Un cop atrapà la porta, respirà alleugerit. Quines històries que li feia inventar el seu senyor! Per un moment, allà davant del sultà, va pensar que no se'n sortiria. La imaginació és poderosa quan t'hi jugues molt. On trobaria un treball tan còmode i tan ben remunerat com aquell? Home! Pagava la pena jugar-se-la.

*** ***

Godoy va deixar la carta damunt la taula i es fregà la cara. Estava cansat. Davant seu tenia el coronel Amorós.

—Amb vint homes com Badia, el món seria nostre —va fer—. No en tinc cap dubte —afirmà amb un sol cop de cap.

La carta era del viatger i explicava que havia hagut d'extremar les precaucions perquè sospitava que tenia algun enemic a la cort del sultà. Possiblement algun ministre envejós que, en veure la devoció que Sulayman sentia per ell, mirava de fer-li mal. Com exemple posava l'enrenou dels rellotges i relatava amb tot detall que ell s'havia mostrat ofès i no havia acceptat de cap de les maneres una funció tan baixa. Tan forta havia estat la seva oposició que tothom havia entès que allò era una terrible ofensa a un príncep i, fins i tot, el sultà havia retirat l'ordre i li havia demanat disculpes.

Un altre detall que esmentava la carta eren les creixents i nombroses pressions de l'exèrcit d'amics que li demanaven que prengués una dona. Ell, tal com havien convingut amb Amorós, sempre responia que no volia casar-se fins no haver peregrinat a La Meca. Tanmateix, en aquelles terres estava molt mal vist que un musulmà ric i notable no tingués al menys una esposa o una concubina. Finalment, per tal de donar gust als seus seguidors i amics, havia acabat per acceptar el regal d'una esclava negra, després de rebutjar moltes altres de blanques. Havia triat la negra, explicava, per dos motius. El primer que li permetria comptar amb la simpatia de totes les tribus de l'interior, en veure que triava una de la seva raça. I la segona que la repugnància que sentia davant d'uns llavis enormes i d'un nas aixafat impediria que caigués a la temptació. D'aquesta manera tota la seva energia es concentrava en la missió que se li havia encomanat.

El coronel Amorós també va fer que sí amb el cap. Estava absolutament d'acord amb la valoració que Godoy acabava de fer del viatger.

—Quins sacrificis que ha de suportar el nostre home! —exclamà.

—Qui es fa càrrec de tenir-ho tot a punt per enviar el material quan arribi el moment? —demanà Godoy.

—El marquès de Las Amarillas, excel·lència.

—I com ho porta?

—Bé, excel·lència.

Godoy es va quedar en silenci. Meditant.

—Espero que ell, com ja he fet jo, hagi oblidat el desgraciat incident de Catalunya —va dir—. En la seva destitució no hi va haver res de personal.

—El marquès és un cavaller, excel·lència.

—Per això ho dic —somrigué el Príncep de la Pau—. Ja n'he conegut uns quants, de cavallers.

—I qui hi tenim, sinó?

—No ho sé. Hi hem de pensar.

I tant que hi havia de pensar! I en tot plegat, perquè no fallés res. Sa Majestat no ho veia clar, però ell sí. El Marroc era l'inici de la nova esplendor de l'imperi espanyol, la porta d'entrada cap a una nova era en la qual l'economia es refaria fins a l'extrem de poder mantenir tota la flota operativa i recuperar posicions dins d'Europa i del context mundial.

Potser hauria de fer una nova visita a la reina, pensà. Una visita d'aquelles que en altre temps sovintejaven i que ara feia mesos que no practicava. Tanmateix, el seus llavis es torçaren en un gest de disgust. Resultaria un sacrifici difícil de suportar i encara desvetllaria en la reina desigs que la natura semblava que ja li feien oblidar. No. Millor cercava un substitut del marquès de Las Amarillas. Conclogué.

7.- MARRÀQUEIX

Qui no escolta la veu de l'experiència que no demani que la sort l'acompanyi. Al·là és bondadós, però no fins a l'extrem de concedir eternament les seves benediccions a qui només persegueix una obsessió i oblida la resta.

Hasim, aplicant aquest principi que li havia explicat el seu pare, havia arribat a la conclusió que Alí Bei no tenia sort amb els seus viatges perquè aquell home no s'escoltava ningú i només tenia una idea fixa: volia seguir el sultà, que ja havia marxat cap a Marràqueix després de visitar Fes, on l'havia rebut un parell de cops al seu palau.

Un altre fet que havia de tenir en compte és que, també força sovint, el desconeixement dels costums d'un poble pot induir a capgirar interpretacions sobre el comportament dels altres i Alí Bei, possiblement sense tenir en compte que aquelles audiències formaven part de la cortesia marroquina, semblava haver pres les deferències que li dedicava Sulayman per un honor que pocs altres rebien. Més encara quan en la primera Sidi Mohamed Salaui, primer ministre, li va demanar disculpes per l'afer dels rellotges.

—Ho veus? —havia fet Alí Bei, quan ell i Hasim sortien del palau del sultà—. Queda clar que algú ha volgut menysprear la meva persona davant del sultà i que la meva negativa ha aconseguit reforçar el meu prestigi i enlairar-me per damunt de tots.

Hasim havia fet que sí amb el cap, tot i que no ho veia igual, però... qui era ell per fer interpretacions? Alí Bei ja li havia explicat que els nobles, quan es relacionen entre ells, empren un llenguatge diferent. De manera que no es va estranyar gens ni mica quan el va cridar després d'assabentar-se que el sultà havia abandonat la ciutat.

—L'haig de seguir —havia fet Alí Bei.

—Per què?

—Què no ho vas veure? Va obligar Sidi Mohamed que em demanés excuses. Això només ho fa un germà.

—Trigarem uns dies a poder marxar —havia dit Hasim—. Hem de parlar amb Abdul, recollir-ho tot, muntar la caravana...

—Doncs, afanya't.

L'endemà, mentre els criats feien l'equipatge, que cada cop era més voluminós, perquè ara ja comptaven amb tot el mobiliari que el príncep havia anat comprant més les pertinences de Shara, Hasim va parlar amb Abdul, que li va dir que no era bon moment per viatjar i que calia esperar.

—Ja hi tornem a ser! —va fer Alí Bei—. No cal que ens acompanyi. Disposo de mapes, d'una brúixola, de sextant, de nònius, de rellotges i de tot el que cal per orientar-nos. Si no vol venir, marxarem sense ell.

Una setmana després, quan la caravana ja era a punt, el cel es va espessir i uns núvols amenaçadors van fer realitat els mals averanys tot descarregant una pluja inclement acompanyada d'un fort vent que van obligar Alí Bei a fer cas dels consells d'Abdul i restar a Fes.

—El cel es posa de nou en contra meu —va fer en veure la tempesta que es desfermava.

—No és que es posi en contra de ningú, sinó que és l'època de l'any —respongué el guia.

—I per què el sultà ha pogut marxar sense cap entrebanc? —es queixà Alí Bei amb amargor.

Hasim, sense esperar la resposta d'Abdul, podia haver respost ell mateix que el sultà, coneixedor de la regió i dels capricis del cel, havia marxat en el moment adient. Tanmateix, es va estimar més no dir res. Coneixia prou bé aquella expressió d'Alí Bei i sabia que no hi havia res a pelar. «Si diu que el cel està en contra seu, ho està i s'ha acabat», pensava Hasim. «Aquest home viu en la creença que tots plegats som una colla d'ignorants i que l'única cosa real és el que ell diu. No paga la pena lluitar contra l'impossible», conclogué amb filosofia.

Finalment, quan el temps es va calmar un xic, Alí Bei, encoratjat pel canvi, va decidir que havia arribat l'hora de posar-se en camí i el 27 de febrer de 1804 va muntar el seu cavall i es dirigí cap a la porta de Fes

—No ho veig clar —va fer Abdul—. Potser només es tracta d'una treva i no és cap bona pensada encetar un desplaçament en aquestes circumstàncies.

—Estic a punt de pagar-li més del que havia demanat i ell ha acceptat —respongué Alí Bei quan Hasim li va traduir les seves paraules—. Potser ara té por?

—Es farà com ell vol —respongué Abdul, amb cara d'ofès —. A mi no em fa por viatjar sota el vent i la pluja. Si ho dic és pel seu bé. No voldria que tornés a caure malalt.

Fins i tot uns quants amics i coneguts van sortir per demanar-li que no marxés.

—Confio en la bondat d'Al·là, que no pot permetre que cap mal li arribi a un descendent de l'oncle del seu Profeta — contestà Alí Bei davant l'astorament general

Després va agrair el que ell va qualificar com mostres de les grans amistats que havia fet i com la prova més palpable de l'ascendència que havia obtingut entre aquella gent i els va deixar palplantats.

Hasim somrigué beatíficament, saludà amb una inclinació del cap a tots els que s'havien atansat per impedir que marxessin i obrí les mans amb els palmells enlaire. Quan un vol fer les seves pròpies interpretacions, ja pots intentar explicar-li la realitat, que no hi ha res a pelar, hauria volgut dir a aquella gent. Va callar, però. Calia que no oblidés que el seu pare li havia ensenyat: «Una font que raja poc i continu és millor que no pas un torrent que baixa de cop i després s'esgota». Ara el seu salari ja havia pujat fins a deu dirhams la setmana i no havia de perdre de vista que cobrava cada setmana.

No obstant això, molts els van acompanyar fins fora de la ciutat. Per què? Doncs, perquè Alí Bei, quan se sentia eufòric, obria la bossa i regalava monedes a tort i a dret. Vet aquí l'explicació més senzilla, sospirà Hasim.

Fora de la ciutat, el príncep, cofoi i orgullós, va dir als que el seguien que se'n tornessin i un cop més va sorprendre tots plegats encetant l'oració que Hasim li havia ensenyat per donar gràcies per l'acomiadament. La pronuncia va ser nefasta i l'oració no pas gaire correcta, però era el millor resultat que es podia esperar de les lliçons d'un mestre com Hasim amb un alumne com Alí Bei. Més tenint en compte la dificultat de la llengua i el poc temps. Miracles no n'hi ha.

Els presents romangueren callats fins que un d'ells va començar a respondre l'oració de l'home que sempre acabava obrint la bossa i els altres s'hi afegiren i van corejar les seves pregàries.

Alí Bei es considerà tan afalagat que es va ficar la mà a la cintura, tragué una bossa que duia penjada i la buidà damunt aquella petita multitud.

Gran Senyor! Feina van tenir els soldats de l'escorta per aturar les mostres d'afecte un cop desaparegueren les monedes del terra.

Tal com era previst (per part d'Abdul i una bona colla dels habitants de Fes) el viatge fins a Rabat va acabar sent un pèl massa mogut. La matinada següent, cap a les dues, va caure tanta aigua que es pensaven que moririen ofegats. Sortosament, a les nou del matí van poder aixecar el campament i continuar. I el primer dia de març la pluja i el vent van ser terribles i plantar les tendes esdevingué una tasca gairebé impossible.

Un cop tothom s'aixoplugà, Shara, que dormia en una tenda separada de la resta, va sortir a la porta per demanar que li portessin el petit cofre que s'havien descuidat i que havia quedat enmig dels animals. Els guàrdies havien corregut per amagar-se sota els tendals i els criats havien entrat a la seva tenda i per més que van escoltar els crits de la noia, no li van fer cas. Per què ho havien de fer si segurament Alí Bei, que dormia encara més lluny, no la sentiria?

—A veure si es pensa que ara ens mullarem per un caprici de dona malcriada —va fer un d'ells—. Ningú no s'endurà el seu cofret i demà ja el recuperarà.

Força estona després, Shara, veient que ningú no l'ajudaria, va decidir d'anar-hi ella sola i enmig del xàfec la seva figura vacil·lant va recórrer les trenta passes.

Hasim acabava de dur el cossi d'aigua calenta a la tenda d'Alí Bei i quan es dirigia cap a la seva va distingir una ombra que s'esmunyia enmig de la cortina d'aigua i es va estranyar. Es va aturar un moment per veure de qui es tractava. En aquell precís instant la noia va caure al terra. Hasim va sortir cames ajudeu-me i, en arribar al seu costat, va descobrir que la pobra noia estava coberta de fang i s'havia fet mal a una cama. Plovia a bots i barrals.

Sense rumiar-s'ho dos cops, la va entomar i la tornà a la seva tenda.

—El cofret —va fer ella, i assenyalà cap al lloc on havia caigut.

Hasim va observar el cel inclement, però com ja anava xop, tant se li'n donava una mica més d'aigua. Què hi farem! De manera que va tornar a sortir i va començar a buscar el cofret enmig de la tempesta.

Shara es va despullar i s'embolicà amb una manta que es nuà al pit. Hasim semblava un home força agradable. L'havia vist per primer cop el dia que Salima la va dur a casa d'Alí Bei. Ella era la setena filla de Yusef Abu, un pastor que va perdre les dues esposes i el ramat en poc més de tres setmanes, per causa de les tempestes de sorra, i no va poder tornar els diners que devia a Mohamed ben Hisha, per la qual cosa no va tenir més remei que regalar-li una de les seves filles i va escollir Shara. Ben Hisha va arribar feliç a casa seva i Ébora, la seva esposa li va dir que era idiota per haver acceptat una esclava negra i que ja la podia tornar. Tanmateix, el seu marit desitjava una noia jove i ben disposta.

—Per les nits que tu no em pots satisfer —li va dir, i se la quedà.

Ébora va mirar la noia. Era força bonica i si era llesta i s'arreglava podia esdevenir un bon perill.

Un dia s'assabentà al mercat que hi havia un príncep que tenia el caprici de comprar una esclava negra i verge.

—Llàstima! —es queixà a una veïna seva—. Mohamed és fora, de viatge i, si Shara encara fos verge, prou que l'hi vendria, a aquest príncep que diuen que és tan ric.

—Podries parlar amb Salima —li suggerí la seva veïna—. A alguna noia que s'havia de casar li ha fet un petit sargit i tothom s'ho ha empassat.

—Només ho deia per dir-ho. El meu marit em mataria —rigué ella.

Tanmateix, aquella nit Ébora no va poder dormir. Per què no?, meditava. Si el preu era bo, ja s'encarregaria de convèncer el seu marit que havia fet un bon negoci i, fins i tot, li compraria una altra esclava per a, tal com deia ell, les nits que ella no el pogués fer content. Però aquest cop la triaria ella.

L'endemà, de bon matí se'n va anar a parlar amb la bruixa.

—Què dius que vols cobrar? —va fer, quan escoltà el preu.

MALEÏT CÁTALA!

—Dos ducats d'or —repetí Salima—. Li vols vendre al príncep Alí Bei, que diuen que és molt generós. Per tant, tu en trauràs molt més, si saps negociar —afegí la vella.

—Sí? —rigué Ébora—. I què creus que en podria treure?

—He sentit dir que aquest príncep Alí Bei no fa escarafalls davant de qualsevol preu. Pel capbaix podries treure deu ducats d'or.

—Si dius que en trauré tant, per què no negocies tu? Llavors et donaré la cinquena part, que és el que tu em demanes, però només si en treus més de deu ducats —oferí Ébora.

—Si jo negocio, tu et quedaràs amb els deu ducats d'or i jo amb tot el que aconsegueixi de més —digué la vella.

—Fet —acceptà Ébora—. Però si jo no obtinc deu ducats, tu no cobraràs res.

—Fet —acceptà Salima—. Però tu callaràs i passi el que passi, em deixaràs parlar a mi.

Ébora va dur Shara a casa de Salima. La bruixa la va fer estirar damunt d'una taula, li aixecà les faldilles, la va obligar a obrir les cames, va agafar fil i agulla i la remenà tant com va voler, fins que va estar ben segura que cap penis no posaria en dubte aquella nova virginitat.

—I tu, mira de no bellugar-te gaire, que la carn encara és tendra i el fil la podria trencar —advertí Salima.

Aquella mateixa tarda, tal com havien quedat, la van dur a casa d'Alí Bei, la van banyar, la van perfumar i la conduïren fins a una cambra, on la van deixar sola i tremolosa. Abans, però, la vella Salima li va dir:

—Espera el príncep i procura que no sàpiga mai que el brètol del marit d'Ébora t'ha posat la mà al damunt. Ni la mà ni res de res. Ni damunt ni sota. M'has entès?

Shara va fer que sí amb el cap.

—Tan bon punt et penetri, el fil es desprendrà i sagnaràs una mica. Ni ell ni ningú notarà la diferència i a partir d'aquest instant, si t'ho saps manegar, pots viure com una reina —somrigué Salima. Sospirà i afegí—: Ai! Quina enveja que em fas.

L'endemà, darrere la gelosia de la finestra, va veure Ébora i Salima discutint enmig del carrer. La vella es tombava d'esquenes i es plegava damunt la bossa que cobejava amb les dues mans, mentre l'altra mirava d'estirar-li. Bé, en el fons havia resultat una nit com moltes altres, només que, en lloc de tenir al damunt Mohamed ben Hisha, havia suportat les embranzides d'un altre home.

Oh, Al·là! Com plovia! Shara era a la porta de la tenda. Llavors va veure que Hasim tornava amb el cofret. Pobre!, pensà, mentre estenia la roba a les cordes dels tendals.

Hasim anava tan xop que ja no tenia ni pressa. Shara va agafar una tovallola i es començà a eixugar el cabell. Hasim va arribar i diposità el cofret a l'entrada de la tenda. Tremolava i la tempesta encara va agafar més embranzida. Des d'allà, de tan espessa que era la cortina d'aigua, ni tan sols podien veure les altres tendes. L'home sospirà, es mirà la roba, que havia absorbit tanta pluja que semblava impossible que encara en quedés als núvols, i va intentar localitzar amb la mirada on era la tenda on ell hi dormia. Enmig de la fosca nit no sabia ben bé cap a on havia de córrer.

Ella es va atansar fins gairebé fregar-lo i observà la tempesta. Per primer cop Hasim va poder contemplar de ben a prop aquells ulls grans. Només l'havia vista el dia que la van portar, perquè la resta del temps la noia havia romàs tancada a les seves habitacions. Recordava els seus llavis molsuts i la pell fosca, així com els cabells arrissats fins l'extrem que semblaven anells negres enganxats al cap, però els seus ulls no els havia pogut veure amb detall. La noia en tota l'estona no va gosar aixecar la vista del terra. I ara que els veia, s'adonava que eren preciosos i transparents com una nit de lluna plena.

—Cada cop plou més —digué ella, i li va oferir la tovallola que duia a les mans.

—Gràcies —va fer Hasim, agafà la tovallola i començà a eixugar-se el cabell.

—Gràcies a tu, per haver-me ajudat —replicà ella, es va atansar, li prengué la tovallola i continuà eixugant-li el cabell.

—Haig de marxar —va fer ell amb veu tremolosa, torbat per aquell acte de confiança.

—Ara no pots marxar. Ni tan sols podem veure on són les altres tendes. Treu-te la roba —digué ella. Llavors, en veure l'atabalament d'Hasim, abaixà els ulls i la veu, i afegí—: No miraré —i es va tombar d'esquenes.

Hasim va fer una ullada a l'exterior. L'aigua queia amb més força que mai i el soroll damunt la tela feia pensar que allò duraria força estona. De fet ningú no l'havia vist i ningú no el trobaria a faltar. Els guàrdies estaven massa preocupats per aixoplugar-se del vent i de la pluja.

Es va treure la gel·laba i s'embolicà amb la tovallola com si fos una faldilla, tot deixant el tors al descobert. Ella es va tombar, plegà la roba, l'escorregué i la penjà sota el tendal.

—Val més que seiem. N'hi ha per estona —somrigué Shara, deixà anar el tendal de la porta perquè el vent no hi entrés, el lligà i s'assegué a l'estora que hi havia enmig de la tenda.

Hasim va dubtar, però a la porta, tot i que estava tancada, feia massa fred. Va caminar les quatre passes que el separaven de l'estora i es va seure en una punta. Shara va somriure i s'hi atansà.

—Estàs glaçat! —va fer quan la seva espatlla nua va tocar la d'Hasim—. Si estàs tremolant! Encara et posaràs malalt.

Shara es posà dempeus darrere d'ell, va desfer el nus de la manta, la va obrir, la passà per damunt de les seves espatlles, s'agenollà i embolicà Hasim, mentre l'abraçava i el feia entrar en calor. Ell, en sentir la pell nua de la noia, encara va tremolar més. Era càlida i agradable. Els pits durs i ferms s'aixafaven contra la seva esquena i aquelles mans, de dits llargs i fins, li fregaven el pit, mentre el seu alè li arribava al coll. Va tancar els ulls i va notar l'excitació. Allò, malgrat que estava força tens i amb por, era el cel. Ai, ai, ai! Què passaria si els enxampessin? Alí Bei el mataria.

Els braços dolços de Shara el van abraçar encara amb més força. Llavors, se separà un instant per seure's i deixar que els seus pits generosos acollissin el cap d'Hasim i les seves cames nues i de carns voluptuoses l'embolcallessin d'una calor tendra, mentre la seva veu omplia les oïdes de l'home de paraules que eren pura mel. Ell va començar a acaronar aquelles cuixes. Sentia un foc immens darrere seu. De sobte es va tombar víctima de la passió que es desfermava al seu interior i buscà aquells llavis que ja l'esperaven. Els dos cossos abandonaren la posició d'asseguts i s'estiraren, ell damunt d'ella. La va besar. Cadascuna de les seves carícies rebia una altra a canvi i cada sospir es convertia en l'eco d'un altre sospir. El fred quedava fora i la calor dintre, sota la manta. Shara el desitjava i l'arrossegava cap a ella.

Quan la fruita li oferí tot el seu suc, Hasim va temptar les portes del temple, però sense acabar d'entrar-hi, com si demanés permís. Ella somrigué feliç, el fermà i li demanà sense paraules, amb les dues mans atrapant-li les natges, que arribés fins al fons. Era el primer cop que sentia que un home l'abraçava de debò. Notava tot el poder d'aquell cos masculí i feia poc que acabava de notar que tot el seu interior cantava lloances a la vida. Hasim va empènyer amb molta cura i les portes del temple s'esbotzaren, mentre una força irresistible el xuclava endins i les parets s'estrenyien per acollir-lo i abraçar-lo en el més càlid dels massatges. Shara tancà els ulls, obrí la boca i deixà anar un sospir de goig. Per segon cop, en ben poca estona, tot el seu cos es posà tens i es relaxà, alternativament, fent que es mossegués els llavis i gaudís de l'eternitat. Cap altre home no li havia fet sentir allò.

L'endemà la claror començà a filtrar-se per sota el tendal.

—Hasim, desperta —va escoltar que feia la veu de Shara.

Va obrir els ulls i va veure que ella romania tal com ell la recordava de la nit anterior, entre els seus braços, i ambdós embolicats amb la manta.

—Has de marxar —va dir la noia—. El dia comença a despuntar.

Ell s'aixecà, es vestí de pressa i sortí pel darrere, tot aixecant el tendal. Abans, però, va dedicar una mirada a Shara, i ella li tornà un somrís.

Déu del cel! Quina nit!

Alí Bei havia pagat trenta ducats d'or per ella. Hasim, ara, pagaria el doble i més, si calgués, per endur-se-la i quedar-se-la per a ell tot sol.

Un cop aixecat el campament, la caravana es dirigí cap a l'est. A mig matí van trobar un campament de beduïns, que allà reben el nom d'aduars. Alí Bei va veure que duien taronges i, com per causa de les tempestes havien perdut part del carregament, va ordenar Hasim que preguntés quant valien.

—Dos flus tot el cistell —contestà l'home que les venia.

—Compra tot el que hem de menester i paga el doble del que et demanin —va fer.

Hasim anava a replicar, però Alí Bei esperonà el seu cavall i el deixà enrere.

L'intèrpret no entenia res de res. Prou que n'era conscient que els preus eren més baixos que a Fes i molt més que no pas a Tànger. Tanmateix, per què havia de pagar el doble del que demanaven?

Els beduïns, profundament agraïts, els seguiren fins que Alí Bei els va haver de fer fora. No paraven de cridar el seu nom i lloà Déu.

La sorpresa va ser que en el següent aduar que van trobar l'endemà a la tarda, la gent sortí a rebre'ls i s'atansà per fer honors al príncep. S'arribaven fins al seu cavall i li besaven els genolls mentre ell els contemplava des de dalt. Evidentment, les notícies de la seva generositat havien corregut com la pólvora i Hasim va observar que el rostre d'Alí Bei canviava i una expressió de grandesa apareixia a la seva mirada, mentre inflava el pit i redreçava l'esquena ben recta. Llavors comprà fruita i pagà generosament, per la qual cosa encara li dedicaren més reverències.

Uns beduïns, en un altre aduar, es van atansar i li van pregar que no marxés, que el temps empitjoraria. Alí Bei no va entendre el que li deien i Hasim només va tenir temps per traduir la part en la que li pregaven que es quedés, perquè davant la sorpresa general, Alí Bei va començar a recitar l'oració apresa de memòria que ja havia deixat anar a les portes de Fes i aquella pobra gent la va corejar.

A partit d'aquell instant, així que arribaven a un altre aduar, el seu senyor resava i obria els braços com si fos un profeta.

Déu meu! Potser el seu senyor, per causa de la febre, havia perdut el seny.

Durant la resta del viatge Shara i Hasim, quan ningú no els podia veure, es dedicaven tendres mirades. Ell, cada nit, somiava amb ella i en la foscor recordava cada carícia, aquella pell suau i aquelles formes voluptuoses que desprenien una calor indescriptible i amable que l'havia embolcallat.

Finalment, després d'una llarga setmana farcida de tempestes i d'entrebancs van arribar a Rabat.

Alí Bei havia ordenat enviar criats per tal que li preparessin un lloc on poder viure-hi. La seva fama d'home generós el precedia fins a l'extrem que el mateix caid de Rabat no va voler perdre l'ocasió i li va assignar com a residència el castell, que va omplir de menges i de farratges pels animals, tot dient que eren un regal per a tan alta i digna personalitat. Ja s'ho cobraria amb escreix, pensà Hasim.

De forma increïble, els dies 5 i 6 de març, quan ja eren a ciutat, el temps canvià i un sol radiant va aparèixer dalt del cel. I és que Alí Bei tenia molta mala sort amb els viatges! Tanta mala sort que va arribar malalt i va haver de reposar i prendre banys.

La primera nit es va tancar a la seva cambra, va ordenar que li duguessin bru calent i que no el molestessin per a res ni que el despertessin l'endemà.

Hasim va donar les instruccions adients i tothom es retirà per descansar. El viatge havia estat llarg i penós.

Un cop la casa quedà en silenci, Hasim s'escapolí fins la cambra de Shara i van reviure totes les experiències que van tenir lloc dins la tenda, enmig de la tempesta.

—Si tingués trenta ducats d'or et compraria —va fer, quan es retirava del damunt de la noia i es quedava al seu costat.

—Potser no valc tant per al príncep —digué ella.

—Per què ho dius?

—Llevat de la primera nit, no m'ha tornat a tocar —explicà ella—. Ni tan sols m'ha visitat.

—No és un home gaire fort i sempre està malalt —el disculpà Hasim.

—És un home força estrany —digué Shara—. Aquella nit, es va estirar al meu costat i em parlava amb una veu dolça. Jo no hi entenia res. Em va descobrir els pits, els va començar a besar i de sobte es va fer enrera, com si s'hagués enfadat. Jo em vaig quedar quieta, sense saber què havia de fer. Ell estava molt excitat i em mirava d'una forma estranya. Semblava dubtar. De sobte se'm va llançar al damunt, m'aixecà la roba, m'obrí les cames i em penetrà amb violència. Em va fer mal, però em vaig mossegar la llengua. Estava damunt meu, però no em mirava, sinó que apartava la cara. Fins i tot m'havia posat la mà damunt de la galta per mantenir-me ben lluny. Es movia com un foll, desesperat, com si tingués molta pressa. Va ejacular de seguida i, immediatament després, es retirà i em donà l'esquena. No entenia res de res i sentia por. De manera que em vaig quedar quieta. Ni tan sols vaig gosar tapar-me. L'endemà vaig veure que es llevava i sortia. I ja no m'ha tornat a tocar més.

—Sí —afirmà Hasim—. És un home força estrany.

I es quedà pensarós.

Uns dies després, veient que el temps es mantenia i que recuperava les forces, després dels banys que el van guarir del refredat, el dia 10 de març Alí Bei ordenà preparar-ho tot per emprendre la darrera etapa del seu viatge.

Molta gent el va acompanyar fins les portes de la ciutat i va rebre les monedes que repartia a tort i a dret. Aquell home havia perdut el senderi, no parava de reflexionar Hasim i les notícies de la seva generositat el feien més conegut que el mateix sultà. Tothom pronunciava el seu nom i tothom volia ser ben a prop seu. El problema és que aquests actes, si bé desperten l'admiració del poble, també desvetllen l'enveja dels nobles.

Malauradament la treva dels cels només va durar dues jornades més i el tercer dia de viatge van haver d'aturar-se. Resultava impossible caminar. Fins i tot els animals remugaven i es negaven a fer una sola passa. Tanmateix, Alí Bei tenia pressa per arribar a Marràqueix i Hasim no gosava contradir-lo. Per Al·là, que aquell home tenia una voluntat de ferro! Malalt, amb febre i dèbil, encara era capaç de seguir caminant. Sortosament Abdul aquest cop es va quadrar i va aconseguir imposar el seu ritme.

Cada cop que s'aturaven per fer nit, mentre plantaven les tendes, Shara mirava amb tendresa Hasim i els ulls cantaven tot allò que els llavis callaven. En certs moments, ella li demanava, com faria amb qualsevol criat, que mogués algun equipatge per situar-lo en un lloc diferent de la tenda i aprofitava per tocar-li la mà o per atansar-se un xic i fregar-lo lleugerament. Llavors, Hasim tremolava d'excitació. En certa ocasió, tot just havien plantat la tenda, sabent que el seu senyor acabava tots els dies dins la seva amb els peus ficats dins d'un cossi d'aigua calenta i una manta damunt de les espatlles mentre tossia constantment, la noia es va quedar a la porta en una clara insinuació que anés a visitar-la quan tothom dormís. Prou que li hauria agradat, a Hasim, però havia copsat alguna cosa que no li havia fet el pes.

—És perillós —li va dir ell quan tothom ja es retirava—. Em sembla que hi ha un criat que sospita. Haurem d'esperar fins arribar a Marràqueix.

—Jo t'esperaré cada nit i cada minut del dia —li contestà ella.

Aquella nit Hasim va pensar en el seu senyor. Alí Bei, aquell home que aixecava passions entre el poble, perquè regalava diners, no era un home fort, físicament parlant. Cada cop que viatjaven estava més malalt. Si morís, com que no tenia cap parent, ell podria quedar-se Shara.

—Perdona'm, Déu del cel! —va fer en veu baixa.

Com podia pensar una cosa com aquella?, es penedí a l'instant. Mai no s'ha de desitjar la mort de ningú. Ni del pitjor dels teus enemics.

Miraculosament, després d'un viatge acompanyats per tots els dimonis, el dia 22 de març es van plantar davant les impressionants muralles de Marràqueix. El nom de la ciutat procedia de Marrakouch, que significa «el país del fill de Kouch», guerrers negres vinguts d'Aoudaghost, una gran ciutat de Mauritània envoltada de palmeres. La ciutat havia nascut el segle XI, quan Abu-Bekr, al front d'un gran exèrcit va arribar al peu del mont Gueliz i va trobar la pedra necessària per bastir una ciutat. Llavors va ordenar construir-hi una mesquita i va deixar la ciutat en mans del seu cosí Yusef ben Tashfin.

Marràqueix es va enriquir de seguida amb l'arribada de l'or i el marfil que duien les caravanes i esdevingué el centre de l'imperi que s'estenia des del riu Ebre fins Tafilatet i des de l'Atlàntic a Algèria. El seu fill Ali, de mare cristiana, va ser un dels sobirans més importants del Marroc i un apassionat per l'arquitectura que va portar un exèrcit d'artesans d'Andalusia per construir-hi un nou palau i una nova mesquita. Sota el seu regnat, la ciutat s'engrandí fins a l'extrem d'esdevenir un centre de primer ordre. Els seus successors la van dotar de jardins, com el d'Agdal, un dels més formosos que mai no s'havien vist. Poc després, a finals del segle XII, arribà la decadència de tan magnífica ciutat a mans dels merinies, que la van despullar. I no va ser fins al segle XVI que Muley Abdallah li retornà el seu aspecte de capital i, després, Ahmed el-Mansur, el victoriós, va fer portar tres tones d'or de Tombuctú per acabar d'enriquir-la. A partir d'aquell moment, la ciutat s'erigí en capital del regne, però la seva història de desgràcies encara no havia acabat. Un segle més tard perdia el títol de capital del regne i el tornava a recuperar sota el poder de Mohamed III, que restaurà els santuaris, les mesquites, les portes, les marasses i les alcassabes.

Hasim va poder contemplar els grans jardins i la riquesa d'aquella ciutat fins que van arribar a la casa Sidi Benhamed Duqueli, que ja tenien preparada per al seu senyor. Una casa gran, situada enmig de la ciutat. Allà Alí Bei va poder descansar durant uns dies i restablir-se del refredat sense sortir per a res, excepte en una ocasió, després que un home procedent del consolat espanyol el visités i li comuniqués que el senyor Rodríguez Sánchez, vicecònsol espanyol a Mogador que havia vingut de visita a Marràqueix, tenia notícies de la seva família a Espanya i que si li faria l'honor de rebre'l.

—Digueu-li que el rebré demà al matí —anuncià Alí Bei, i l'home marxà.

Hasim obrí la porta per deixar entrar Antonio Rodríguez Sánchez. Es tractava d'un home moreno, un xic gras, ben vestit i amb bigoti.

—El príncep Alí Bei t'espera —digué l'intèrpret, acompanyant-se d'una lleugera reverència amb el cap mentre es duia la mà al pit.

El vicecònsol espanyol a Mogador va seguir Hasim fins al capdamunt de l'estreta escala que conduïa a la part superior i després a través del llarg passadís que desembocava en una sala plena de coixins al més pur estil marroquí.

—El meu senyor de seguida serà amb tu —anuncià Hasim, mentre li indicava que s'assegués.

Rodríguez Sánchez va triar per seure uns coixins que hi havia damunt d'uns bancs. Allò de seure al terra no li feia gaire el pes. Quan s'havia d'aixecar, la panxa li feia nosa.

—Sigueu benvingut —escoltà que feia una veu darrera seu. S'aixecà i es tombà.

Un home prim vestit amb pantalons amples, una camisa i un turbant li somreia. Si no estigués al corrent de l'autèntica identitat del personatge, juraria que es tractava d'un musulmà. Aquella barba i el bigoti, la vestimenta, la pell morena, l'aire senyorívol... Tot era perfecte.

—Deixa'ns sols, Hasim —ordenà Alí Bei.

Rodríguez Sánchez esperà fins que l'intèrpret havia sortit.

—És increïble! —no es va poder estar de cantar les excel·lències de la disfressa.

Alí Bei s'assegué.

—Quines notícies teniu d'Espanya? —demanà.

—No quines voldríem —respongué el vicecònsol.

A partir d'aquí i durant una bona estona, posà Alí Bei al corrent de la situació a Madrid, dels problemes que trobava Godoy per convèncer el rei i, en conseqüència, de les dificultats per emmagatzemar les armes, disposar dels homes i tenir-ho tot a punt per l'enviament..

—Si he arribat fins aquí, no és per aturar-me —es queixà Alí Bei.

—Només cal una mica de temps i el rei capitularà —afirmà el vicecònsol—. Mentre, el Príncep de la Pau m'ha enviat deu mil duros perquè pugueu fer front a les despeses i perquè pugueu pagar els rebels que recluteu.

—No són diners, allò que necessito ara, sinó armes.

—Godoy n'és conscient, però pel moment té les mans lligades.

—Esperaré, però feu-li veure que no podem badar.

S'acomiadaren amb una forta encaixada de mans i Hasim acompanyà el vicecònsol fins a la porta. Després, tornà a la sala i trobà el seu senyor preocupat.

—No són bones notícies? —demanà Hasim.

—No gaire bones. La família no es posa d'acord en certs temes —contestà, i ja no va voler parlar-ne més.

*** ***

—Tan gran és la seva fortuna? —demanà Muley Sulayman, després d'escoltar el relat de les aventures d'Alí Bei pels aduars i com el rebien pertot arreu.

—Sembla inesgotable, senyor —respongué l'oficial de l'escorta que havia acompanyat Alí Bei fins a Marràqueix—. Obre la bossa amb tanta facilitat que dubto que mai acabi de tancar-la.

—I, pel que sabem, acaba de rebre una gran quantitat de diners procedents d'Espanya —apuntà Sidi Mohamed—. Els hi ha portat personalment el vicecònsol espanyol a Mogador.

—Potser no l'hem tractat com es mereixia —reflexionà el sultà—. El convidaré a visitar-me un altre cop.

El palau de Muley Sulayman era enorme, situat al sud-est de la ciutat i envoltat d'una muralla. Alí Bei, acompanyat de

Hasim, va creuar dos dels jardins i va poder contemplar una de les dues mesquites que hi havia a l'interior de la muralla i que pertanyien als dominis particulars del monarca. Més enllà s'alçaven les nombroses dependències dels familiars, de les incomptables esposes i de l'exèrcit de servidors i guàrdies que tenien cura de la seguretat i de la comoditat del rei del Marroc.

Van entrar en un dels edificis i van creuar set sales fins atrapar la que el sultà emprava per rebre els visitants.

Muley Sulayman l'esperava en companyia de Muley Abd-as-Salam, el seu germà cec, que era més gran que el sultà i que parlava francès. No perfectament, però prou bé com per entendre's amb el curiós visitant, per la qual cosa el paper d'Hasim quedà molt reduït.

Durant gairebé dues hores Sulayman es va interessar per saber la impressió que el Marroc havia causat en Alí Bei, que es va despatxar a gust tot parlant en francès i dirigint-se al germà del sultà, que feia d'intèrpret.

Quan l'entrevista es va acabar, Alí Bei s'acomiadà amb grans reverències i sortí del palau amb el cap ben dret.

—Estic molt content d'haver tornat a veure el meu germà —va fer.

Hasim va fer que sí amb el cap, sense badar boca. Per a ell resultava clar que la vida se li podia complicar força. Muley Abd-as-Salam parlava francès i no li calia cap intèrpret. A partir d'aleshores hauria d'anar amb molt de compte amb el que deia si volia conservar el seu treball. Més encara, hauria d'anar amb molt de compte si volia seguir al costat de Shara i no perdre el cap.

*** ***

Rasid tenia un cos enorme i inflat, fins al punt que les carns li penjaven per tots costats. El seu caminar era lent i els seus moviments miraven d'imitar la gràcia femenina, només que resultaven exagerats i, fins i tot, patètics. El seu senyor, Muley

Abd-as-Salam, tenia dipositada en ell tota la seva confiança i no hi havia res de palau que ell no sabés.

—L'he convidat només a ell —li havia dit Abd-as-Salam.

Mentre acompanyava el soldat que acabava d'anunciar l'arribada del príncep Alí Bei, Rasid observà les dues figures que es retallaven sota l'arcada que donava al pati. L'home del turbant era, sens dubte, el convidat. L'altre havia de ser l'intèrpret. Va aixecar les celles. Si a ell el deixessin triar, no s'ho rumiaria dos cops. L'intèrpret era més alt que el príncep, i més masculí i més esvelt i més jove i més musculós i més... Ai! I pensar que l'havia de despatxar...

—Príncep Alí Bei —saludà amb una mena de simulacre de reverència. La seva cintura no donava per més—. Muley Abd-as-Salam t'espera impacient.

S'apartà lleugerament per deixar-lo passar i quan Hasim mirava de seguir el seu senyor, l'aturà amb la mà al pit, mentre s'atansava fins gairebé fregar-lo.

—Només ell —va fer, tot dirigint-li una mirada plena d'insinuacions.

—L'esperaré fora —digué Hasim i s'apartà.

Rasid conduí Alí Bei per uns jardins, enmig dels quals hi havia una font de la qual brollava una aigua pura com el cristall. El príncep, durant aquell curt passeig, va veure que els seus moviments eren descaradament femenins i que romania amb la cara baixa, aixecant els ulls de tant en tant en una mirada mig provocadora i mig submisa i seductora. Alí Bei deduí de seguida que es tractava d'un eunuc. N'havia sentit a parlar d'aquells personatges, però era el primer cop que en veia un de tan a prop. Rasid s'aturà davant d'una cortina i la descorregué. Darrere aparegué una sala gran i ricament guarnida. Entraren. En cada racó de l'estada hi havia uns petits recipients que deixaven anar perfums encisadors i els coixins, flonjos com el cotó, omplien tot el terra. Abd-as-Salam l'esperava mig ajagut als coixins.

—Puc oferir al meu amic una tassa de té? —demanà.

—Serà un honor, rebre tan delicat detall d'un príncep com tu —respongué Alí Bei.

—Rasid —va fer Abd-as-Salam.

L'eunuc feu un nou simulacre de reverència que encara li va fer penjar més la panxa i picà de mans dos cops. Una porta situada a la seva dreta s'obrí i aparegueren cinc dones joves que portaven safates. Totes elles duien la cara mig amagada, de nas cap avall, darrera d'un vel tènue que permetia entreveure la puresa de les formes d'aquells rostres i obligaven a imaginar uns llavis en consonància amb els ulls encisadors que quedaven al descobert. Ell les havia triat especialment per a l'ocasió seguint les instruccions del seu senyor.

La primera noia s'agenollà i diposità la safata damunt la tauleta baixa. Rasid va copsar que Alí Bei observava els anells que aquelles mans de dits llargs duien i que servien per atrapar els vels de gassa que sortien del seu coll i flotaven a l'aire amb cada moviment. La noia s'aixecà, abaixà la mirada amb timidesa i es retirà unes passes.

Les altres noies es distribuïren: dos a cada costat dels dos homes. S'agenollaren i amb voluptuosos moviments dipositaren les tasses, el té, la llet i la mel. També duien vels que els arribaven als anells dels dits i també partien del coll, només que sota no hi havia més roba i s'endevinaven uns pits que també es movien amb absoluta llibertat sota un parell de capes de gassa que obligaven a mirar-los i excitaven la imaginació.

Rasid somrigué. Es veia d'una hora lluny que Alí Bci se sentia torbat. Tossí dos cops. Aquest era el senyal que el seu senyor esperava.

—Has llegit *El Jardí Perfumat* de Nefzawi? —demanà Abd-as-Salam.

—No conec ni l'obra ni l'autor —respongué Alí Bei.

—Oh! —va fer Abd-as-Salam, un xic decebut—. M'ho imaginava, perquè, segons tinc entès, només viatges amb una dona.

—Amb una que et serveixi bé, ja n'hi ha prou.

—Qui en té prou, no desitja més ni mira res més.

—Jo no... —mirà de protestar Alí Bei.

—El sultà sent una gran estima per tu i jo haig de tractar-te com a un germà —el tallà Abd-as-Salam—. Et prego que et sentis com a casa teva i que no vegis a les meves paraules cap retret. Elles són esclaves i no pas les meves esposes. Les pots mirar tant com vulguis, sense por, i fins i tot extasiar-te amb els seus pits voluptuosos.

Rasid somrigué divertit. Alí Bei semblava un nen a qui han enxampat en una entremaliadura. Com reaccionaria, ara?

—T'agraeixo les teves mostres d'afecte —respongué el príncep—. Em sento una mica cohibit, malgrat que només siguin les teves esclaves.

—Per què? —simulà Abd-as-Salam estranyesa—. Has de saber que Nefzawi va ser un xeic profundament religiós i molt devot. Va dedicar bona part de la seva vida a lloar Al·là i el seu Profeta i va escriure un llibre força interessant. En ell diu que el sexe és un regal de Déu i que nosaltres tenim el dret i el deure de gaudir-ne —va fer, mentre la seva mà s'avançava i acaronava el pit d'una de les noies, que va tancar els ulls i començà a respirar profundament.

Allò, per a un home, no era fàcil de suportar, pensà Rasid i va copsar que Alí Bei engolia saliva i respirava fondo.

—Si vols, pots prendre'n la que vulguis, ara mateix, aquí —somrigué Abd-as-Salam—. Ets el meu germà i, a més, jo no miraré —deixà anar una riallada.

Era evident que Alí Bei mai no s'havia trobat en una situació com aquella. Els ulls se li anaven cap a la noia que tenia a la seva dreta.

—Potser et fa cosa que Rasid sigui aquí, amb nosaltres. Jo sempre el tinc a prop per si passa alguna cosa —digué Abd-as-Salam, mentre agafava pel braç la noia que tenia mes a prop i l'atansava cap a ell. Va allargar la mà i començà a acaronar-li la galta, després el coll, l'esquena... Llavors ordenà—: Rasid, deixa'ns sols.

L'eunuc es va posar tens. Mai, en tots aquells anys, el seu senyor l'havia fet fora i sempre havia gaudit de tots els espectacles.

—No veig perquè no es pot quedar —va fer Alí Bei.

—Rasid. La bondat del príncep Alí Bei permet que et quedis —digué Abd-as-Salam.

L'eunuc va somriure. Aquell home, només per haver tingut aquest gest amb ell, tindria un amic per tota la vida. Va fer una reverència, molt més profunda que totes les precedents i es retirà unes passes per seure's en un coixí. No volia perdre's cap detall.

A un senyal de l'amfitrió, les dues esclaves que Alí Bei tenia al seu costat començaren a bellugar-se. Rasid somrigué i obrí bé els ulls. Aquelles noies sabien molt bé el que havien de fer.

*** ***

—Duia els collons tan plens que vaig pensar que ofegaria la primera esclava que li vaig oferir —va dir Abd-as-Salam.

Sulayman va fer un posat de disgust.

—Empra altres paraules quan siguis amb mi —el va renyar.

—No sabria com expressar-ho millor —somrigué Abd-as-Salam—. El que sí que puc assegurar, és que ara se li han buidat. Les volia tastar totes, però no va poder passar de la tercera. A Síria no deuen de conèixer els secrets de com gaudir de moltes dones sense que t'espremin fins la darrera gota. El pobre, cada cop que entrava dins d'una d'elles sortia mullat.

Era el seu germà i això el salvava, juntament amb la desgràcia de no veure-hi i que el sultà havia promès al seu pare que vetllaria per ell, i una promesa d'un musulmà al seu pare és sagrada. Altrament, ja faria dies que seria tancat en una presó o potser fins i tot mort, perquè era un ésser que només vivia per al plaer. Abd-as-Salam prou que coneixia la promesa que el seu germà havia fet al seu pare i prou que sabia que, malgrat que no procedien de la mateixa mare, la compliria. Per això se n'aprofitava.

—Ara ja saps que no és... —afegí Abd-as-Salam, i deixà la frase penjada a l'aire.

—De fet no calia que comprovessis res. Ha arribat a Marràqueix amb una esclava que va comprar a Fes —va fer Sulayman.

Abd-as-Salam rigué divertit.

—Tal com l'he vist, puc jurar que amb una no en té prou. A més, es nota de seguida que ha viscut gairebé tota la seva vida a Europa —somrigué Abd-as-Salam—. Rasid diu que les posseeix sense més ni més. No és capaç de retenir-se ni dedica prou temps a satisfer la seva companya ni té en compte els desequilibris de la natura que fan que elles triguin tres vegades més que un home a arribar al clímax. Desconeix que Nefzawi compara la dona amb una fruita i que diu que no ens lliura tota la seva dolçor fins que no les hem fregades amb les mans. Alí Bei les agafa i les esprem, enlloc d'acaronar-les. Per tant, només gaudeix d'una ínfima part del plaer que podria aconseguir.

—Els europeus i els infidels poden corrompre qualsevol —digué el sultà, i es quedà pensarós—. Procura que recuperi els bons costums i que aprengui alguna cosa de profit.

—Així ho faré —respongué Abd-as-Salam.

El que no havia esmentat Abd-as-Salam era el generós regal que Alí Bei li havia enviat. Era evident que el príncep siríac havia quedat força content i que tornaria. Només que, seguint el desig del sultà, caldria explicar-li algunes coses i fer-n'hi tastar unes altres.

L'endemà Hasim va veure que el seu senyor es dirigia cap a la porta de sortida i s'afanyà.

—No cal que m'acompanyis —va fer Alí Bei.

—No pots anar-hi tot sol —protestà Hasim.

—Conec el camí i Abd-as-Salam parla francès.

—Sí, però no és bo que un príncep camini sol pels carrers. Què en pensarà la gent? —replicà Hasim.

—Què n'ha de fer la gent?

—Si no t'acompanya cap servent, la gent pensarà que no ets ningú.

El príncep es va aturar. Hasim havia tocat un punt força sensible i Alí Bei acceptà que l'acompanyés.

Un cop arribats al palau del germà del sultà, Rasid aturà de nou l'intèrpret.

—Noble príncep, podríeu demanar que em deixessin seure a l'ombra, mentre us espero? —va fer Hasim—. L'altre dia va ser força dur quedar-me enmig del pati.

Alí Bei es tombà cap a Rasid i va fer un gest per indicar-li que escoltés el seu acompanyant. L'eunuc escoltà i assentí amb un cop de cap, mentre indicava que els seguís. Arribats a un jardí, senyalà un banc de pedra.

—Seu aquí i espera el teu senyor —va fer.

Hasim s'hi assegué. El banc estava a l'ombra i al costat d'una font. L'aigua rajava de ben amunt i picava contra una pedra que la feia esclatar en infinites gotes que la lleugera brisa escampava. Era un racó ben fresc. Va tancar els ulls i respirà fondo. S'hi estava bé.

Força estona després, el soroll d'unes tasses que queien al terra van cridar la seva atenció. Provenia del fons d'un pati on hi havia unes portalades protegides amb cortines. Va mirar a un costat i a l'altre. En aquell jardí només hi era ell. Es va aixecar i caminà unes passes fins arribar a la portalada que donava pas al pati. Uns crits femenins, entre ofegats i divertits, el van aturar. Potser s'estava dirigint cap a les dependències de les dones. Per un instant va pensar que el millor era tornar al banc, però tothom havia sentit parlar de la riquesa de l'harem del germà del sultà i ell no n'era cap excepció. De manera que la curiositat se'l menjava.

Avançà lentament, assegurant-se que efectivament no hi havia ningú més i arribà fins a una cortina, que separà lleugerament.

Ah!, va estar a punt de cridar. Allà dins, dempeus, estava el seu senyor. Amb els ulls embenats i sense pantalons! Al seu voltant dansaven cinc noies només cobertes amb un vel que penjava del coll i que arribava als peus, però que no amagava res de res. Ell reia, allargava les mans i mirava d'enxampar-ne una. Un xic més enllà, Abd-as-Salam també reia estirat damunt d'uns coixins, mentre dues noies, també nues, el fregaven de dalt a baix amb uns panys mullats en aigua de roses. El germà del sultà duia un got a una mà i amb l'altra fumava de la pipa que tenia al costat.

Això no és te!, negà Hasim amb un somriure de complicitat en veure el color vermell del líquid que regalimava pel coll del germà del sultà. I el que fuma no és tabac, afirmà lentament. Ell havia tastat l'haixix i en coneixia l'olor. I és clar que el seu senyor reia! Recordava que el dia que en va fumar primer es va sentir content i feliç. També reia i reia. Després va tenir uns somnis preciosos. I l'endemà un mal de cap horrorós. Havia barrejat herba amb vi i havia carregat un pèl la mà.

De sobte va escoltar un soroll a un costat del pati, deixà anar la cortina i tornà al seu lloc el més ràpid que va poder.

Un cop atrapat el banc de pedra, sospirà. No havia estat res. Es calmà.

Per haver fet la promesa de mantenir-se pur fins no arribar a La Meca, el seu senyor s'ho passava d'allò més bé, va pensar. I si obtenia tanta satisfacció, potser no posaria massa impediments en desprendre's de Shara.

8.- EL FANTASMA DEL DESERT

La suau brisa de mig matí entrava pel finestral i removia les cortines. Sidi Mohamed i Abdelmelek romanien estirats damunt dels coixins i escoltaven les paraules del metge.

—Té el fetge carregat i l'estómac regirat per causa de l'excés de vi, però el que més em preocupa són aquestes febres que de tant en tant pateix. Són extremadament altes i s'entesta a curar-se ell mateix. Té costums ben estranys. No permet que ningú l'ajudi a despullar-se i quan està malalt no vol treure's la camisa de cap de les maneres. Jo diria que si segueix així, no tindrà ni forces per fer la peregrinació a La Meca —deia Sayyidi —. A més, em temo molt que li agrada força l'haixix i que quan s'hi posa no té mesura ni control.

—Potser no va ser una bona idea encarregar Abd-as-Salam que eduqués Alí Bei en el delicat art de l'amor —intervingué Abdelmelek, tot negant amb el cap—. Una cosa és gaudir del plaer del cos i una altra, de ben diferent, convertir el plaer en obsessió.

—Em sembla que, quan conegui aquesta notícia, Muley Sulayman no quedarà gaire content —Sidi Mohamed va fer un somriure maliciós—. Jo pensava que Alí Bei era un home dèbil en l'aspecte físic, però que era intel·ligent i amb un caràcter fort.

—Jo també n'estava convençut. I encara n'estic —va fer Sayyidi—. Diuen que treballa de valent i pren notes de tot i dibuixa i estudia... He pogut veure alguns d'aquests dibuixos i són realment bons. Fins i tot ja comença a fer-se entendre en la nostra llengua. Malament, però hi posa molta voluntat i hi dedica força estona.

—Quan no visita Abd-as-Salam i les seves esclaves o no està malalt —se'n burlà Sidi Mohamed.

—Qui pot escapar a les subtileses del germà del sultà? —preguntà Abdelmelek—. Potser Alí Bei necessita apartar-se un temps per asserenar-se.

—Potser sí —va fer Sidi Mohamed—. Què en penses tu? —demanà a Sayyidi.

—És un home força curiós —somrigué el metge—. Com ja et vaig dir, no és fort, físicament parlant, però puc assegurar-te que té un caràcter de mil dimonis quan s'enfada. No hi ha qui el doblegui ni qui el faci creure i no pots prohibir-li que visiti ningú.

—Sí —afirmà Sidi Mohamed—. Reacciona molt malament quan alguna cosa no li fa el pes. Això li pot crear alguns enemics. Gent que no entengui que es tracta d'un estranger que no coneix els nostres costums —s'afanyà a corregir.

Dins del seu cap encara seguia viu i present l'afer dels rellotges. D'aleshores ençà Alí Bei no era sant de la seva devoció. El sultà l'havia obligat a demanar disculpes i aquell príncep siríac s'havia comportat amb supèrbia i, com aquell que diu, gairebé li havia perdonat la vida. No obstant això, no podia perdre de vista que Muley Abdelmelek li tenia certa simpatia.

—Tanmateix, el seu caràcter agradable el fa ser estimat. Més encara tenint en compte que posseeix una conversa fluida i uns bons coneixements —replicà Sayyidi—. Potser vol aparentar que és autoritari, però en el fons és amable amb el servei. Hasim, sense anar més lluny, el serveix amb devoció. Jo diria que amb ell s'ha d'actuar amb subtilesa. Si el sultà tingués un gest... prou eloqüent... —suggerí.

Aquell mateix dia Sidi Mohamed va anar a veure Sulayman i el posà en antecedents.

—I jo què puc fer? —demanà el monarca.

Sidi Mohamed havia estat rumiant sobre el tema. Sayyidi també sentia simpatia per Alí Bei, però ell no i havia jurat que, tard o d'hora, es venjaria de l'ofensa. I és clar que havia de donar la raó al metge i actuar amb subtilesa.

—Ofereix-li la casa de Semelalia per tal que pugui recuperar-se. D'aquesta manera l'allunyaràs d'Abd-as-Salam —suggerí.

El sultà va enviar un document a Alí Bei en el qual li «feia gràcia» d'una casa anomenada Semelalia, als afores de Marràqueix, i li pregava que l'acceptés per poder refer-se de la seva malaltia.

—És un honor impensable —va fer Hasim quan va traduir el document.

Ja feia dies que l'intèrpret estava preocupat. El seu senyor força sovint abandonava el palau del germà del sultà en un estat de vegades deplorable, fins a l'extrem que havia decidit llogar una llitera per dur-lo a casa. Havia mirat de parlar amb ell i fer-li veure que aquell no era un bon camí, però Alí Bei l'havia tallat tot dient-li que ell no era ningú per dir com s'ha de comportar un príncep.

—Prepara-ho tot per marxar. L'accepto com un regal d'un germà i la conservaré per sempre més —digué Alí Bei

—Ordeno Shara que prepari les seves coses? —demanà Hasim.

—No. Ella es queda aquí.

L'intèrpret va fer una lleugera reverència amb el cap i marxà. Tal com li havia explicat la pròpia Shara, el seu senyor ni se la mirava i ara no se l'enduria a Semelalia. O ell estava molt equivocat o Alí Bei no sentia el més petit interès per l'esclava. Potser havia arribat el moment de plantejar-li el tema. Arreplegaria tot el valor que pogués i ho faria a Semelalia, quan fossin sols. No era bo seguir enganyant-lo i aprofitant les seves malalties o quan tornava de casa d'Abd-as-Salam completament ebri per gaudir de les mels de l'esclava. El seu pare sempre li havia dit que un guia de caravanes, per més que conegui el camí i per més que cada viatge sigui un èxit, mai no s'ha de confiar, perquè la confiança acaba sent traïdora i el desastre arriba el dia que menys ens ho imaginem.

*** ***

Un matí el sultà s'aixecà amb nàusees i vòmits. Tenia mal de cap i febre. Van cridar els metges, que van arribar de seguida. El van visitar i van ordenar que el duguessin al llit d'immediat. Llavors prepararen potingues amb herbes i intentaren calmar-li els vòmits, però el pacient no responia.

Els dies següents van ser força complicats. Els metges no es posaven d'acord i tot el palau anava en dansa. La notícia de la greu malaltia del sultà traspassà les muralles de la ciutat i s'estengué per tot Marràqueix. Una setmana després, durant una recepció, el sultà va caure desmaiat i van haver de retirar-lo. Immediatament aparegué el rumor: Sulayman tenia un peu a la tomba. Pocs dies després els comentaris havien arribat fins al nord del país. Tan gran va ser l'enrenou que en alguns llocs ja es parlava obertament del difunt Sulayman.

Sidi Mohamed, juntament amb Abdelmelek, va prendre la decisió de portar Sayyidi, que només veure el malalt suggerí que es consultés amb un parell de metges britànics que treballaven per al consolat. Finalment, entre tots plegats van aconseguir que la malaltia remetés. El sultà havia perdut bona part del seu pes i la debilitat era extrema.

—Prepareu-ho tot per sortir —ordenà Sulayman al general de la guàrdia, quan es va sentir una mica millor.

166

MALEÏT CÁTALA!

—On vols anar? —demanà Abdelmelek.

—Hem de fer callar tots els rumors que ja arriben fins a Tànger i van camí del Tlencem —respongué Sulayman.

—Senyor, encara estàs molt dèbil i tots els metges desaconsellem un desplaçament tan llarg —intervingué Sayyidi en nom dels seus col·legues—. Encara menys que arribis fins a Tànger i després tornis a Marràqueix.

—De la mateixa manera que el rumor de la teva malaltia ha arribat a Tànger, la notícia del teu restabliment farà el mateix —digué Abdelmelek.

—No! —negà el sultà amb força—. Els problemes que tenim amb les tribus de la frontera amb Algèria poden esclatar en una revolta. Hem de tallar-los immediatament. La gent només creu allò que veu.

—El teu cos no resistirà ni dues jornades a cavall —digué Sayyidi.

—Em recuperaré durant el viatge —replicà Sulayman—. Que agafin dues mules i que carreguin una llitera.

—Tot i així, senyor, el desplaçament serà dur i penós. No podràs recuperar-te i la malaltia s'allargarà —replicà un altre metge.

—Doncs l'únic que haureu de fer és mantenir-me viu i ja em restabliré quan hagi tornat.

Ningú no el va poder convèncer del contrari i s'iniciaren els preparatius.

Com tenia previst ser fora de Marràqueix un mes, abans de sortir camí de Meknès, Sulayman va despatxar amb Sidi Mohamed i li va donar les darreres instruccions.

—Què faig amb el príncep Alí Bei? —demanà el primer ministre, cap al final de la conversa—. Pel moment és a Semelalia i es recupera, però quan tu no hi siguis, segurament tornarà i visitarà de nou el teu germà. I jo no el podré controlar. Haig d'anar a Larraix. Ja fa massa dies que sóc fora i un governador ha d'estar al seu lloc.

—Ah! —va fer Sulayman—. Alí Bei —digué tot negant amb el cap alohora que feia esclafir la llengua—. Seria perillós deixar-lo en mans d'Abd-as-Salam. No creus?

—El teu germà, si em permets dir-ho, li està esprement tot el suc i el deixarà més sec que una figa de tres mesos —respongué Sidi Mohamed—. Diuen que en treu bons beneficis, perquè cada cop que Alí Bei el visita, arriba amb un present a les mans. A més, crec que la presència d'Alí Bei l'esperona a seguir amb les seves orgies. De fet, sembla que s'han aplegat dues ànimes bessones i la gent comença a fer comentaris.

Sulayman es quedà pensarós. En tan delicades circumstàncies no es podia permetre el luxe d'un escàndol.

—Segons tinc entès tenia intenció de viatjar cap al sud —medità el sultà.

—Hi ha insistit diverses vegades.

—Ordenaré preparar per a ell un viatge de plaer. Que duri un mes, aproximadament. Això el mantindrà allunyat del meu germà mentre jo sóc fora.

L'endemà Alí Bei va rebre una carta del sultà. Sulayman li havia organitzat un viatge de plaer a Mogador, batejada pels àrabs amb el nom d'Essauira, que significa lloc fortificat.

Hasim va traduir la carta i, a mesura que ho feia, Alí Bei no parava de dir que allò representava un immens honor i que, amb aquest detall, el sultà no feia altra cosa que repetir-li una i mil vegades que el considerava com un germà.

—Vull que tornem a Marràqueix i que ho preparis tot per marxar —va fer Alí Bei.

—Aquest cop, Shara ens acompanyarà?

—No —negà Alí Bei—. Es quedarà aquí.

—Només sóc un servent i mai no he de ficar-me en els assumptes del meu senyor —digué Hasim—. Tanmateix, hi ha una cosa que no entenc. Aquelles dones van portar Shara i l'endemà tu vas pagar trenta ducats d'or. No obstant això, des d'aquell dia no... —va dubtar. No gosava seguir parlant.

—No l'he tornat a tocar, malgrat que vaig pagar una fortuna per ella —acabà la frase Alí Bei—. És això el que volies dir?

Hasim afirmà amb el cap, mantenint els ulls baixos.

—I...? —va fer Alí Bei.

—Si no t'agrada, per què no la vens? És jove, formosa i forta. Qualsevol home donaria tot el que té per una dona com ella.

—Diu el Profeta: una esclava creient val més que una dona lliure idòlatra, encara que aquesta us agradi més — respongué el príncep—. Shara és creient i jo, després d'haver estat el primer de dormir amb ella i trencar-li el vel, no puc considerar-la només una esclava. L'haig de tenir per concubina.

—Però, fa mesos que no la toques —gosà Hasim.

Alí Bei el mirà. Hasim abaixà els ulls. Potser no hauria d'haver dit allò.

—És cert. Només l'he tocada un cop —acceptà el príncep.

—Llavors, pots repudiar-la.

—Déu no us castigarà per un error als vostres cors, sinó per les obres dels vostres cors. Diu el Profeta.

—El Profeta també diu: els que s'abstenen de les seves dones disposaran d'un termini de quatre mesos per reflexionar-hi. I afegeix: si el divorci és definitiu, Déu sap i ho entén tot.

—I on aniria la pobra, si la repudiés? —negà Alí Bei—. Ja no és verge.

—El Profeta diu: una dona repudiada deixarà passar el temps de tres menstruacions i llavors podrà tornar a casar-se — recità Hasim—. Potser algun home l'acollirà amb amor i li farà un fill.

Alí Bei seguia mirant Hasim, que no gosava aixecar els ulls.

—Fa una estona has dit que qualsevol home donaria per ella tot el que té. Ho faries tu? —demanà.

—Sí! —va fer Hasim, tot aixecant el cap d'una embranzida.

—Tens trenta ducats d'or? —s'estranyà Alí Bei.

—No, senyor —abaixà de nou la mirada.

—I ho donaries tot per ella?

—Sí! —repetí Hasim.

—Llavors, donaries més del que jo vaig pagar —somrigué Alí Bei.

—Tu vas pagar trenta ducats d'or —digué Hasim, sense entendre el seu senyor.

—Jo no ho vaig donar tot, sinó una petita part del que tinc. Per tant, als ulls de Déu tu pagaries més que no pas jo —seguí somrient Alí Bei—. A més, vaig pagar trenta ducats d'or per una virginitat, no pas per una dona, i ja vaig obtenir el que desitjava. Tu, en canvi, vols tot allò que jo he deixat de banda. Si Déu va ser tan bondadós que va concedir aquelles dues dones el preu que demanaven i a mi em va concedir una virginitat, just seria que a tu també et concedís el que demanes. Perquè és això el que vols?

—No desitjo altra cosa. I juro per Al·là que et serviré com el més fidels dels criats fins que em sigui impossible continuar.

—Així ho espero. Si em serveixes fidelment i fas tot el que jo et demani, Shara serà teva quan tornem de Mogador.

Hasim es va llençar als peus d'Alí Bei i li besà les sabates. Tenia davant seu el més gran dels prínceps d'aquest món i així ho repetí una i altra vegada.

*** ***

A finals de juny de 1804 a Madrid es van rebre notícies de Mogador. El vicecònsol Rodríguez Sánchez els comunicava que el viatger ja havia fet més del que qualsevol home hauria estat capaç d'imaginar. Segons explicava, Alí Bei havia aconseguit enganyar tothom fins a l'extrem que gaudia de l'absoluta confiança d'Abd-as-Salam, el germà de Sulayman, i parlava del mateix sultà i de la gran amistat que els unia amb unes paraules que feien imaginar que eren poc menys que germans. N'era prova més que evident el fet que Sulayman li havia regalat una casa a Semelalia, prop de Marràqueix, que el viatger descrivia amb detall, sobretot els immensos jardins i la gran profusió d'arbres fruiters que omplien els seus horts.

A tot això s'hi havia d'afegir que el sultà havia caigut greument malalt, fet que havia escampat el rumor que tenia un peu a la tomba i que l'havia obligat a efectuar un viatge fins al nord del país per desmentir-ho, avinentesa que Alí Bei havia aprofitat per obtenir el permís del sultà per visitar Mogador, on s'havien entrevistat.

Durant l'entrevista amb el vicecònsol, el viatger havia explicat que Abd-as-Salam, el germà cec de Sulayman, estava disposat a recolzar-lo en el cas que prengués el poder. L'amistat que els unia era més gran que la de dos germans. Evidentment, per tal d'aconseguir que li fes costat, el viatger havia hagut d'accedir a certes peticions i fer veure que ell també gaudia de part dels vicis d'aquell depravat. Tanmateix, el sacrifici havia pagat la pena.

Alí Bei, seguia explicant el vicecònsol espanyol, havia estat unes setmanes a Mogador, des d'on, segons li havia manifestat el mateix viatger, havia pogut fer diverses excursions que havia aprofitat per veure's amb diversos grups de rebels que habitaven les muntanyes de l'Atlas. El principal, segons l'havia informat Alí Bei poc abans de tornar a Marràqueix, estava comandat per un tal Sidi Hescham, que podria ser un candidat a sultà. Tanmateix, afegia que la situació era tan complexa i que hi havia tants candidats al tron que el mateix Alí Bei podia tenir-hi aspiracions. I devia ser cert, perquè el viatger textualment li havia dit: «només presentar-me amb tres mil homes, em lliurarien el ceptre, i a hores d'ara ja compto amb més de deu mil». Calia no perdre de vista la possibilitat que el viatger accedís al tron del Marroc i després abdiqués en favor de Sa Majestat Carles IV.

—Déu meu! —exclamà Godoy—. És possible?

—Jo no ho posaria en dubte —respongué el coronel Ventura—. El coronel Amorós també ha rebut notícies del nostre cònsol a Marràqueix que explica que el viatger està agafant un notable prestigi entre la població. Fins i tot comenta que s'han fet desfilades i espectacles en el seu honor i que rep presents per part de la població.

—Hem de convèncer el rei —va fer Godoy.

I ràpid, pensà Ventura, mentre seguia relatant els fets que recollia l'informe. El pla prenia forma i el repartiment del regne ja estava força avançat.

—Pel que hi diu, si pensem en Sidi Hescham com rei del Marroc, un cop accedís al tron amb el nostre ajut, cediria a Alí Bei tota la regió de Fes, amb Tetuan, Tànger, Larraix i Sales i amb tots els cultius que s'hi troben en dita regió, la més fèrtil de totes.

—I Sa Majestat segueix sord i cec! —cridà el Príncep de la Pau.

—Podem nomenar el nostre heroi brigadier, encara que sigui en secret. D'aquesta manera totes les conquestes que faci seran en nom d'Espanya —suggerí Ventura.

—Coneix ell quina és la situació a Espanya?

—Fil per randa, excel·lència —respongué Ventura—. Rodríguez Sánchez el manté informat, li demana paciència i ja li ha fet el segon pagament de deu mil duros. Tot i així el viatger ens fa saber que no són diners el que necessita, sinó armes i oficials i que segueix endavant i que, si cal, ell sol prendrà el comandament de l'operació. Pregunta insistentment com tenim el tema de les armes i dels homes, perquè alguna cosa haurà de dir a Sidi Hescham.

—Respongueu que avui mateix es cursaran les ordres corresponents al marquès de Solana —digué Godoy.

—Solana? —s'estranyà Ventura.

MALEÏT CÁTALA!

—És el governador general d'Andalusia, és molt eficient i ara estem en molt bones relacions. De manera que he decidit que se'n faci càrrec ell.

Ventura no va respondre. No pensava si Solana era o deixava de ser eficient, sinó que recordava l'enfrontament amb Godoy que va acabar en una ofensa en la qual hi va haver d'intervenir el rei per apaivagar els ànims. Ventura, que coneixia prou bé Solana, no ho veia clar. De debò el marquès sentia devoció per Godoy o simplement esperava el moment oportú per venjar-se?

*** ***

Salima li havia dit que, si s'ho manegava bé, viuria com una reina. Alí Bei tot just en tornar del seu viatge havia cridat Shara per comunicar-li que havia decidit repudiar-la. En sentir aquelles paraules, la noia va ser conscient que l'abandó a què el seu senyor la sotmetia no havia estat res més que el preludi d'aquella decisió i que el somni pronosticat per Salima mai no es faria realitat. Què havia passat?, es demanava. On havia fallat? La nit que va dormir amb Alí Bei va fer tot el que li va demanar. Potser el príncep havia notat alguna cosa? Tal vegada s'havia adonat que ja havia conegut home? No podia ser, perquè li va costar trencar el sargit que li havia fet Salima. Fins i tot gairebé s'enfadà i, si no fos perquè parlava una llengua estranya, juraria que renegava. Ella va estar temptada d'agafar-li el membre i ajudar-lo o prendre'l per les natges i clavar-se'l. Tanmateix, no ho va fer. Salima li havia advertit que no prengués cap iniciativa. L'home havia de sentir-se conqueridor del castell. Qualsevol intent per treure-li protagonisme seria un desastre. A més, l'endemà va pagar el preu que li demanava Salima. I ho va fer sense regatejar.

Era estrany. A l'habitació només hi eren ells dos. Hasim no hi era. Potser Alí Bei havia descobert que ella obria la porta de la seva cambra i deixava entrar l'intèrpret?

—Potser t'he ofès o no he estat capaç de servir-te ni de donar-te el plaer que mereixes —va fer temorosa, amb la mirada baixa.

—Ocuparàs les mateixes habitacions i tothom et tractarà com fins ara —digué Alí Bei en un àrab precari, però entenedor —. Esperaràs tres menstruacions. A la tercera agafaràs les teves coses i marxaràs.

—On aniré senyor? —va fer ella.

—Hasim et prendrà —seguí Alí Bei el seu petit discurs, que prou que li costava.

—Com tu ordenis, senyor —inclinà Shara el cap.

—Pots retirar-te —ordenà Alí Bei.

La noia feu una reverència i es dirigí cap a la porta.

Un cop sortí al passadís, somrigué feliç. Hasim l'havia reclamada, tal com li va prometre, i el seu senyor havia acceptat. Ara ja no viuria com una reina, però esdevindria una dona que se sent estimada i que estima de debò. Segons la seva mare allò era molt millor. No hi havia ofensa. El seu senyor havia complert la llei de Déu i havia seguit fil per randa tot el que deia el versicle 231 del Segon Sura. «Quan repudieu una dona i arribi el moment d'acomiadar-la, guardeu-la tractant-la amb honradesa o bé acomiadeu-la amb generositat». Alí Bei li permetia que seguís ocupant les seves habitacions fins que no arribés l'hora de marxar amb Hasim, que segurament ja havia començat a buscar una casa a Marràqueix. Això també ho havien parlat. Ell continuaria al servei del príncep, però ja no dormiria en aquella casa.

Des del pati, Hasim va veure la figura de Shara que es perfilava darrere de la gelosia. No ho hauria pogut jurar, però semblava que li somreia. Això volia dir que Alí Bei ja havia parlat amb ella. Durant tres mesos no la tocaria, encara que l'oportunitat se li presentés servida damunt d'una safata de plata. El príncep havia estat honest i ell havia de pagar-li amb idèntica moneda. Al·là havia estat infinitament generós i ell havia de correspondre. Què lluny que quedaven els temps de Tànger, quan havia de robar i d'enganyar per poder viure!

Tot i que ja portava una bona colla de mesos al servei del príncep, no deixava de sorprendre'l contínuament. Era un home molt generós en tots els aspectes, com ja li havia demostrat, però hi havia un detall que no acaba d'entendre.

El darrer viatge havia estat molt interessant. Mogador era una base naval dissenyada per Théodore Cornut, un enginyer francès presoner del monarca Sidi Muhamed Ben Abdallah, durant l'any 1764, que amb aquesta decisió va voler castigar la gent d'Agadir, més al nord, que pretenia monopolitzar el comerç amb Europa i que havia arribat a enfrontar-se amb el poder del sultà. L'enginyer francès va establir un pla rectilini de la ciutat, amb carrers amples i ben construïts que feien de la ciutat un lloc digne de ser visitat. Potser l'única ciutat marroquina amb cara i ulls, neta i ben acabada que cap guerra encara no havia aconseguit malmetre.

Un dia eren a prop de Diabet. Just en creuar el riu van veure que un berber matava un gran peix d'un sol tret, enlloc de pescar-lo. Alí Bei es va sorprendre i va demanar el nom del berber.

—El seu nom és Deib, príncep —li va comunicar Hasim.

—Compra-li el peix al preu que et digui i que ell mateix me'l porti a casa —ordenà Alí Bei.

Aquell mateix dia, quan tornaven a Mogador, es van trobar amb un grup de genets que feien apostes sobre qui seria capaç d'encertar amb un tret d'escopeta una taronja clavada a un pal mentre corrien damunt del cavall. Alí Bei va lloar la destresa dels genets i, un cop acabat l'espectacle, demanà que el repetissin, però aquells homes ja estaven cansats i s'hi van negar. Llavors, el príncep obrí la bossa i va començar a repartir monedes amb tanta magnificència que aquells homes no tan sols repetiren el joc, sinó que van acabar fent una desfilada en el seu honor.

Alí Bei va marxar entusiasmat i arribat el vespre va cridar l'intèrpret.

—Quan tornem a Marràqueix i expliquis aquests fets, no diguis mai que he pagat per obtenir-los.

—Llavors mentiré —es queixà Hasim.

—No, si et limites a dir que he demanat el nom de Deib i que ell m'ha portat personalment el peix a casa meva. Quant als homes de la taronja, dius que els he demanat que ho repetissin i ells han acabat desfilant en el meu honor. Llavors no mentiràs, sinó que simplement hauràs explicat una part del que ha passat, però tot el que hauràs dit serà veritat —replicà Alí Bei.

Aquell príncep siríac tenia manies força peculiars. Hasim somrigué. Però, com que era tan generós i a ell no li costava cap esforç, va explicar a tothom el que havia passat a Mogador amagant el detall dels pagaments. Ho va fer amb tant d'entusiasme que de seguida van començar a circular rumors sobre l'ascendència que havia pres el seu senyor i el prestigi del príncep s'enlairà fins arribar a oïdes de Sidi Mohamed, que havia tornat de Larraix.

«No és precisament això, el que jo buscava», va fer el primer ministre i es quedà pensarós. Alí Bei havia passat de ser un incordi a esdevenir algú perillós.

9.- DUES DONES

Durant mesos Godoy havia preparat acuradament cada detall i cada moviment, havia estudiat totes les notícies que li arribaven del Marroc i totes les nits, sense deixar-ne una, havia somiat amb aquella expedició i amb l'èxit que, indubtablement, coronaria tant de treball, tant d'esforç, tants anhels i tants desigs i que el convertiria en un dels homes més prestigiosos d'Europa, ara tot just que a Anglaterra William Pitt havia recuperat el càrrec de primer ministre i havia encetat converses per establir una nova coalició contra Napoleó.

El 5 de maig de 1804 va imaginar que havia arribat el moment. Domènec Badia havia escrit per comunicar que ja havia entrat en contacte amb els rebels que s'amagaven a l'Atlas i cada cop més li urgia l'enviament del material bèl·lic que tan acuradament havia estudiat a Tànger durant les trobades amb el coronel Amorós. Tanmateix, el rei continuava mostrant-se reticent per aprovar l'expedició i el Príncep de la Pau no tenia cap dubte que l'infant Ferran s'amagava darrere d'aquella negativa. No obstant això, ell considerava que el príncep era un jove sense cap mena d'experiència i que, per tant, no seria cap rival. Per aquesta raó va seguir endavant amb el projecte, confiat que aconseguiria convèncer el rei i el dia 4 de juny havia escrit al marquès de Solana, comandant general d'Andalusia, per ordenar-li que ho tingués tot preparat. El dia 11 del mateix mes va escriure una nota en la qual deia que tot anava segons el previst i que confirmava i signava les comandes que havien d'esperar a Cadis l'ordre d'embarcament. El 17 tornava a escriure al marquès de Solana i li recordava les peticions de Badia: vint-i-quatre artillers i dos oficials, tres enginyers i dos minadors, uns quants metges cirurgians amb medecines, algunes peces de campanya de diversos calibres, dos mil fusells i munició, quatre mil baionetes i un miler de parells de pistoles.

Tot era a punt, però el Príncep de la Pau no feia altra cosa que trobar-se amb una negativa darrere l'altra. Llavors va arribar a la conclusió que algú, que no era precisament l'infant Ferran, devia parlar a cau d'orella al rei, i el monarca se l'escoltava. Havia de ser algú que li tenia enveja i que no volia que gaudís d'un triomf com aquell, perquè ell vivia convençut que ningú no podia dubtar del seu èxit absolut. Qui té el poder també té enemics. Això era el que passava, no deixava de repetir-se. Bé podria apuntar uns quants noms i no s'equivocaria!

Maleït sigui, qui sigui! Ara havia d'aturar tota l'operació. De manera que va escriure al marquès de Solana i fins i tot li va pregar que li tornés les cartes per poder esborrar qualsevol rastre de la seva desobediència. El marquès li contestà el dia 22 de juny, tot lamentant-se de la decisió real. Hi havia en aquella carta frases que encara enaltien més l'orgull del Príncep de la Pau: «...una empresa que hauria fet immortal el vostre nom... El gran cop que Vostra Excel·lència anàveu a donar, hauria deixat bocabadada tot Europa... l'admirable projecte concebut per Vostra Excel·lència hauria fet diana i hauria donat a la nostra nació les colònies més formoses».

I tant que sí! El pla era perfecte, l'execució impecable, el moment precís i l'ocasió única en tota la història, no parava de lamentar-se Godoy. Tanmateix, el rei es negava a veure la conveniència de l'operació.

Aturar-ho tot perquè quatre desgraciats volien ensorrar-lo? Ni parlar-ne! Era evident que no podia enviar el material, però ningú no impedia que aquell afer continués endavant amb el secret més absolut. Només estaven assabentats Badia, el coronel Amorós, el marquès de Solana i Rodríguez Sánchez, el vicecònsol a Mogador. Homes de la seva absoluta confiança. Enlloc de material, li enviaria els diners necessaris per tal que fes les compres pertinents. Badia havia escrit que, si calia, ell continuaria endavant tot sol. De manera que el 18 d'agost va enviar a Mogador deu mil duros que hauria de sumar als vint mil que ja havia anat enviat anteriorment. Tot es faria sota l'aparença d'una operació comercial, Rodríguez Sánchez ja s'encarregaria de fer arribar els diners al viatger i ningú no sospitaria res.

El mateix mes d'agost, Badia havia escrit una altra carta en la qual s'expressava en termes de dolor. «De debò que la contraordre m'ha commogut més que si hagués perdut deu batalles», deia cap al final, després d'haver explicat un cop més que tenia el tron a la punta dels dits i que només calia una ordre.

Godoy seguí amb la seva idea de convèncer el rei i, llavors va arribar una notícia desastrosa. Rodríguez Sánchez informava que el viatger havia caigut malalt i, segons totes les notícies, la malaltia l'havia atrapat tot just després de conèixer la notícia de la cancel·lació del projecte. El disgust havia resultat tan gran que havia estat entre la vida i la mort durant dies i dies i el dia 8 d'octubre encara feia llit. Ell l'havia visitat en diverses ocasions i el viatger no parava de repetir que estaven perdent la gran ocasió de la història. No podria seguir mantenint eternament quiets els rebels de les muntanyes, que tard o d'hora deixarien de creure en ell.

Finalment, el viatger s'havia recuperat, escrivia Rodríguez Sánchez. I Godoy respirà alleugerit. La batalla encara no estava perduda.

A finals de l'any 1804 la situació va fer un gir inesperat. Napoleó va ser coronat emperador el dia 2 de desembre, a París, en una cerimònia que aixecà polseguera, perquè ell mateix havia pres la corona de mans del Papa Pius VII i se l'havia posat al cap, davant la sorpresa de tots els presents. A partir d'aquell instant tothom tenia clar qui manava i Anglaterra havia de començar a tremolar.

Aquell mateix mes de desembre es declarava la guerra i Napoleó va exigir el rei Carles IV d'Espanya que s'unís a ell, perquè li calia una flota més que poderosa per fer front a qui ja l'havia derrotat dues vegades. Napoleó només respectava els homes intel·ligents i, tot i que Nelson era el seu enemic, sentia admiració per aquell home prim i de nas afilat, que havia perdut un braç i un ull, però que era capaç de rumiar les estratègies més impensables.

Godoy va intentar per segon cop mantenir-se neutral, però Napoleó no ho admetia i insistia que aquesta vegada Espanya hauria de lluitar al seu costat.

Un altre fet va tenir lloc per aquells dies. La marina britànica va capturar quatre vaixells espanyols. Davant d'aquesta ofensa, el Príncep de la Pau va viure uns dies horrorosos, de grans preocupacions. Evidentment, no podia negar-se a lluitar al costat de França, malgrat que era conscient que l'economia no suportaria una nova guerra i que el poble cada dia estava més descontent.

Finalment, un matí va rebre l'ordre de presentar-se a palau, on l'esperava el rei. Hi va anar força preocupat. I ara, què se li havia pogut acudir a Carles IV?

Va arribar i el criat li obrí la porta, però no el conduí al despatx del monarca, sinó que li pregà que el seguís fins a l'ala est, la que ocupava les habitacions de la reina.

Maria Lluïsa l'esperava asseguda i amb tres dames al seu voltant que brodaven. Quan Godoy va entrar a la sala, s'atansà fins la reina, plegà un genoll, li agafà la mà i la besà amb passió. La reina premé el dors de la seva mà contra la boca de Godoy i la refregà lleugerament, mentre es mossegava discretament els llavis. Cap de les tres dames que acompanyaven la reina va aixecar la mirada ni va fer el més petit gest, fins que ella no va parlar.

—El rei us ha fet venir perquè jo li he parlat de l'afer Badia —digué Maria Lluïsa—. Ara que no tenim altre remei que entrar en guerra al costat de França i contra Anglaterra, Sa Majestat ha vist que una invasió al Marroc pot debilitar la posició britànica al Mediterrani.

—Majestat —va fer Godoy, agafant-li de nou la mà i besant-la.

La reina somrigué complaguda.

—Espero que tots plegats sabrem aprofitar l'ocasió —digué, mentre premia la mà de Godoy.

El Príncep de la Pau aixecà els ulls i mirà la reina.

—A causa de la dificultat de la situació, ara haureu de suportar amb més freqüència la meva presència en aquest palau —digué.

—Acceptarem aquest sacrifici pel bé d'Espanya —respongué la reina, mentre dedicava una mirada de complicitat a les seves dames, que van abaixar la mirada i deixaren escapar una tímida rialla.

En sortir del palau real, l'humor del Príncep de la Pau havia canviat notablement. Quan Déu tanca una porta, obre una finestra. El rei accedia al pla d'invasió del Marroc. Va baixar les escales amb pas alegre i entrà al cotxe d'un bot.

—De pressa, cotxer! A palau! —cridà—. Que ens queden moltes coses per fer.

Tanmateix, tot just arribar al seu despatx, el bon humor se li estroncà.

—Excel·lència, notícies procedents de Mogador expliquen que el viatger torna a estar malalt. Molt greu.

—Déu meu! —exclamà Godoy—. Això és desesperant.

Havia mentit una i altra vegada, havia amagat el que feia i havia pres decisions fins i tot al marge de la legalitat, però ho havia fet convençut que l'empresa pagava la pena i ara que per fi podia seguir endavant sense cap més entrebanc, arribava aquella noticia. Realment, la sort no estava del seu costat.

*** ***

El viatge del sultà va durar tot l'estiu, tota la tardor i bona part de l'hivern, fins a mitjan del mes de gener de 1805. Va ser un desplaçament extraordinàriament lent. Dos dies després d'abandonar Marràqueix, encara podien veure les muralles de la ciutat.

Qui no fa cas dels metges acaba pagant una enorme factura, havia advertit Sayyidi, i Sulayman, després d'un llarg periple per aquelles terres que el va portar fins al nord, va tornar de la mateixa manera que havia sortit, damunt d'una llitera que transportaven dues mules.

Durant uns dies va mirar de refer-se de l'esgotament que havia suposat tan llarg viatge. Després, quan es va sentir un xic millor, es va interessar per com anaven les coses a Marràqueix i de tot el que havia passat durant la seva absència. Els ministres el van informar de la situació i, finalment, Sidi Mohamed Salaui li va parlar d'Alí Bei. Ho va fer de passada, sense donar-li més importància, però convençut que despertaria la curiositat del monarca.

—Com està? —demanà Sulayman.

—Està molt malalt —va fer el primer ministre simulant cara de preocupació.

—No va viatjar a Mogador?

—Hi va anar i va tornar força content. Fins i tot ja no té esclava.

—L'ha venuda?

—No —negà Sidi Mohamed—. La va regalar al seu intèrpret, que l'ha pres per muller, i els ha deixat unes habitacions perquè hi visquin. Ambdós treballen per a ell. Hasim a més d'intèrpret ara li fa de secretari particular i té cura d'ell quan està malalt i Shara es dedica a la neteja.

—Ha estat força generós.

—Sí —afirmà el primer ministre. Llavors sospirà, i afegí —: És una llàstima! Alí Bei havia reprès la seva activitat i visitava moltes cases, però passat l'estiu i de forma inexplicable, tot va canviar. Això és el que em va venir a dir el mateix Hasim.

—Ah, sí? —va fer Sulayman, força interessat.

—Sí. Jo havia tornat de Larraix i un dia em van anunciar que Hasim demanava que el rebés per parlar-me del seu senyor —seguí explicant Sidi Mohamed—. Llavors em va dir que estava molt preocupat perquè Alí Bei tornava a visitar el palau d'Abd-as-Salam, tornava a beure en excés i, fins i tot, fumava haixix a casa seva. Pel que ell deia, tot havia coincidit amb una carta que el seu senyor va rebre del consolat espanyol a Mogador.

—Males notícies?

—Ningú no ho sap. El seu senyor es va emprenyar molt i va cremar la carta. Des d'aleshores cau de malaltia en malaltia i, quan es lleva, torna a visitar el teu germà. Ja porta cinc mesos així.

El sultà bufà amb força. Coneixia prou bé el seu germà i sabia que l'espremeria com una llimona, el deixaria fet un nyap i el llançaria a la bassa.

—Com a bons musulmans no podem deixar que un home perdi la seva ànima sense haver complert amb cl precepte de visitar la Ciutat Santa —va dir Sidi Mohamed.

Alí Bei era la més petita de les preocupacions del sultà, però el primer ministre tenia raó. No podia deixar que aquell home morís sense haver visitat La Meca. No seria un acte propi d'un bon musulmà.

—Vaig decidir enviar-li Sayyidi, però ni tan sols l'ha volgut rebre —es queixà Sidi Mohamed.

—Què haig de fer, doncs? —cridà Sulayman.

—A l'únic que Alí Bei escolta és Abd-as-Salam. I prou que saps que això és perillós. No t'ho volia dir, però crec que el teu germà està malmeten Alí Bei per despit cap a tu.

El sultà va fer que sí amb el cap. Ell ja ho havia pensat. Abd-as-Salam sabia que el sultà havia fet una demostració de poder quan va tallar els bigotis d'Alí Bei i ara ell pretenia demostrar al poble que podia prendre-li un amic i fer-lo exclusivament seu. I és clar! Això era el que buscava i ho aconseguiria, perquè el seu germà tenia una habilitat única per atrapar la gent dins la seva xarxa. Era pitjor que una aranya. Els enganyava, els atreia, els embolcallava i ja no els deixava escapar. Alí Bei era la seva darrera víctima.

—Això s'ha d'acabar, costi el que costi —va fer el sultà.

I tant que s'havia d'acabar! Permetre que continués seria tant com admetre que Abd-as-Salam podia jugar amb ell.

Sidi Mohamed acotà el cap. Ell ja havia comunicat els fets i ara el sultà prendria decisions. Si tot anava bé, el problema Alí Bei s'hauria acabat i ell s'hauria venjat. No dubtava que Sulayman el faria fora, perquè no hi havia cap altra solució, si volia posar fi a aquella relació.

Dos dies després el sultà va cridar el seu germà. Volia parlar amb ell. Era urgent.

—No vull que Alí Bei et torni a visitar —ordenà el sultà a Abd-as-Salam, quan el va tenir al davant.

—L'hospitalitat musulmana impedeix que el pugui fer fora de casa meva —es disculpà Abd-as-Salam—. Si ell em visita no puc fer-hi res. A més, vas ser tu que em vas demanar que em fes amic seu i que li ensenyés els secrets del plaer.

—Li ordenaré que no torni a visitar-te —exclamà Sulayman.

—És un príncep siríac, descendent de l'oncle del Profeta, i jo sóc el teu germà. No és el mateix cas que el palau que em vas prohibir construir a Fes i ara no tens autoritat moral per prohibir res. Representaria un acte de molt mala educació —somrigué Abd-as-Salam.

Maleït siguis!, pensà el sultà. El seu germà es venjava per aquell episodi que li havia costat dues centes dones. El problema era que tenia raó. No obstant això, bé podia prendre una altra drecera.

Va acomiadar Abd-as-Salam i va cridar Omar, el seu majordom principal.

—Ves a l'harem i escull dues esclaves —ordenà Sulayman —. Una de blanca i una de negra. Tria-les joves i ben maques i procura que siguin intel·ligents. Instrueix-les per tal que serveixin Alí Bei de tal manera que oblidi que existeix el palau del meu germà. Porta-les a casa seva com un present. Si és un príncep com cal, de seguida entendrà que si després de rebre tan digne honor torna a casa d'Abd-as-Salam a la recerca de plaers, serà una ofensa imperdonable. Serà tant com dir que el meu regal no val res i les conseqüències poden ser terribles. Suposo que, llavors, a Abd-as-Salam se li hauran acabat tots els magnífics presents que obté d'Alí Bei.

Omar va seguir les instruccions del monarca, va parlar amb la dona que tenia cura de l'harem i van triar dues noies de setze anys. Mohanna es deia la blanca i Tigmu la negra. Ambdues eren formoses, tant que farien perdre el seny a qualsevol home. Les van banyar, les van vestir i Omar les va dur a casa d'Alí Bei.

Hasim va veure arribar Omar seguit de les dues noies escortades per la guàrdia i es va esgarrifar. Oh, poderós Al·là! No n'hi havia prou amb les visites a casa d'Abd-as-Salam, sinó que ara, que Alí Bei estava dèbil, ja les hi duien a casa. Segur que el matarien.

Tanmateix, totes les seves preocupacions s'esvaïren i el somrís es va fer ampli i generós quan es va assabentar que eren un regal del sultà per al seu senyor. Coneixedor dels costums d'aquelles terres, va entendre de seguida el missatge. Havia fet bé d'anar a veure Sidi Mohamed. Se n'alegrà.

Va conduir les dues dones a presència d'Alí Bei i, evidentment, no va estalviar paraules per explicar-li, amb tot detall, l'immens honor que representava aquell gest i la grandària de l'ofensa, si gosava rebutjar-les. Va escollir les paraules més adients i va mirar que tot quedés prou clar, repetint-ho una i altra vegada, fins que s'assegurà que no li quedava cap dubte. Malauradament, va donar per suposat que Alí Bei també entenia que, si continuava visitant la casa d'Abd-as-Salam, ofendria greument el sultà.

Alí Bei es va aixecar i es dirigí cap a les dues noies, que romanien amb els ulls baixos.

—Quin és el teu nom? —demanà a la noia de pell fosca.

—Tigmu, missenyor.

S'atansà fins gairebé fregar-li el coll amb el nas i l'olorà. Després es tombà cap a l'altra noia. Era de pell blanca i tenia el cabell castany clar. La va agafar per la barbeta i li aixecà la cara.

—I tu?

—Mohanna, missenyor —respongué ella i aixecà la mirada fins clavar les seves ninetes en les del príncep.

Alí Bei aixecà el vel que cobria el nas, la boca i la barbeta de la noia i somrigué.

—Mohanna —repetí el nom. Llavors es tombà cap a Hasim—. Que Shara els mostri les seves habitacions i les ajudi a endreçar la roba que porten —ordenà.

Hasim va fer una reverència, se les endugué i les acompanyà fins on era Shara, tot deixant-les al seu càrrec.

Shara les conduí fins a les habitacions i les dues noies van començar a endreçar la roba. Shara s'oferí per ajudar-les, però Mohanna la va rebutjar tot dient-li que no necessitava ajut. Shara va copsar en la veu d'aquella noia de pell blanca i rostre equilibrat, alta i prima, un deix de superioritat. Tanmateix, no va replicar, sinó que es dirigí cap a Tigmu, que la va acceptar.

Quan les dues dones van acabar d'endreçar-ho tot, Mohanna es dirigí a Shara i va començar a fer-li preguntes sobre la casa i sobre Alí Bei. Tigmu guardava silenci.

—És un home força especial —explicà Shara—. Té uns costums diferents dels nostres i sempre està dèbil i malalt. De vegades, a les nits, puja a la terrassa i fa coses estranyes amb uns instruments. Mira les estrelles i pren notes.

—Com és al llit? —demanà Mohanna.

Shara es posà tensa.

—Vas ser la seva esclava. Bé ho has de saber —digué Mohanna.

—Doncs no —respongué Shara.

—No t'ha tocat mai? —s'estranyà Mohanna.

—Només ho va fer un cop —abaixà els ulls—. La primera nit. Després ja no em va tocar mai més fins que em va repudiar.

—Per què?

—No m'ho va dir.

L'esclava blanca va somriure enigmàticament i s'apartà d'elles per seure's al costat de la finestra amb gelosia que li permetia observar el carrer sense ser vista.

Tigmu seguia callada i amb els ulls fixos al terra.

—Què és el que t'amoïna? —demanà Shara.

—Que jo seguiré la mateixa sort que tu —respongué la noia.

—Per què ho dius?

Tigmu va mirar Mohanna. No calien gaire més explicacions.

Mohanna va triar dormir al costat de la finestra, mentre que Tigmu s'hagué de conformar amb el llit que hi havia en un racó de la cambra.

Dues nits després la porta de les habitacions de les dones s'obrí. Mohanna encara no s'havia adormit i aixecà el cap d'una embranzida. Retallada sota la llinda de la porta apareixia la figura d'Alí Bei. Ella es tombà cap a ell i es quedà quieta, tot esperant fins que el príncep s'atansà al seu llit. Enmig de la penombra que es filtrava per la gelosia, el mirà desafiadora, tal com havia fet el dia que Omar la va portar i ell li demanà el nom. Els seus ulls resplendien. Alí Bei també la mirava als ulls, però després abaixà la mirada i cercà els llavis. Mohanna observà el moviment dels ulls de l'home i tragué lleugerament la llengua per humitejar-se els llavis, que deixà entreoberts. El príncep seguí abaixant la mirada fins atrapar els pits de la noia i ella respirà fondo i els inflà, mentre premia els braços contra el cos i feia tibar la tela de la camisola. La mirada d'ell prosseguí el seu camí fins aturar-se a la pelvis de la noia, moment que ella aprofità per fregar les cuixes, l'una contra l'altra. Llavors, Alí Bei avançà la mà i agafà la camisola de Mohanna just per sota el pit. Ella reaccionà d'immediat i, sense deixar de mirar-lo als ulls, li atrapà la màniga i la tibà amb força fins fer-lo caure damunt seu, mentre sospirava i li mossegava l'orella amb passió. De sobte, Alí Bei li aixecà la camisola amb tanta violència que mig li estripà; ella li clavà les ungles a l'esquena i li xuclà el coll; ell s'aixecà i s'alliberà dels pantalons; ella acabà d'estripar la camisola per deixar els pits a l'aire; ell començà a respirar com un animal en zel; ella obrí les cames; ell se li llançà al damunt; ella l'atrapà per les natges, l'obligà a penetrar-la i encetà un moviment frenètic amb els malucs fins que el cos de l'home s'arquejà amb violència per poder penetrar-la fins al fons i deixar ben dins el fruit de la seva brutal excitació.

De sobte, Alí Bei es relaxà i caigué extenuat damunt Mohanna, que també es relaxà i amassà les carns de les natges de l'home, mentre respirava damunt la seva orella i, de tant en tant, li llepava.

Des de l'altre costat de la cambra, Tigmu romania quieta i callada, sense gosar ni tan sols respirar gaire fort. Havia seguit fil per randa tots els esdeveniments i coneixia el significat del que acabava de passar.

MALEÏT CÁTALA!

L'endemà mateix, la vida a la casa de Sidi Benhamed Duqueli, residència d'Alí Bei, va canviar considerablement. Mohanna va exigir una habitació per a ella sola, per tal que el seu senyor la pogués visitar quan volgués. I a partir d'aquell dia s'establí una gran distinció entre l'esclava blanca i la de color. Mohanna es passejava altiva i donava ordres a tots els criats. Tothom havia de tenir clar que fins i tot Tigmu estaria al seu servei i que ella havia deixat de ser una esclava per esdevenir senyora.

*** ***

Aquell pintor havia arribat a mig matí i, sense demanar permís a ningú, havia ordenat descarregar un quadre i pujar-lo. Eusebio, només assabentar-se, havia corregut fins a la porta.

—Anuncieu a Sa Excel·lència que seré a la sala blava —li havia dit el pintor.

—Quin és el vostre nom? —havia fet el majordom amb burla. No li havia agradat, gens ni mica, aquella manera de procedir.

—Què?

Ai!, havia sospirat Eusebio i li havia donat l'esquena. Prou que coneixia el seu nom: don Francisco Goya y Lucientes. I encara estava més al corrent de la sordesa que l'afectava i que obligava tothom a aixecar la veu quan eren al seu costat. No pagava la pena fer cap ironia.

Godoy, en sentir que havia arribat el pintor, va sortir a cuita-corrents i va pujar a la sala blava.

Eusebio sabia que no li agradava que el molestessin quan venia Goya, però acabava de presentar-se el coronel Ventura. De manera que es dirigí a la sala blava i trucà la porta.

—Qui és? —va escoltar que feia la veu del Príncep de la Pau.

—Eusebio, Excel·lència —respongué ell i es quedà esperant la resposta.

Una estona després s'obrí la porta i aparegué el rostre de Godoy.

—El coronel Ventura demana per vós. Diu que és molt urgent —anuncià.

—Bé! Feu-lo passar al meu despatx. Jo baixaré de seguida —respongué Godoy.

Eusebio es dirigí a la sala de visites que hi havia al costat del saló de l'entrada principal i pregà Ventura que l'acompanyés. El conduí fins al despatx del Príncep de la Pau i s'hi quedà fins que aparegué Godoy. Llavors, sortí.

El majordom caminava cap a la part del darrere quan va veure el pintor que pujava al cotxe i desapareixia. S'aturà un instant i es quedà pensarós. De sobte, es dirigí cap a l'escala, pujà i enfilà el passadís que conduïa a la sala blava. Arribà, obrí la porta i entrà.

Enmig de la sala hi havia un cavallet amb un quadre cobert per una tela que agafà pel costat esquerre i aixecà lleugerament per fer-hi una ullada. Ah! Uns peus nus. Aixecà una mica més. Unes cames nues. Seguí aixecant i la mà li començà a tremolar en arribar al pubis, on s'aturà un instant. Després seguí endavant i la destapà enterament fins que aparegué la imatge d'una dona completament nua, estirada damunt d'un sofà, amb els braços damunt del cap, deixant ben visibles totes les parts del seu cos i mirant-lo directament als ulls sense cap mostra de pudor.

Eusebio se sufocà. Goya practicava una pintura molt realista i només calia una ullada a aquella cara per saber de qui es tractava.

Tapà de nou el quadre, procurant que no es notés que algú havia aixecat la tela i sortí, tot tancant la porta. Les mans encara li tremolaven.

Déu meu! Va fer. A partir d'aquell instant, cada cop que se la trobés, encara que anés vestida, ell la veuria tal com era al quadre. L'únic problema era que, segurament, es posaria vermell com un pebrot.

A l'altre extrem del palau, Godoy feia esforços per concentrar-se en les paraules de Ventura. A ell, aquell quadre, també l'havia trasbalsat. Per fi tindria la seva imatge a tothora, davant seu, despullada o vestida, quan volgués i com volgués, esperant-lo i sense protestar. El seu amic Paco Goya havia fet un bon treball.

—Rodríguez Sánchez diu que el prestigi del viatger ha arribat al seu punt màxim —informava Ventura—. Sabem que el mateix sultà, després de regalar-li el palau de Semelalia, li ha enviat dues dones. A més, ha estat nomenat alfaquí...

—Què és això d'alfaquí? —demanà Godoy.

—És com anomenen els doctors de la llei.

—Bé!

—No podem esperar més —gairebé cridà Ventura—. El nostre home ja ens ha advertit que la situació cada cop esdevé més insostenible. Si no actuem, perdrà el recolzament dels rebels i del germà del sultà.

—Prou que sabeu que el rei ha accedit a recolzar el projecte —va fer Godoy—. Aquest matí, a primera hora, he escrit una altra carta al marquès de Solana. En ella li ordeno de nou que prepari amb caràcter urgent totes les armes, els homes i cent mil reals que estaran a punt per salpar cap a Ceuta. Només cal que ell em comuniqui que ho té tot a punt i podrem iniciar l'atac.

El coronel Ventura s'aixecà de la cadira, va fer una reverència i sortí del despatx. Bé! Respirà fondo, satisfet. Per fi!

10.- SORTIDA DE MARRÀQUEIX

S'encetava el mes de març de 1805 i la primavera s'albirava esplendorosa, després d'un hivern que havia estat generós en neus que omplien les muntanyes de l'Atlas i feien baixar els rius ben plens. Sulayman, un cop establert de nou a Marràqueix, mirava de recuperar-se de la seva malaltia sense aconseguir-ho plenament. Tan llarg viatge l'havia deixat exhaust i els metges no paraven de repetir que el cos li passava factura per no haver fet cas dels seus advertiments. Aquesta insistència el treia de polleguera fins a l'extrem que ja començava a dubtar dels coneixements i de les habilitats dels que tenien cura de la seva salut. Encara més, quan es va assabentar que Alí Bei havia aconseguit refer les forces sense l'ajut de cap metge. Algú li havia dit que el secret estava en Mohanna, que havia pres el comandament de la casa i havia aconseguit que el seu senyor només tingués ulls per a ella.

Un cop restablert, Alí Bei tornava a freqüentar nombroses cases de nobles i dignataris, entre els quals havia fet algunes amistats i no poques enemistats per causa del seu caràcter impertinent. Entre les enemistats es trobava Sidi Omar Buseta, que ostentava el títol de paixà de la mateixa capital i que, malgrat que es comportava amb exquisida cortesia quan era amb ell, no deixava de criticar-lo en privat.

Sidi Omar, un home d'aspecte imponent i fort, havia estat ofès en diverses ocasions per Alí Bei, que el tractava com a un inferior i que es reia de la seva cultura, tot qualificant-la de minsa, sense adonar-se que les ofenses a un musulmà, tard o d'hora es paguen. El paixà, gran amic del primer ministre, ja s'havia queixat en diverses ocasions de la manca d'educació del visitant, però Sidi Mohamed Salaui de forma inexplicable sempre treia importància al fet, tot dient que el pobre no coneixia els costums del Marroc. No és que amb això apaivagués la cremor del paixà, però Sidi Omar sentia gran respecte pel primer ministre i, si més no, acceptava i callava.

No obstant això, Sidi Mohamed, que durant la llarga absència del sultà havia marxat en dues ocasions a Larraix i havia estat fora més de cinc mesos, havia deixat darrere seu uns ulls que vigilaven les passes del príncep siríac. Les ofenses a diversos nobles, entre ells Sidi Omar, engrandia el seu afany de venjança per l'afer dels rellotges a Fes. Per més temps que passés, Sidi Mohamed no podia empassar-se que Sulayman l'obligués a demanar disculpes per un fet del qual ell no se sentia responsable. I, menys encara, que Alí Bei, el dia que li va presentar excuses, el tractés amb aquella superioritat, fent córrer la veu que Sidi Mohamed l'havia volgut menysprear, però que ell havia vençut. Per aquesta raó es va posar content quan va rebre la visita d'un criat d'Abd-as-Salam que el mantenia informat dels moviments que tenien lloc als dominis del germà del sultà.

—Alí Bei ha tornat a casa del meu senyor —va fer l'home tot just arribar a presència del primer ministre, i afegí—: I ha gaudit de les mels de les seves esclaves.

—Com ha estat això? —demanà Sidi Mohamed.

—Abd-as-Salam diu que mai no havia trobat un amic i un company de plaers com Alí Bei i que no està disposat a perdre'l perquè el seu germà estigui gelós. De manera que li va enviar un missatge perquè el visités i un cop el va tenir allà... —féu el criat amb un somriure—. Ja el coneixes prou bé.

—Una flor no fa estiu —digué Sidi Mohamed.

—Abd-as-Salam li ha fet veure que un musulmà mai no pot deixar que una dona governi la seva vida i que seria un gran desprestigi que tothom digués que Mohanna decideix per Alí Bei —somrigué el criat.

—Molt hàbil —medità Sidi Mohamed—. Quan tornarà?

—Demà.

El primer ministre acomiadà el criat i començà a rumiar la millor manera de fer-li arribar la notícia, a Sulayman. Després de donar-hi voltes i més voltes va decidir que Sidi Omar podia resultar un gran aliat. Coneixia prou bé el caràcter primitiu del paixà i sabia que només calia atiar una mica el foc per fer-lo saltar. I no era imprescindible que sabés que ell l'estava utilitzant. De manera que va triar per anar a veure'l el dia que el paixà havia de despatxar amb Sulayman i al final de la conversa va deixar anar un petit comentari sobre Alí Bei. Immediatament, Sidi Omar va començar a recordar totes les ofenses i en aquesta ocasió el primer ministre no el va disculpar, sinó que, fins i tot, va fer èmfasi en el detall que massa sovint menyspreava la cultura i l'educació dels seus habitants. Ho va fer amb subtilesa i no es va aturar fins que va considerar que Sidi Omar ja estava prou calent per anar a entrevistar-se amb el sultà.

Acabada la conversa, el paixà va sortir d'allà amb pas ferm i es dirigí cap al palau del sultà amb els llavis premuts, mentre Sidi Mohamed el contemplava satisfet. No hi ha pitjor enemic que aquell que sembla amic, però que t'odia en silenci, diu la saviesa popular. I també diu que el segon cop té més probabilitats de trencar la pedra que no pas el primer. Per tant, Sidi Omar seria el primer cop i ell, si la pedra encara no s'havia trencat, seria el segon.

Aquell dia Sulayman va rebre el paixà ajagut damunt de coixins. El seu rostre encara reflectia el cansament que es feia palès en les nombroses arrugues que havien aparegut i en el color pàl·lid, així com en les bosses que penjaven sota els seus ulls.

Van repassar diversos temes concernents al govern de la ciutat que van cansar el sultà. Quan Sidi Omar ja s'acomiadava va dubtar.

—Hi ha alguna cosa més? —demanà el sultà.

—Sento haver de comunicar-te una tafaneria tan allunyada dels temes de govern, però crec que ho has de saber. Alí Bei ha visitat el teu germà —va dir Sidi Omar, i el sultà el va mirar—. Vull dir que ha estat una visita com abans —afegí—. En tinc testimonis.

Sulayman va fer un gest amb la mà. Estava cansat i no volia seguir escoltant res més.

En abandonar el palau, Sidi Omar es va trobar amb el primer ministre i li va explicar la conversa.

—I no ha dit res? —demanà Sidi Mohamed.

—No. S'ha quedat en silenci i amb els ulls clucs.

El primer ministre continuà el seu camí i, quan Sidi Omar ja no el podia veure, somrigué. Coneixia el significat del silenci del sultà.

Arribada la tarda, Sulayman rebé Sidi Mohamed.

—Què en saps de les visites d'Alí Bei a casa del meu germà? —demanà el monarca.

El primer ministre va fer un posat d'indecisió.

—M'ho ha dit Sidi Omar! —exclamà Sulayman.

—Llavors, no ho puc negar —acceptà Sidi Mohamed, tot abaixant el cap i obrint les mans.

—El castigaré —va fer el sultà, i va patir un atac de tos.

—No ha violat cap llei. De fet són tafaneries i tal com estàs no les hauries de tenir en compte, perquè no et fan cap bé —digué el primer ministre—. Potser l'hauries de rebre i escoltar-lo. Ja saps que ell sempre té explicació per a tot.

—Sí. D'explicacions no li'n falten mai. Prou que ho sé. Com també sé que ha menyspreat el meu regal. No el vull veure —va fer Sulayman. Es quedà callat, meditant, i de sobte exclamà —: El puc fer fora de Marràqueix.

—I com quedaries davant de tothom, després d'haver-li ofert Semelalia i dues esclaves? —replicà Sidi Mohamed—. Ell també t'ha ofert molts regals i tu sempre l'has disculpat tot dient que no coneix els nostres costums. La gent no ho entendria.

—Què haig de fer? Deixar que m'ofengui sense bellugar-me? Qui creurà, llavors, en la meva autoritat?

Sidi Mohamed va fer un posat de meditar. Respirà fondo i, de sobte, va mirar el sultà i somrigué com si acabés de fer una troballa.

—Tothom sap que el sultà és un home intel·ligent, assenyat, prudent i generós. Hi ha maneres i maneres d'aconseguir que un home marxi sense fer-lo fora. Més encara, si és algú que no coneix els nostres costums —digué.

—Ah, sí? —s'interessà el sultà

—Ara que Alí Bei ha recuperat les forces... —digué Sidi Mohamed, callà un instant, i prosseguí—: No diu que vol peregrinar a La Meca? Doncs, prepara-li una festa i acomiada'l —suggerí—. Tothom lloarà la teva intel·ligència.

—No és cap mala pensada —afirmà el sultà amb lents cops de cap—. No el faig fora, no li dic que marxi, però l'acomiado i li desitjo un bon viatge. De fet, em comporto com un bon germà musulmà que ajuda un peregrí.

El primer ministre també afirmà lentament amb un sol cop de cap. Tot, en aquesta vida, té el seu final. Sempre que es tingui prou paciència.

*** ***

Hasim ho va repassar tot: que el pa i les menges fossin a les safates i a punt, la disposició dels coixins, els vestits dels criats... Tres vegades, ho va mirar tot. I encara ho volia fer una quarta. El seu senyor li havia dit que no toleraria ni un sol error. La visita era massa important.

—Ja venen pel carrer —anuncià un criat.

Hasim va mirar per la finestra i veié el senyal que feia el criat que havia ordenat posar a la cantonada. Ja venia la comitiva. Va pujar les escales d'un salt i va trucar la porta de l'habitació d'Alí Bei.

—El sultà és a punt d'arribar —digué només obrir.

—Com ho tenim tot? —demanà Alí Bei, amb calma.

—Perfecte, noble príncep. Tot al seu lloc.

—I l'aigua del té?

—La mantenen calenta. Així que aixequis una cella el servirem.

—Molt bé! —va fer Alí Bei.

Hasim es va atansar i li retocà la jaqueta.

—És un gran honor rebre el sultà —digué, nerviós—. Tots estem molt contents. És el primer cop que et visita a casa teva.

—I espero que no sigui el darrer —somrigué Alí Bei, mentre feia un repàs a la seva imatge reflectida al mirall.

—Ens hauríem d'afanyar —digué Hasim.

—Doncs, anem —s'acabà de retocar Alí Bei el turbant.

Van baixar. El príncep se situà enmig del pati i Hasim ordenà tots els criats que s'afileressin davant de la porta de la casa, mentre ell mirava que tot fos correcte.

Instants després aparegueren per la porta els soldats que obrien el pas al sultà, entraren dins del pati i s'aturaren.

Des de darrere de la gelosia, Mohanna observava l'escena amb una immensa satisfacció.

El sultà arribava a cavall. Al seu costat venia Abdelmelek. Descavalcaren davant la porta i entraren. Alí Bei els saludà amb una profunda reverència i Sulayman s'avançà i l'abraçà. En aquell moment aparegueren Sidi Mohamed i Sidi Omar Buseta, que també el saludaren amb una abraçada. Finalment, una llitera va descarregar Abd-as-Salam, que s'aplegà als que ja hi eren i també abraçà Alí Bei.

Mohanna tancà els ulls i respirà fondo. Mai no s'havia vist a Marràqueix un desplegament tan gran a la casa de cap noble. A partir d'aquell dia podria passejar pels mercats i per les places i tothom la tractaria com a una princesa.

—Tigmu! —cridà.

La porta s'obrí i aparegué l'esclava de color.

—Aquest vespre prepara'm un bany de rosses —va fer Mohanna.

El sultà i els seus acompanyants s'hi van estar fins ben entrada la tarda. Un cop marxaren, Alí Bei ordenà que ho recollissin tot i que no el molestessin. Llavors es dirigí cap a l'habitació de Mohanna. Entrà. Les cortines estaven passades i l'estada romania en penombra. Ella l'esperava al costat del llit i només veure'l s'agenollà. Ell s'atansà, la prengué per les espatlles i l'aixecà.

—Missenyor —va fer Mohanna amb veu dolça—. El més gran de tots els prínceps de l'Islam.

—No cal que t'agenollis davant meu —digué Alí Bei i la besà als llavis.

—Porto dins meu el teu fruit —Mohanna abaixà la mirada, gairebé avergonyida.

Alí Bei, durant uns instants, romangué en silenci. Encara li costava entendre segons quins girs de l'àrab.

—Esperes un fill? —demanà, de sobte.

Mohanna aixecà els ulls i afirmà amb el cap.

—Déu meu! —va fer Alí Bei, i l'abraçà amb tendresa—. Avui és el dia més gran de la meva vida —l'abraçà amb més força—. T'estimo com mai no he estimat ningú i tot el que és meu, és teu. Tu seràs l'única.

Ella somrigué satisfeta i s'arraulí entre els braços d'ell. Seria l'única, havia dit el príncep. I pregà per tal que allò que duia dintre seu fos un nen.

Hasim va comprovar que tot estava endreçat i que la casa quedava neta. Sospirà i es dirigí cap a la seva habitació. Va obrir la porta i entrà. S'assegué als peus del llit i acabà per caure d'esquena i va tancar els ulls. Quin dia!

Poc després aparegué Shara. També estava cansada. Posar en ordre la casa després de tot aquell enrenou havia resultat una tasca ben feixuga. S'atansà fins al llit i s'estirà al costat d'Hasim, bocaterrosa. Va mirar el seu marit i va veure que arrufava les celles.

—Ha estat una festa magnífica i el príncep era feliç com mai —va dir ella, però ell no reaccionà—. Què t'amoïna? —demanà.

—Durant la festa el sultà ha esmentat La Meca en diverses ocasions.

—I què? —demanà Shara.

—Que Abbas, que va servir durant un temps a palau i coneix els costums, m'acaba de dir que li ha semblat que era una festa de comiat.

—No diguis bajanades.

—Potser no les dic —negà Hasim—. Els nobles són ben estranys i tenen un llenguatge ben particular. Si fos un comiat, hauria de marxar i jo no puc deixar que marxi tot sol. Ha estat tan bo amb nosaltres...

—Si tu ho manes, l'acompanyarem —acceptà Shara.

—En el teu estat no et convé un viatge tan llarg. Buscarem una casa aquí, a Marràqueix, que és el que ja volíem fer de bon començament, i tu et quedaràs i m'esperaràs.

—Tornaràs abans que neixi el nostre fill?

—No ho sé. La Meca és molt lluny. —somrigué Hasim, amb tristor.

L'endemà es presentaren uns criats de palau que duien dos meravellosos tapissos que van dipositar als peus d'Alí Bei.

—Doneu les gràcies al sultà i digueu-li que sempre serà dins del meu cor —digué Alí Bei.

Hasim ordenà plegar els tapissos i aprofità per parlar amb Abbas.

—La festa d'ahir no era cap comiat —somrigué Hasim—. Faria el sultà un regal com aquest a algú que no estima i que no vol retenir?

—Esperem uns dies i potser en tindrem la resposta —li tornà el somrís Abbas.

Cinc dies després els soldats del sultà es presentaren de nou. Duien unes cartes de recomanació per a Alí Bei i una formosa tenda de tela vermella amb franges de seda. Els acompanyaven dos alfaquins. Els soldats van muntar la tenda davant d'Alí Bei i els alfaquins hi van entrar i van resar tot pregant la protecció de Déu per a tan llarg viatge.

—El sultà se sent ofès. Molt ofès —va dir Abbas—. Ara ja no hi ha cap dubte de les seves intencions. No el fa fora, perquè és descendent de l'oncle del Profeta, però no el rebrà més.

Hasim va anar a veure Alí Bei i el va posar al corrent de la situació.

—Hem de fer l'equipatge —va acabar.

—Això és un altre atac d'algú que em vol fer mal —replicà Alí Bei—. Escriuré una carta al sultà i li demanaré audiència.

Dos dies després, a la tarda, Mohanna estava ajaguda damunt de coixins, mentre Tigmu tenia cura de les ungles dels seus peus. La porta s'obrí i aparegué Alí Bei. Només veure'l, Mohanna va fer un gest amb la mà per ordenar Tigmu que deixés estar els seus peus i sortís.

—El sultà no contesta la meva carta —explicà el príncep —. He parlat amb Sidi Mohamed i només fa que dir que Sulayman em desitja molt bon viatge.

—Què farem, llavors?

—Hem de marxar de Marràqueix.

—I on anirem, estimat? —demanà ella.

—Lluny d'aquestes terres.

—Podríem dirigir-nos a alguna altra ciutat i esperar fins que el sultà reflexioni —apuntà Mohanna.

—Encara no sé què haig de fer, però és evident que alguna decisió he de prendre si no ho vull perdre tot —va fer ell, amb ràbia.

Mohanna l'abraçà. Ara el veia com un nen desvalgut i abraçà el cap d'aquell home prim contra el seu pit. Segur que algú, envejós de la gran qualitat del seu marit, li havia parat una trampa i havia fet creure el sultà que Alí Bei l'havia ofès, pensà. Tanmateix, per a ella també era segur que la veritat i la justícia s'imposarien i el príncep recuperaria tot el seu prestigi.

*** ***

El noi va creuar la plaça i en arribar al carrer descobrí que les portes de la casa estaven obertes. S'estranyà, es va atansar i hi ficà el nas.

Cinc criats estaven netejant el pati sota les ordres d'un home que s'estava assegut en un racó. Les finestres també romanien obertes i s'hi endevinava moviment.

—Què vols? —li demanà l'home que s'estava assegut, en veure'l entrar.

—Jo... —va dubtar el noi.

—No necessitem tafaners, sinó gent que netegi per quan arribi el nou senyor —digué aquell home.

—El nou senyor? —preguntà el noi—. Ja no hi és el príncep Alí Bei?

—Aquesta matinada la seva caravana s'ha posat en marxa.

—Per anar on?

—I jo què sé... —va fer aquell home.

—Tothom ha marxat? —insistí el noi.

—Que no ho veus?

—No tornarà?

—No t'he dit que l'estem netejant?

—Però...

—No m'atabalis més, que anem molt atrafegats —s'aixecà l'home i l'empenyé cap a la porta del jardí.

El noi arronsà les espatlles, mirà la carta que duia a les mans, la va deixar damunt d'una pedra i marxà. Ell ja havia complert l'encàrrec.

*** ***

—Ha ordenat construir una llitera de les que es carreguen damunt dels animals, com la que s'empra per transportar una núvia. Allà viatja Mohanna, mentre que Tigmu camina al seu costat, sense cap més protecció que el seu *haik* — informà Abbas.

Sidi Mohamed va prendre les dues monedes i les hi llançà.

—Pots retirar-te —va fer.

Abbas li dedicà una profunda reverència i sortí, mentre Sidi Omar prenia la tassa de té i feia un glop.

—T'haig de felicitar —digué el paixà.

—Ens hem de felicitar —respongué Sidi Mohamed—. Alí Bei ja resultava massa perillós. El sultà començava a escoltar-se'l.

*** ***

El coronel Ventura va ordenar que li preparessin el cotxe, recollí tots els documents i sortí del seu despatx. Les notícies eren importants i Godoy havia de saber que el viatger ja havia començat a bellugar-se.

Mentre creuava Madrid per dirigir-se al palau de Godoy, va tornar a llegir la carta, sobretot els paràgrafs que feien referència directa als esdeveniments. Estava datada el dia 12 d'abril de 1805 i procedia de Fes.

Va arribar al palau on li van comunicar que Godoy estava reunit, la mateixa resposta des de feia setmanes, i que no el podia rebre, tot i que ell va insistir que les notícies que duia eren de la màxima urgència. Tanmateix, el Príncep de la Pau havia deixat molt clar que ningú no el podia interrompre. Insistí una i altra vegada fins que el secretari va contestar que miraria de passar-li un missatge.

—Esperaré —va fer el coronel Ventura, i es va seure a la cadira, amb l'esquena ben dreta.

El secretari va fer un gest amb el cap. Si volia esperar, que s'esperés. Assegut, va pensar amb segones intencions. Tothom era conscient que la situació a Europa, amb Napoleó que exigia que Espanya designés un home per fer costat a Villeneuve al mar, centrava tota l'atenció del Príncep de la Pau, que ja feia unes quantes setmanes que buscava aquest home que pogués comandar l'esquadra al costat del francès i, finalment, l'havia trobat. Federico Carlo Gravina, marí sicilià, gaudia de prou experiència, després d'haver participat al setge de Gibraltar l'any 1779, al de Menorca l'any 1781, a la defensa dels ports de Portvendres, Cotlliure i Roses durant la guerra amb els francesos entre els anys 1793 i 1795 i haver dirigit l'esquadra de l'Atlàntic des de l'any 1796 fins al 1802. Ell tenia prou talla per navegar al costat del francès i enfrontar-se a la flota anglesa que, segons havien pogut saber, no manaria Nelson perquè estava massa ocupat al Mediterrani.

Dues hores després, el coronel Ventura seguia assegut a la cadira i el secretari ni s'havia mogut.

—Quan penseu fer-li arribar una nota? —demanà el coronel.

—No puc interrompre la reunió —somrigué el secretari—. Haig d'esperar que acabin o que facin una pausa.

Gairebé al migdia s'escotà soroll de portes i de passes. Llavors, el secretari s'aixecà i desaparegué dins del despatx de Godoy. Poc després sortia i es quedava palplantat a la porta, tot indicant al coronel Ventura que ja hi podia entrar.

El Príncep de la Pau romania assegut amb els colzes damunt la taula i la cara amagada entre les mans.

—Ventura, això és de bojos —va fer, apartant lleugerament les mans i mirant l'home que acabava d'aparèixer per la porta—. Napoleó ha decidit envair les Illes Britàniques i liquidar el seu imperi. Diu que, ara que els anglesos han perdut les colònies americanes, ja no són ningú i que ja és hora que el lleó deixi de rugir. Ja n'hi ha prou, de brams, ha fet l'emperador. I, no content, manté diferències amb Francesc II d'Alemanya i amb el tsar Alexandre de Rússia, que poden acabar molt malament, perquè William Pitt els ha fet seus i han pactat una aliança contra França.

—Tot esclata a l'hora —va fer Ventura, i li lliurà la carta que acabava de rebre—. Sembla que algú va darrere del nostre viatger i ha hagut d'abandonar Marràqueix.

—On és ara? —es posà dempeus Godoy.

—A Fes, segons explica a la seva carta —va obrir la cartera i tragué el document—. «Sidi Alarbi segueix viu. En aquests dies s'ha revoltat contra el sultà... Si el germà d'Alarbi em duu a Fes un ultimàtum satisfactori, aquest mateix mes seré amb ell a les muntanyes i encetaré les operacions militars» —va llegir textualment.

—Això significa que la rebel·lió al Marroc ja és una realitat.

—Encara no ben bé, però tot apunta en aquesta direcció.

—Bé! —exclamà Godoy—. Si més no, una bona notícia. Ho hem de preparar tot. Escriuré al marquès de Solana —va fer, amb entusiasme.

El coronel Ventura es va aixecar de la cadira, va fer una lleugera reverència i sortí.

Godoy respirà fondo. Marroc volia dir gra; gra volia dir diners: diners volia dir armes i vaixells: armes i vaixells volia dir Amèrica: i Amèrica volia dir recuperar el prestigi de l'imperi espanyol a Europa.

Per fi havia arribat el gran moment!

11.- L'OMBRA DEL VIATGER

Ja entraven els primers dies de juny de 1805 i l'estiu s'albirava força calorós. Aquell matí, com cada setmana, després de trucar i escoltar la veu de Sidi Omar Buseta que li atorgava el seu permís, el funcionari va obrir la porta de la sala que el governador emprava com a despatx per dirigir-se a la taula i deixar-hi al damunt els darrers informes sobre les collites. Així que va posar un peu dins l'estança, va descobrir que el governador prenia una tassa de té en companyia d'un oficial de la guàrdia de Sulayman. Va acotar el cap, es dirigí cap a la taula i hi deixà l'informe, però no va marxar, sinó que es va fer l'orni per poder seguir la conversa. Era tafaner de mena.

—No ha estat gens fàcil, però el sultà finalment ha decidit fer-lo fora del país i no permetre que s'estigui a Fes. Tanmateix, aquest home no sembla capaç d'entendre el llenguatge dels gests —deia l'oficial, i el funcionari va copsar de seguida que parlaven d'Alí Bei—. Malgrat que el paixà d'aquella ciutat li havia preparat una escorta i li havia dit que en vuit dies ho tindria tot a punt perquè pogués seguir el seu viatge, no hi havia manera de fer-lo fora.

—I ara què? —demanà Sidi Omar.

—Sulayman li va escriure una carta per posar-li la por al cos i fer-li veure que fins i tot la seva vida perillava per causa de la seva boca, que no para de parlar i parlar sense tenir en compte els nostres costums, però aquest home és increïble —l'oficial negà amb el cap—. Encara volia tornar. Finalment, desesperat, Sulayman ha acabat enviant Muley Abdelmelek per lliurar-li noves cartes de recomanació pel bei de Tunísia, pel paixà de Trípoli i pel de Tarables i amb ordre de fer-li una d'ell, personalment, per al d'Alger, amb qui Sulayman no té bones relacions, però sí Abdelmelek. El sultà suposa que, amb aquestes deferències, Alí Bei finalment entendrà el missatge —va fer l'oficial, malgrat que no massa convençut.

—Aquest home és molt estúpid —exclamà Sidi Omar—. Se li ha donat permís per endur-se tot el que li pertany, fins i tot les dones i els criats. Què passarà si encara no ho entén?

—Doncs que Abdelmelek l'haurà d'acompanyar fins la frontera amb Algèria i fer-l'hi creuar.

—Bé! Esperem que marxi d'una vegada.

El funcionari acabà d'endreçar els documents de la taula i sortí. Tothom, a Marràqueix, havia seguit amb interès les darreres passes del príncep siríac, a qui prou que li havia costat posar-se en camí, i ell ho havia fet de manera molt especial. De bon començament estava al corrent de l'odi que el governador sentia per Alí Bei, a qui titllava de fatxenda amb una manca considerable d'educació i sense cap mena de respecte per ningú. Tant era així que no en tenia prou que hagués marxat de Marràqueix, sinó que el volia lluny del Marroc. I, per fi, semblava que ho havia aconseguit.

*** ***

Era el dia 27 de juliol de 1805 i a Madrid, després d'una primavera força plujosa, l'estiu estava resultant sec de debò. Tan sec i calorós que feia de mal caminar sota aquell sol abrusador.

MALEÏT CÁTALA!

El coronel Ventura, assegut al seu despatx, llegia atentament la nota que Godoy li havia fet arribar. Calia canviar-ho tot. Dipositá el document damunt la taula i es fregá la cara amb les dues mans. Calia canviar-ho tot, deia Godoy. Altra vegada!, exclamá Ventura.

Amorós havia escrit per explicar que el criat que havia sortit de viatge el mes de maig per portar deu mil duros al viatger, havia desaparegut i ja no en sabien res més. Ni del criat ni dels diners. Només faltava allò!

Per altra banda, la flota francoespanyola s'havia enfrontat a l'armada britànica a Finisterre i el resultat era que l'almirall Calder havia vençut Villeneuve i Gravina. Per tant, la invasió d'Anglaterra, programada per Napoleó, s'havia ajornat i William Pitt pel moment havia guanyat la partida. Però, el més greu era que, malgrat que els vaixells francesos i espanyols havien sortit malmesos, l'emperador seguia entestat en una guerra absurda i ja havia ordenat refer la flota i preparar-la per a un nou atac. En vista de les circumstàncies i del gir dels esdeveniments, Godoy ordenava agilitar al màxim la campanya del Marroc i demanava insistentment on era el viatger i quina era la situació.

A més, el Príncep de la Pau havia escrit urgentment al general Castaños, comandant del Camp de Gibraltar, per tal que ho tingués tot a punt per embarcar. Calia canviar-ho tot per poder fer arribar l'armament al viatger, havia fet Godoy. I el seu afany per canviar havia atrapat fins i tot el responsable a Andalusia de l'operació, perquè, després de gairebé un any, el Príncep de la Pau havia arribat a la conclusió que el marquès de Solana no era pas de fiar i l'havia apartat de l'afer i l'havia substituït pel general Castaños, amb qui també havia tingut un enfrontament en el passat i que va costar al militar el desterrament a Badajoz fins que Godoy va considerar que, tal vegada, el general ja havia après la lliçó.

Déu meu!, va fer Ventura. Mirés per on mirés, el cap del govern espanyol tenia deutes pendents, ofenses per pagar i enemics que li somreien, però que no feien altra cosa que posar-li pals a les rodes.

Calia canviar-ho tot, no parava de repetir aquell home. Canviar què?, es demanava el coronel Ventura. El general Castaños s'havia fet càrrec de la recollida de material al Camp de Gibraltar i, per fi, havien arribat les armes, però la sorpresa era que no hi havia municions. Un petit descuit. Sí, segur. Per a què serveixen, llavors, les armes?

—Colla d'inútils! Que les busquin sota les pedres! —havia començat a cridar Godoy com un foll.

—Castaños ha ordenat que les fabriquin a Cadis —havia fet Ventura.

—Bé! Suposo que és la solució més ràpida —havia acceptat Godoy.

Per a Ventura no hi havia cap dubte que el general Castaños també havia pres venjança, perquè segurament formava part de l'exèrcit d'enemics del Príncep de la Pau que no paraven de dir i de repetir que aquella aventura del Marroc era un somni de bojos.

El coronel abandonà la seva cadira i mirà per la finestra. Estava previst que a finals de maig comencés la revolta a Fes, però a inicis de juny van rebre la notícia que el dia 30 de maig el viatger havia abandonat la ciutat i es dirigia cap a Oujda, on hi havia arribat després de creuar el desert d'Angad i després de patir unes tempestes horroroses. Això ho sabien gràcies a les cartes del cònsol espanyol a Tànger, González Salmón, a qui, finalment, no havien tingut més remei que posar al corrent de tot, després de més de dos anys mantenint-lo en la més absoluta ignorància. I la veritat era que no s'ho havia pres gaire bé. En fi! Una altra ofensa que costaria satisfer i un altre possible enemic que seguiria somrient a Godoy mentre l'apunyalava per l'esquena.

Tan bon punt va rebre la notícia, Ventura va buscar Oujda al mapa. Sants del cel! Era a l'est, a l'altre extrem del país, a la frontera amb Algèria, a prop de Melilla. Llavors es produí un altre canvi. El material no sortiria camí de Tànger, com s'havia pensat en un primer moment, ni es dirigiria a Rabat, que va ser la segona pensada, després d'haver descartat Mogador, sinó que ara embarcaria cap a Melilla.

—Molt millor! —havia fet Godoy—. Melilla és territori espanyol. Gaudirem de més llibertat de moviment.

—Però, si la revolta és a Rabat, no acabo d'entendre que és dirigeix a Oujda —havia dit Ventura, perplex.

I no n'hi havia per menys. Les darreres notícies del viatger parlaven de la revolta de Sidi Alarbi a Rabat i aquesta ciutat era a la costa atlàntica. Fes es trobava en ple Marroc, cap a l'interior i cap a l'est. Però Oujda era el camí contrari a Rabat. El coronel Ventura, si més no, no entenia res de res.

—Ho diu ben clar a la seva carta: vol armar les tribus de les muntanyes i tornar a Marràqueix —havia fet Godoy.

Potser sí, però Ventura seguia sense entendre els estranys moviments del viatger, que cada cop més semblava una ombra que s'esmunyia enmig de la foscor i, per ser precisos, costava de creure que, si volia conquerir Marràqueix, comencés per la frontera est amb Algèria, just a l'altre extrem del regne.

El coronel mirà el cel, que era clar i serè. Només uns petits núvols gosaven tacar la immensitat del blau. Respirà fondo. Segurament la gent del Marroc estaria veient el mateix cel. Apartà els ulls del firmament, es tombà i es dirigí de nou cap a la taula. On era aquella carta? La que havia arribat de Fes i estava datada el dia 20 de maig. Remenà fins que la trobà.

«Ja han passat deu dies del termini i el germà d'Alarbi no apareix amb la seva gent. No sé si haurà mort, perquè la seva tribu va tenir un encontre amb les tropes de Muley Sulayman i diuen que hi ha hagut quatre-cents morts... Jo hauria sortit cap a la muntanya, però la cobreixen vuit mil homes de Meknès... Si tot es frustra miraré de passar d'Algèria a les muntanyes... Penso que aquesta serà la darrera carta fins que arribi a les muntanyes o a Algèria».

Europa anava de corcoll, els camins per mar no eren gens segurs i les notícies arribaven confoses. El mateix cònsol de Marràqueix escrivia que no tenia cap notícia de la mort dels quatre-cents rebels de Rabat. Llavors havia escrit al cònsol de Rabat, però no havia rebut resposta. Potser perquè la revolta ho impedia.

Mare de Déu! Quants diners havia costat aquella operació? Uf! Li feia por sumar totes les remeses de fons que havia enviat al viatger. Gairebé s'hauria pogut equipar tot un exèrcit.

Potser el marquès de Solana, el general Castaños, l'infant Ferran, el marquès de Las Amarillas... i tants i tants tenien raó i allò era una bogeria, perquè tot ja esdevenia incontrolable, reflexionà Ventura. Sí. Tal vegada hauria de parlar amb el Príncep de la Pau i fer-li veure que tot aquell afer havia adquirit unes dimensions i havia pres uns camins que el feien de mal portar.

*** ***

Sidi Omar Buseta va prendre la carta que li acabava de lliurar el soldat i va començar a jugar amb ella. Feia molts dies que l'havien trobada a la casa que ocupava Alí Bei a Marràqueix, però inexplicablement havia estat rodant i rodant de mà en mà i de despatx en despatx fins que algú va tenir la feliç idea de portar-la al paixà.

Segons les darreres notícies, Alí Bei ja era a una passa d'abandonar el Marroc. Què havia de fer amb aquella carta? Enviar-la-hi?

Va deixar de jugar i contemplà aquell sobre. Sentia curiositat pel contingut. I per què no l'havia de conèixer? Alí Bei ja era pràcticament fora del Marroc i no necessitaria aquella carta per a res.

Trencà el segell, obrí el sobre i va treure la carta. Estava escrita en castellà.

MALEÏT CÁTALA!

—Busqueu-me un intèrpret d'espanyol —ordenà.

*** ***

El viatge des de Fes fins a Oujda havia durat deu dies. Un desplaçament llarg i penós, perquè la regió fronterera amb Algèria anava en dansa i el perill els sotjava a cada corba del camí. Aquelles terres, lluny del poder del sultà, sempre amagaven homes que atacaven les caravanes i els guies havien de triar viaranys difícils, fins a l'extrem que només van respirar alleugerits quan les portes de la ciutat es tancaren darrere seu. El país era tan insegur que, fins i tot durant el dia, els soldats que feien guàrdia havien de repel·lir els atacs dels genets que de tant en tant s'atansaven a les muralles amb actitud hostil i disparaven les seves escopetes.

Tigmu es va seure al costat de la gelosia de la finestra que donava al jardí. Ja feia dos mesos que estaven a Oujda, on Alí Bei havia llogat una casa gran, tenint en compte el que significa el qualificatiu gran en una petita població de poc més de mil habitants que, això sí, contenia formosos jardins mercès a la font abundosa de Sidi Yahya situada a un quart de jornada cap a l'est i de la qual brollava una aigua d'excel·lent qualitat.

La tarda que van arribar, la caravana s'havia endinsat pels carrers estrets i Tigmu havia contemplat les cases, totes baixes i d'una construcció que de seguida s'endevinava de mala qualitat.

Alí Bei havia triat una casa amb un bon jardí i situada a prop del petit mercat. Allà es van aturar i Alí Bei ordenà descarregar l'equipatge. Mohanna anava damunt la llitera i en cap moment, durant tots aquells dies, havia permès Tigmu pujar-hi i descansar ni un instant, per la qual cosa l'esclava negra tenia els peus nafrats i dolorits.

—En el meu estat no puc fer cap esforç. El meu senyor no perdonaria a ningú que es perdés el seu fill —no parava de repetir aquella mala bruixa.

Malgrat que durant els dos darrers dies Tigmu va haver de guarir-se els peus, plens de nafres, Mohanna va seguir amb les seves exigències.

Alí Bei, l'endemà mateix de la seva arribada, havia ordenat Hasim que comprés algun moble, perquè els que hi havia dins de la casa li semblaven pocs.

Tigmu, asseguda a l'ampit de la finestra, darrere de la gelosia, recordava tots aquests detalls i que prou que li hauria agradat quedar-se a Marràqueix, tal com havia fet Shara. Hasim era un home jove i agradable que el segon dia de travessa del desert havia parlat amb Alí Bei per demanar-li que la deixés pujar a la llitera.

—La llitera és de Mohanna —havia fet el príncep—. Parlaré amb ella, però no sóc jo qui decidirà.

I la decisió havia estat que una esclava ha de caminar i servir la seva senyora. Així de simple.

Sort que Hasim, sempre atent, li havia proporcionat durant tot el viatge aigua i sal per als peus. Si més no, algun alleugeriment havia aconseguit.

Durant aquells dos mesos que ja portaven a Oujda, les úniques estones que podia estar sola i en pau era quan el príncep visitava Mohanna, cosa que feia cada dia. No deia la mala puta que havia de fer repòs... Doncs, quan era amb el seu senyor, no parava quieta ni un instant. Tigmu prou que ho sabia, puix l'havia vist actuar en alguna ocasió. Mohanna no s'hi estava de res, malgrat que l'esclava de color fos present, i Alí Bei semblava prou acostumat a altres presències quan gaudia d'una dona.

Respirà fondo. Allà, darrere de la gelosia, s'estava bé. L'aire que entrava era fresc, malgrat que el sol era fort.

—No t'estiguis aquí perdent el temps —va escoltar que feia la veu de Mohanna—. Aixeca't, que hem de fer l'equipatge.

—Marxem? —demanà Tigmu, tombant-se.

Mohanna havia entrat sense fer cap soroll i Tigmu no s'havia adonat fins que no l'havia tingut gairebé al damunt.

—Sembles idiota —la menyspreà Mohanna, i l'empenyé
—. Per què, si no, hauríem de fer l'equipatge?

—I com és això?

—Si jo obeeixo el meu senyor sense fer preguntes, amb
més raó una esclava com tu ha de tancar la boca i creure.

Tigmu abaixà els ulls i començà a recollir la roba. De
sobte tota la casa s'havia posat en moviment i els criats anaven
amunt i avall, els baguls s'omplien i ningú no parava quiet.

De mica en mica el pati acollí tot el que havien dut a la
casa i que ja carregaven damunt dels animals, tot seguint les
instruccions de Hasim, que no parava de pensar en el que havia
succeït.

El dia anterior, a primera hora del matí, un europeu
havia demanat per Alí Bei i havia dit que havia de parlar amb
ell amb molta urgència. Hasim havia deduït que havia de ser
espanyol, perquè, malgrat que s'havia expressat en àrab, l'accent
li resultava familiar. Aquell home i el seu senyor van estar
reunits durant gairebé dues hores. Després, aquell home va
marxar. Hasim només havia pogut escoltar algunes frases quan
va entrar amb el criat que els servia el té.

«El carregament s'endarrerirà», havia dit aquell home,
mentre Alí Bei replicava que allò era un desastre. De què
parlaven?, es demanava Hasim. Una altra frase que l'havia
sobtat de valent també va ser pronunciada pel visitant. «No
sabem com els ha pogut arribar la notícia, però molt em temo
que ja sospiten que qui diu que és no és el que és», havia fet.
«Com podeu estar-ne segur?», havia demanat Alí Bei. «La gent
en parla i sabem que qui està per sota del més gran ha ordenat
sortir un grup que es dirigeix cap aquí». De fet tota l'estona
empraven un llenguatge estrany, farcit de mitges paraules que
amagaven més paraules que només podien entendre ells.

Qui diu que és? Què diu que és, però que no és? I qui és el
que està per sota del més gran?, s'havia demanat Hasim quan va
marxar aquell home. Uf! Alí Bei, quan s'embolicava amb
pensaments filosòfics, deia unes coses força complicades per a un

pobre home com ell, havia fet Hasim, tot recordant les interminables discussions amb els doctors de la llei de Fes, el primer cop que hi van ser. Perquè aquesta segona visita havia resultat força diferent i sorprenent, per no dir misteriosa.

Durant la seva estada a la ciutat del coneixement no van ocupar la mateixa casa que la primera vegada, sinó que Alí Bei va pagar generosament per gaudir d'una altra que era més petita i sense tantes obertures. Allà s'hi van estar gairebé dos mesos, tancats, sense gairebé sortir, com no fos per comprar al mercat. Cada dia rebien la vista d'un funcionari de Baquil, el paixà de Fes, que venia per demanar quan marxarien. Fins i tot li va oferir cinc cavalls més per tal que pogués fer el viatge amb més seguretat.

De tant en tant, Alí Bei sortia per dirigir-se al consolat espanyol. Esperava una nova remesa de diners, no parava de dir. Per això hi anava tan sovint. Potser sí, però no calia que s'hi estigués tanta estona, pensava Hasim quan l'acompanyava i rebia l'ordre d'esperar-lo al pati mentre el seu senyor s'entrevistava amb un home d'allà dins, que sempre era el mateix.

Però el més curiós de tot era que Alí Bei dormia amb armes dins de la seva cambra. Això no ho havia fet mai, en tot el temps que van viure a Marràqueix. Ni tan sols ho havia fet durant el desplaçament a Mogador ni a Semelalia. De què tenia por?

Finalment, Alí Bei havia rebut una carta del sultà, que va demanar que li traduís Hasim.

«La pau sigui amb tu» —deia la carta—. «Has de saber que no he ordenat Baquil que et faci marxar ni que et proporcioni cinc cavalls més. Ell ha pres aquesta decisió empès per les històries que ha escoltat i que parlen de tu i d'astrologia, art que en la nostra terra es pren per una heretgia o per una infidelitat que mereixen la mort. Tanca la teva boca i vigila la porta de casa teva, perquè no coneixes la gent d'aquí i no saps la sang que pot resultar de les teves paraules».

Després continuava amb un seguit de consells sobre el millor camí per sortir del Marroc.

—Ens quedem —havia fet Alí Bei, després d'escoltar la traducció d'Hasim.

—Però, noble príncep... —havia mirat de protestar l'intèrpret. Les paraules del sultà no podien ser més clares.

—No he acabat el que he vingut a fer —l'havia tallat Alí Bei.

I ja no n'havien parlat més, fins que va arribar Muley Abdelmelek.

En aquella ocasió Hasim va assistir a tota la conversa, però no pas perquè Alí Bei li ho demanés, sinó perquè Abdelmelek volia estar ben segur que el príncep entenia perfectament les seves paraules.

—El millor és que marxis i et dirigeixis cap a Algèria, si no vols embarcar a Tànger. He donat ordre perquè et deixin passar i que mirin per la teva seguretat per tal que cap enemic t'atrapi. Quan arribis a Tunis, embarca i dirigeix-te a Egipte —havia fet Abdelmelek.

—Em sento trist per haver de deixar-vos. El sultà ha estat tan generós amb mi que voldria servir-lo per sempre més —havia respost Alí Bei.

—Ja ho sé, però les forces no són del teu costat —acabà Abdelmelek.

L'endemà el general de la guàrdia del sultà va marxar i Alí Bei, trist i compungit, va donar l'ordre de preparar-ho tot per al viatge.

Hasim no entenia res de res. Quins eren els enemics del seu senyor? Per què tant de misteri en les paraules d'Abdelmelek? Quines forces eren les que estaven a un costat i a l'altre?

Bé! Havien de tornar a fer l'equipatge. I també haurien de buscar un guia. Aquesta seria la part més difícil. La regió no era segura i els guies no volien ni sentir parlar de marxar més cap a l'est.

*** ***

Godoy va entrar a la sala gran, on ja l'esperava el seu estat major, i es va seure a la llarga taula. L'emperador havia decidit tornar a enfrontar-se amb la flota anglesa i aquest cop no volia cap error.

—Amb quines forces comptarem? —va demanar.

El comandant en cap de la flota, el mariscal Gravina, es posà dempeus i prengué el document que duia a la cartera.

—Els nostres aliats francesos duran divuit vaixells i set fragates, a les quals nosaltres hi sumarem quinze vaixells més. Això fa un total de trenta-tres vaixells i set fragates —informà.

—I els britànics? —va fer Godoy.

—No criem que puguin aplegar més enllà de vint-i-cinc vaixells i alguna fragata —somrigué Gravina—. En tot cas les seves forces seran notablement inferiors a les nostres.

—Com es plantejarà la batalla?

—Tenint més vaixells que ells, el més lògic és atacar en formació de semicercle, per tal d'envoltar-los i tancar-los al sac.

—Ja sabem qui comandarà les forces enemigues?

—Tot apunta que serà Nelson —seguí informant Gravina.

—El vencedor d'Abu Qir.

—Que ara serà derrotat —respongué Gravina.

—El mateix pensàveu a Finisterre. Què us fa suposar que ara serà diferent? —aixecà una cella Godoy.

Gravina es posà tens.

—Aquest cop farem que els anglesos vinguin a casa nostra i que apleguin els seus vaixells del Mediterrani. Hem previst tancar el pas de l'estret de Gibraltar fins que es vegin obligats a presentar batalla —explicà—. Aquest cop acabarem amb tota l'esquadra britànica —va fer amb els llavis premuts.

—Espero que no us equivoqueu, perquè en cas contrari no ens quedarà cap vaixell per controlar les colònies de l'altre costat de l'Atlàntic i ja us podeu imaginar el que pot passar —digué Godoy, s'aixecà i sortí de la sala sense ni tan sols acomiadar-se.

Travessà el vestíbul, pujà les escales i es dirigí cap a la sala blava. Entrà i tancà la porta. Llavors, se serví una copa de vi i es deixà caure damunt del sofà. Massa tensió, massa decisions, massa problemes, massa enemics, massa... Massa de tot i res de bo! Estavellà la copa al terra.

Un xic més calmat, s'aixecà i se'n serví una altra. Davant seu hi havia el quadre que havia pintat el seu protegit Goya. Va treure el llençol i el mirà amb plaer.

No hi havia en tot el món millor pinzell que el de Paco Goya. Bé ho podia dir després d'haver vist el darrer retrat de tota la família real, realitzat amb una precisió absoluta, sense idealitzar res. La reina Maria Lluïsa amb cara de pa torrat i aquell somriure de llavis prims que no servien per a res més que subratllar un nas de patata i uns ulls petits i caiguts. Encara no entenia com la reina havia permès que la pintés d'aquella manera.

Somrigué, alçà la copa en un brindis i va fer un glop. Sí, senyor! Amb idèntic mestratge, no havia oblidat ni un sol detall del cos que Godoy contemplava en aquell instant. Els pits generosos i ben separats, les cuixes de carns voluptuoses, els pubis rasurat i aquell mig somriure que el convidava. Però, sobretot, el que més l'atreia era aquella mirada, de costat i profunda com la nit.

Què donaria ell per poder contemplar aquell quadre al seu despatx? Havia fet. I Goya, el seu amic Paco, li va proporcionar la solució. Pintaria la mateixa figura, amb la mateixa posició, idèntic somriure i la mateixa mirada, entre lasciva i prometedora, però vestida, i els disposaria de tal manera que l'un fos darrere de l'altre i que, amb un senzill mecanisme, pogués fer pujar el vestit i aparèixer el despullat, gairebé com si ell mateix apugés aquella roba i cerqués l'entrecuix humit que ja coneixia.

Godoy tancà els ulls i s'imaginà a ell mateix tibant d'un cordó lligat al quadre de la dona vestida i fent-lo pujar fins que lentament apareixien els peus, les cames, les cuixes i...

De sobte es va alliberar dels botons dels pantalons, els abaixà i contemplà el resultat dels seus pensaments. Allargà la mà, lentament, i s'agafà el membre, amb força. Després, els seus ulls es clavaren en l'entrecuix de la dona del quadre i s'imaginà que la seva llengua l'atrapava. La seva mà encetà un moviment lent, que cada cop es tornà més frenètic. No podia deixar de mirar aquell cos i poc l'importaven els ulls o la cara. Només veia aquell plec entre les cames i la seva mà seguia movent-se amb energia. De sobte, obrí la boca tot deixant escapar uns gemecs, el cos se li arquejà i la mà se li embrutà del líquid blanc i enganxós. Finalment va acabar plegat damunt del sofà, amb les cames encongides i els ulls clavats en aquells pits.

Déu meu! Quanta tensió que genera el govern d'una nació! Exhalà tot l'aire dels pulmons.

Havia estat obligat a casar-se amb una dona a la que no estimava i que, fins i tot, li feia cosa tocar. I tot perquè la reina volia estar ben segura que el tindria a la seva disposició quan la seva real voluntat cregués oportú.

Mirà de nou el quadre. Sort que allò el relaxava, va fer, i cercà el mocador per posar remei al desastre que acabava de fer. S'hauria de canviar de vestit. D'aquella manera no podia rebre ningú.

—Eusebio! —cridà.

Si més no, l'estirat majordom era extremadament discret. Això ja li disculpava altres defectes.

*** ***

Fins i tot va clavar cops de fuet als criats perquè anessin més de pressa. Era la primera vegada que Hasim veia el seu senyor tan violent. Llavors, va ordenar que es dirigissin cap a la portes d'Oujda.

MALEÏT CÁTALA!

En arribar, els soldats es negaren a obrir, tot argumentant que sortir en aquells moments era perillós. Alí Bei ordenà que el deixessin passar, però els soldats s'hi van negar altre cop i un d'ells va córrer per avisar el xeic Soliman, que es presentà de seguida.

Van estar discutint. Alí Bei cridava com un foll, Hasim mirava de traduir i el xeic procurava explicar que havia rebut instruccions precises de Sidi Mohamed Salaui per tenir cura de la seguretat del viatger i que no podia permetre que sortís d'allà camí d'Algèria i sense un guia.

Finalment, Alí Bei es dirigí al seu cavall, muntà i va treure de sota la sella un parell de pistoles.

—Ordena els teus homes que obrin la porta i em deixin marxar o tu seràs el primer a caure —cridà, mentre apuntava el xeic amb les dues armes.

Tothom es va quedar en silenci. Els soldats de la porta no sabien com havien de reaccionar i el xeic feia un posat entre espantat i sorprès.

—Ho faig pel teu bé —s'excusà.

—Ningú no m'ha de dir a mi, un príncep, quin és el meu bé o el meu mal —replicà Alí Bei—. Ordena que obrin les portes.

El xeic Soliman volia seguir discutint, però els ulls d'Alí Bei deixaven prou clar que el temps de les paraules s'havia esgotat.

—Obriu i deixeu-los sortir —ordenà finalment, després de rumiar-s'ho uns moments. No gaires, perquè aquell parell de canons apuntaven directament al seu estómac i els ulls del príncep no donaven peu a gaires alegries.

Quan la caravana ja era fora, el xeic ordenà tancar de nou les portes.

—Pobres desgraciats! No duen cap guia i, pel que he pogut veure, no van sobrats d'aigua —va fer un dels soldats.

—Ja s'ho trobaran —replicà el xeic.

Tanmateix, Soliman, quan va arribar a casa seva anava molt compungit. Si al príncep li passava alguna cosa, el primer ministre li faria la pell. El missatge era: «no permetis que marxi fins que no arribin els meus homes. Digues que és per la seva seguretat».

Finalment va decidir enviar un missatge urgent cap a l'oest, lloc per on havien d'arribar els soldats de Sidi Mohamed.

Si més no, ell ja hauria complert.

12.- EL GRAN DESASTRE

—**H**eu dit Larraix? —va fer Godoy, posant uns ulls com taronges.

—Larraix —repetí el coronel Ventura.

—I només n'hi ha un, de Larraix?

El coronel Ventura desplegà el mapa damunt la taula i assenyalà el punt.

—No ho entenc —digué Godoy, bellugant el cap a banda i banda—. Larraix és al nord-est del Marroc i ell, teòricament, hauria de ser a les portes d'Algèria.

—Es veu que no va poder arribar-hi —digué Ventura—. El cònsol Salmón ha pogut saber que el viatger va sortir d'Oujda el dia 4 d'agost, però que es va perdre al desert i va ser a punt de morir per manca d'aigua, desgràcia que l'hauria atrapat si no hagués estat per la caravana de... —callà un instant i buscà el nom dins la carta—: Sayyidi Mohamed al-Arabi. Ja en són de complicats, aquests noms àrabs! —exclamà—. Bé! El fet és que el van trobar, a ell i als seus acompanyants. Havien esgotat les reserves d'aigua, anaven perduts, havien abandonat l'equipatge i van començar a caure desmaiats, un darrere l'altre enmig del desert. Si no els arriben a trobar, la mort era més que segura.

—I com han anat a petar a Larraix? Aquesta ciutat, segons assenyaleu al mapa, es troba vora l'oceà Atlàntic, a més d'una setmana de camí d'Oujda —demanà Godoy, preocupat per la sort que hauria pogut córrer el viatger.

—No en sabem res de res —negà Ventura. Es quedà callat un instant. Dubtava. Finalment, va fer—: Temo que hagi estat descobert.

—Déu meu! —s'esgarrifà Godoy—. I ara què?

—Si ha estat descobert, és home mort —va fer Ventura, que arronsà les espatlles i torçà la boca.

Godoy respirà fondo i es tapà la cara amb les dues mans, tot fregant-se els ulls.

—No pot ser, home! —es negà a acceptar—. Com tenim el tema de les municions? —demanà de sobte.

—Encara no les han acabat de fabricar —respongué Ventura.

Allò era de bojos. Tot caminava cap al desastre. Napoleó enfrontat amb tot Europa, excepte amb Espanya, que li feia costat. Per tant, bé podia dir que Espanya estava enfrontada amb tot Europa. I ara arribava aquella notícia. Les armes emmagatzemades a Cadis encara no disposaven de municions. Fantàstic!

I què? Somrigué nerviós. Si Domènec Badia havia estat descobert, no pagava la pena seguir patint. A partir d'ara podia passar qualsevulla cosa.

*** ***

—N'estàs segur? —demanà Sulayman.

Sidi Omar Buseta va fer un gest mig afirmatiu amb el cap, sense acabar d'assegurar la certesa del que li acabava de comunicar.

—Es tracta d'una acusació molt greu —digué Abdelmelek, que també hi era present.

—És el que es desprèn d'aquesta carta del consolat espanyol —replicà Sidi Omar.

—No esmenta cap nom —va fer notar Sulayman.

—Cert, senyor —acceptà Sidi Omar, però prosseguí—: Tanmateix, és evident que es tracta d'un llenguatge amb doble sentit. Qui és l'oncle de Sanlúcar? Qui és el viatger? Què vol dir que no tenen més llimones? La carta està farcida de frases absurdes. No és aquest el llenguatge dels espies?

—¿I no serà que el teu afany de venjança per totes les ofenses rebudes, et porta a imaginar i veure el que no hi ha? —demanà Sulayman.

—Sidi Mohamed ho veu com jo. També dutes d'ell? —insistí Sidi Omar.

Si el seu primer ministre pensava el mateix que Sidi Omar, ja era una altra història. El sultà respirà fondo i es va recolzar damunt dels coixins. Tornava a sentir-se cansat. Estava pagant molt cara la decisió de no fer cas dels metges.

—On és ara? —demanà Abdelmelek.

—Sidi Mohamed ha ordenat els seus homes que el duguin a Larraix. Pensa que és el millor fins que no s'hagi aclarit tot. Allà ningú no coneix Alí Bei. Mai no hi ha estat.

—Doncs vull saber-ho amb certesa —gairebé cridà Sulayman—. Mentre, que el tractin com un príncep es mereix. Que es bellugui amb llibertat, però que no abandoni la ciutat.

Sidi Omar va fer una lleugera reverència amb el cap, s'aixecà i sortí d'allà per donar les instruccions oportunes.

—Saps què significaria que fos veritat? —va fer Sulayman, quan es quedà sol amb Abdelmelek, i no el va deixar respondre—: El meu descrèdit.

—Si el que diu Sidi Omar és cert, tot quedarà arreglat amb un càstig exemplar —digué Abdelmelek.

Sulayman es quedà callat i va assentir lentament.

*** ***

Larraix era una fortificació construïda per Mohamed es-Said esh-Sheij, sultà de Fes, durant el segle XV, després que els portuguesos establerts a Tànger expulsessin els seus habitants. La plaça forta, a l'entrada del riu Lukus, servia per protegir un port que tothom ambicionava i que ja havia patit nombrosos setges, dels quals només un, l'any 1610, a càrrec dels espanyols va assolir l'objectiu de fer-se amb la joia de l'Atlàntic. Anys després, el 1689, Muley en-Naser recuperà la ciutat, el port i la fortalesa i ja no havia canviat de mans, malgrat que encara havia patit nombrosos atacs amb l'excusa que havia esdevingut cau de corsaris. La riquesa de la ciutat es veia reflectida en les construccions plenes de portes amb arcs, les nombroses fonts, els carrers ben traçats i ben empedrats, la gran mesquita i el castell de la Cigonya, construït per presoners portuguesos.

S'encetava la segona quinzena de setembre de 1805 i ja feia un parell de dies que Hasim havia notat que el seu senyor tornava a sentir-se valent, després del llarg viatge des d'Oujda i després de l'aventura del desert, que havia resultat increïble.

I és clar que tampoc podia haver anat d'una altra manera, donades les circumstàncies. Alí Bei els havia donat tanta pressa que enmig de la precipitació ningú no havia pensat a agafar prou provisions d'aigua i encara tenia clavada al cervell aquella sensació estranya a la llengua, com si fos més gran de l'habitual, després de tot un dia sense poder tastar una gota de líquid. Ara ho recordava com un malson: els animals doblegaven les potes i queien al terra, mentre ells els obligaven a aixecar-se i a seguir caminant sota el sol abrusador. Va ser horrorós. Passat el migdia ja no tenien forces per a res. Mohanna, que era l'única que romania protegida damunt la llitera i sota el tendal, va haver de descavalcar. Les dues mules ja es mostraven incapaces de donar una passa. A partir d'aquell moment, tothom havia perdut el rumb i caminava amb la ment buida, sense esperança. Tot l'equipatge es perdé i quan miraven enrere només veien una llarga filera de maletes, farcells, baguls i caixes que marcaven el lloc per on havien passat. Allò, més que un viatge, era una fugida en tota regla. Tigmu va caure i Hasim l'aixecà, però la noia havia perdut el coneixement. Llavors se la carregà a l'esquena i seguí movent-se amb els ulls clavats al terra, sense pensar ni desitjar res. Finalment, el cos de Tigmu havia relliscat per la seva espatlla fins caure al terra, mentre ell es quedava quiet, amb els braços al llarg del seu cos, incapaç d'obrir la boca ni per cridar. Recordava haver intentat respirar i que la llum del sol l'encegava fins a l'extrem que ja no podia distingir el terra del cel. Llavors, els genolls se li havien plegat i va caure com un farcell. I ja no recordava res més, excepte una veu que li ordenava obrir la boca i engolir. Va notar el líquid que li queia per la barbeta, li baixava pel coll i atrapava el seu pit. Havia obert les parpelles i havia vist l'aigua que brollava de l'odre. Instintivament s'hi havia arrapat, però una mà poderosa l'havia apartat. «A poc a poc», li deia aquella veu. Mitja hora després va ser conscient que s'havien salvat.

Aquella nit, després de l'infern del desert, a la tenda, enmig de la caravana de Sayyidi Mohamed al-Arabi, Hasim havia donat gràcies a Déu. Ningú no havia mort, malgrat que Alí Bei estava força dèbil i Mohanna, ajudada per Tigmu, tenia cura d'ell. La resta descansava.

L'endemà, Tigmu s'havia escapolit de la tenda d'Alí Bei i s'havia atansat fins al jove intèrpret per agrair-li tot el que havia fet per ella.

—M'agradaria ser com Shara —havia fet la noia.

—Què vols dir? —li havia demanat ell.

—El príncep mai no m'ha tocat —digué Tigmu—. Continuo sent donzella i, si depèn d'ell, mai no perdré la virginitat.

—No diguis això —va fer Hasim.

—Saps perquè només va tocar un cop Shara i a mi ni em mira? —demanà Tigmu.

—Per què? —s'interessà Hasim.

—Per l'olor de la pell fosca —va fer la noia, i ell va posar cara de babau—. M'ho ha dit Mohanna. Al príncep li fa fàstic l'olor de les negres. Diu que no la suporta. Pensa-t'ho. Podries parlar amb ell i segur que m'obtens. Jo podria servir-te tan bé com Shara i donar-te fills. Entre les dues tindríem cura de tu.

L'olor, pensà Hasim. I és clar! Ara entenia el que Shara li havia explicat de la primera nit. Alí Bei, mentre la penetrava, va apartar el rostre i després s'havia tombat d'esquenes tota la nit.

Aquell vespre Hasim va anar a la tenda d'Alí Bei i li va fer una oferta.

—Prou que te la vendria. Fins i tot, te la regalaria —somrigué el príncep en escoltar la petició de l'intèrpret—. Però, no sóc jo qui ha de decidir. Tigmu pertany a Mohanna i ella ha de dir-hi la seva.

La resposta va ser simplement que no. Mohanna no volia desprendre's de Tigmu. Si havien de viatjar, la necessitava al seu costat. I, aquella nit, a la tenda, l'esposa blanca d'Alí Bei va clavar un bon parell de mastegots a l'esclava de color.

—Així no se t'acudirà cap més idea —li va dir—. I pots estar ben contenta, perquè la propera vegada deixaré que els soldats de la caravana s'encarreguin de tu.

Tigmu abaixà la mirada i callà, malgrat que internament va jurar que algun dia Mohanna pagaria per allò.

L'endemà, al matí, van veure un grup de soldats que s'atansaven a la caravana. Els enviava Sidi Mohamed Salaui, van dir. Venien amb l'ordre d'escortar el príncep fins a Tànger, on podria embarcar sense perill, perquè la frontera amb Algèria resultava massa perillosa.

Aquell mateix dia se separaren de la caravana.

Alí Bei continuava molt dèbil i van haver de viatjar lentament. Durant set dies es dirigiren cap a l'oest. El dia que feia vuit, el príncep es va sentir millor i va prendre algunes mesures amb els instruments que els homes d'al-Arabi havien pogut rescatar del desert.

—Per què seguim cap a l'oest? —va demanar, després de comprovar que no anaven en direcció a Tànger—. No hauríem de pujar cap al nord?

—No ens dirigim a Tànger, sinó a Larraix —respongué l'oficial.

—Per què? —insistí Alí Bei.

—Ordres de Sidi Mohamed Salaui —havia fet l'oficial.

Alí Bei s'havia posat molt tens, però per primer cop, i en contra del que era habitual, no havia protestat. Per què?, s'havia sorprès Hasim. Potser era que el seu senyor estava massa dèbil, havia pensat. Tanmateix, per què el primer ministre havia donat aquella ordre? I quan ho havia pogut fer, si no s'havien creuat amb ningú ni havien tocat cap ciutat, llevat de Taza? Això només significava que l'oficial ja ho sabia des del primer dia. Però... llavors... per què havia mentit, tot fent-los creure que anaven camí de Tànger?

L'endemà d'arribar a Larraix s'havia despertat amb el cos adolorit, l'ànim decaigut i l'estómac buit. Havia estat un llarg viatge, molt cansat. S'havia llevat i havia menjat una mica. No havia pogut dormir bé perquè el seu magí anava ple de preguntes sense resposta.

D'això ja feia uns quants dies i, tot i que ningú no els molestava ni els impedia fer cap moviment dins de la ciutat, Hasim tenia la sensació que el seu senyor era més un presoner que no pas un convidat. Durant tot aquell temps el primer ministre i paixà de la Larraix havia marxat dos cops i havia tornat. Alí Bei havia mirat de visitar-lo, però Sidi Mohamed estava massa ocupat per rebre'l. Allò no era cap bon senyal.

Hasim sortí de la casa i es dirigí al port. Seure a la platja li recordava altres temps i altres llocs i la contemplació de la línia de l'horitzó li permetia pensar en Shara. Què estaria fent, ara?, es demanà.

*** ***

Aschasch va escoltar amb molta atenció. Aquella informació era més que valuosa i segur que el sultà... No. Millor el primer ministre, que no pas el sultà, somrigué. Tothom sabia que Sidi Mohamed Salaui era qui havia aconseguit fer Alí Bei fora de Marràqueix. Per tant, potser seria el més interessat a conèixer el que li acabava d'explicar el criat que treballava per al consolat espanyol a Tànger.

Somrigué divertit. No hi ha millor aliat que un home que veu perillar els seus interessos econòmics. Encara més si són tan importants.

Ningú no podria jurar, de cap manera, que González Salmón es trobava darrere d'aquella indiscreció, perquè el criat havia sentit per casualitat la conversa entre Gerardo Pasiego i el cònsol. Com ha de ser.

—Abderrahim! —cridà.

La porta s'obrí i aparegué un soldat.

—Marxaràs ara mateix cap a Larraix. Vull que duguis un missatge a Sidi Mohamed Salaui.

*** ***

Estaven reunits al palau de Marràqueix. Sidi Mohamed havia arribat aquella mateixa tarda i havia demanat audiència urgent amb el sultà que, un cop conegut el motiu, havia cridat Sidi Omar Buseta i Abdelmelek.

—Ja no hi ha dubte. És un cristià disfressat de musulmà —va fer el primer ministre, tot mostrant el missatge que havia rebut de Tànger.

Sulayman romania mut i amb els ulls clavats al document. Als seus ulls es reflectia el dolor, el desencís, la ràbia i fins i tot l'odi.

—També és un espia que ens ha enganyat a tots plegats —intervingué Sidi Omar Buseta—. Mereix la mort. Una mort lenta, que el faci patir com mai no ha patit ningú, perquè acabi implorant la fi dels seus dies, fins que els seus crits s'escoltin des de l'altre costat de l'oceà, des de les costes espanyoles —va fer amb vehemència.

—Abans no donis l'ordre, permet que et faci notar que Espanya està concentrant moltes naus a les costes de Cadis —digué Sidi Mohamed—. Els nostres vaixells de pesca ens han informat que ja han vist més de vint vaixells que estan fondejats davant la punta de Trafalgar, i no sabem què pretenen, però podrien tancar l'estret i establir un pont entre els dos continents.

—I què hi té a veure, una cosa amb l'altra? —demanà el sultà.

—Potser esperen trobar una excusa per atacar i que el seu espia morís ajusticiat seria el pretext perfecte —apuntà Abdelmelek, tot seguint el raonament del primer ministre.

—Insinues que l'hem de deixar marxar? —demanà Sidi Omar.

—Només dic que hem de trobar una solució a un problema —respongué Abdelmelek—. No ens convé un enfrontament armat amb Espanya. Nosaltres hem de mantenir-nos neutrals i lluny de les guerres dels infidels.

Sulayman aixecà la mà i tothom callà. El sultà meditava. Quina seria la millor sortida? Per a ell el problema era més complex. No tan sols havia d'evitar l'enfrontament directe amb Espanya, sinó que el poble havia de tenir ben clar que ningú no l'havia enganyat. I encara menys durant més de dos anys!

*** ***

Els tres pals de la corbeta es movien lentament, a mesura que les petites onades trencaven contra el casc de l'embarcació.

No era la millor del món, evidentment. Però era l'única que tenien disponible. A més, havien trobat un capità disposat a marxar cap a llevant. De manera que Alí Bei havia baixat fins al port i estava examinant la cabina. No era gaire espaiosa i hauria de fer-hi reformes per deixar-la en condicions.

Hasim, per la seva banda, dirigia la seva atenció cap al casc. No havien de perdre de vista que havien encetat el mes d'octubre i que ja s'aixecaven els vents de l'oest. Allò volia dir tempestes.

—Creus que és segur? —demanà l'intèrpret.

—Ho ha de ser —li respongué Alí Bei—. No disposem de res més.

Durant els dos dies següents van comprar provisions i les van anar dipositant a la petita bodega de la corbeta, mentre els criats s'afanyaven a tenir a punt tot l'equipatge.

Aquella nit del dia 12 d'octubre de 1805, dissabte, Alí Bei visità l'habitació de Mohanna. En aquesta ocasió no van fer l'amor amb violència, sinó que l'home es mostrà molt tendre i van acabar abraçats sota la llum d'una lluna creixent que es filtrava per la gelosia de la finestra.

—Segur que hem de marxar? —va fer ella, recolzada al seu pit.

—Prou saps que sí —respongué ell.

—On naixerà el nostre fill? —Mohanna aixecà el cap i el mirà.

—El fill d'Alí Bei pot néixer on vulgui que seguirà sent el fill del príncep Alí Bei —somrigué ell. La besà als llavis, amb tendresa, i acaronà el seu cabell—. He donat instruccions perquè, si m'arriba alguna cosa, Hasim vetlli per tu, pel nostre fill i per Tigmu.

Mohanna s'incorporà d'una embranzida.

—Què et pot passar? —va fer, espantada.

—Res —negà Alí Bei.

Agafà el cap de la noia i el tornà a posar damunt del seu pit.

—Llavors, per què...?

—Perquè un home que està a punt de tenir un fill ha de ser responsable i preveure-ho tot —somrigué ell—. I ara dorm, que demà ens espera un dia molt atrafegat.

Mohanna recolzà de nou el cap damunt del pit d'ell i tancà les parpelles. No estava nerviosa. Al contrari: una estranya pau l'envaïa. La pau sempre arriba al final de tot.

Somrigué. Quan el sol aparegués de nou per l'horitzó marxaria lluny d'allà en companyia de l'home que estimava. I amb aquest pensament s'adormí.

L'endemà diumenge, 13 d'octubre, a primera hora del matí es presentà un missatger del paixà amb una nota per Alí Bei, en la qual li pregava que anés a acomiadar-se d'ell.

El príncep va sortir acompanyat de Hasim. No feia massa bona cara, pensava l'intèrpret, que ja feia dies que no entenia res del que estava passant.

En arribar a palau, els soldats els van conduir a presència de Sidi Mohamed Salaui, que va sortir a rebre'l amb un ampli somriure als llavis i l'abraçà amb força.

—Sentiré molt perdre't —va fer el paixà i primer ministre.

—Jo també sento molt haver de marxar, però el meu viatge ja no pot esperar més —respongué Alí Bei.

—Ens portaràs sempre dins del teu cor? —demanà Sidi Mohamed.

—Sempre —afirmà Alí Bei.

—Segur?

—No oblidis que Mohanna espera un fill meu i això és el més gran que mai no m'ha passat. Ja fa més de dos anys que vaig arribar a Tànger ferit i malalt. Aquesta terra m'ha acollit amb els braços oberts i només tinc agraïment i amor dins del meu cor.

—Sí —sospirà Sidi Mohamed—. Un home no és res si no té res. I què hi ha més ric que una família? És la més preuada possessió.

—Fes arribar els meus millors sentiments al sultà. Digues-li que el seu regal em va fer l'home més feliç del món. Mai no podré pagar-li ni agrair-li prou que em donés Mohanna.

—Tant significa?

—Si la perdés, hauria perdut l'ànima —afirmà Alí Bei.

—Em sento immensament satisfet en escoltar les teves paraules. Mai no hauria imaginat que aquesta dona representés tant per a tu —digué Sidi Mohamed. Llavors, es quedà pensarós —. I Tigmu? —demanà.

—És una bona esclava i té cura de Mohanna.

Encara van parlar una estona i quan ja s'acomiadaven, Sidi Mohamed el va agafar pel braç.

—Si marxessis a primera hora de la tarda, a les tres, jo vindria per acomiadar-te —digué.

Els ulls d'Alí Bei s'humitejaren. Era evident que no esperava aquest detall. Hasim també s'emocionà. Aquell gest no formava part de l'estricta cortesia musulmana.

Quan abandonaven el palau del paixà, Hasim va veure que l'humor del seu senyor havia canviat notablement. Allò era un bon auguri de cara al viatge que havien d'emprendre.

A primera hora de la tarda Alí Bei i el seu seguici van abandonar la casa i enfilaren el carrer que baixava fins al port, on els criats van dipositar a terra tot l'equipatge i els mobles i els ordenaren per tal d'embarcar-los. El príncep contemplà com s'atansaven les tres barques que els durien a bord de la corbeta.

—Primer els instruments i aquestes dues maletes —ordenà Alí Bei.

Els criats obeïren d'immediat i situaren els paquets davant de tot. La primera barca arribà i començaren a carregar-la.

De sobte van aparèixer dos destacaments de soldats, un per cada banda del port, mentre un tercer destacament arribava pel carreró que desembocava al lloc on eren ells.

El rostre d'Alí Bei s'il·luminà i Hasim somrigué. Quin comiat!, va pensar quan els soldats ja arribaven. Però, sense cap mena d'explicació, l'oficial donà l'ordre d'apartar tota la gent i deixar sol Alí Bei, que es quedà davant les barques.

—Què significa això? —va fer.

—Ordres del sultà —respongué l'oficial.

Tres soldats l'agafaren, tot i les protestes d'Hasim i de Mohanna, i el conduïren fins a fer-lo pujar a la barca que duia els instruments, on també hi van pujar ells i s'hi afegiren dos més. L'oficial s'hi atansà i empenyé amb el peu per apartar la barca, mentre els seus homes agafaven els rems.

Mohanna intentà córrer, però un soldat la fermà i l'obligà a fer unes passes enrere.

—Missenyor! —cridà la noia, amb els braços estesos cap endavant.

—Mohanna! —s'escoltà el crit d'Alí Bei, que també mirava d'allargar els braços, però dos soldats li ho impedien.

La noia va caure de genolls, desesperada, entre llàgrimes i sanglots. Tigmu s'atansà per consolar-la, però ella l'apartà amb violència.

—Fuig d'aquí! Marxeu tots, malparits! —cridà, tot mirant la gent que l'envoltava.

La barca arribà a la corbeta i els soldats van treure a empentes Alí Bei i l'obligaren a pujar a bord. Després, llençaren l'equipatge a coberta i se'n tornaren.

Abans que la barca tornés a terra, la corbeta ja havia inflat les veles i es movia.

—Agafeu-la! —ordenà l'oficial.

Dos soldats van prendre Mohanna, que no parava de gemegar i s'esgarrapava la cara.

—Què fareu amb ella? —s'interposà Hasim.

L'oficial el mirà.

—No ho sé. Jo només compleixo ordres —digué.

Llavors es tombà cap als seus homes, aixecà la mà i la baixà amb energia per indicar la direcció que havien de prendre.

Els criats es miraren els uns als altres. Què havien de fer ells? El seu senyor ja no hi era i els mobles i l'equipatge...

Hasim no va tenir ni temps per reaccionar. En un sospir la major part dels baguls van ser rebentats i buidats i tothom desaparegué arrossegant els mobles i carregant a l'esquena els tapissos i les catifes. Allà només quedaren Tigmu i Hasim.

—I ara què? —va fer l'intèrpret, amb desesperació.

—Haurem de marxar —digué Tigmu.

—Cap a on? —demanà Hasim—. Els meus diners eren al meu equipatge, que anava amb els instruments del príncep. Ho he perdut tot. Què en serà del meu fill, quan neixi?

Tigmu li allargà la bossa que havia agafat quan els soldats s'enduien Mohanna. Era l'única cosa que s'havia salvat del pillatge.

—Ahir vaig veure que el príncep li donava això a Mohanna i li deia que el risc s'ha de repartir —va fer amb una rialla.

Hasim va prendre la bossa. Com pesava! La va obrí i apartà la roba per cercar què hi havia al fons.

Tot d'un plegat, el cor li va fer un salt.

—Quants diners hi ha? —demanà amb uns ulls com taronges, mentre gairebé es marejava. Mai no n'havia vist tants.

—No en sé, de comptar —respongué Tigmu.

Hasim remenà les peces d'or i de plata. N'hi havia un bon plec. Va guaitar l'horitzó. Les veles del vaixell ja es veien molt petites.

Home, ell no trencava cap jurament, perquè va dir que el serviria fins que li fos impossible continuar. Ateses les circumstàncies, era absolutament impossible continuar servint-lo. D'altra banda, tampoc podia tenir cura de Mohanna, perquè el sultà se l'havia endut. I pel que feia a Tigmu, que no passés ànsia, que ja... Se la mirà i somrigué. El sultà sempre havia tingut molt bon gust amb les dones.

Llavors va mirar la corbeta que s'allunyava. Li devia molt, a Alí Bei, però la veritat era que no li venia molt de gust aquell viatge. Shara esperava un fill. I no és que fos desagraït, sinó que estava disposat a sacrificar-se. L'havia acompanyat fins allà. De debò. I Al·là ho sabia, perquè l'acabava de beneir amb una segona esposa i una bona bossa de diners. I és clar que sí!

MALEÏT CÁTALA!

De fet, el responsable d'aquell desenllaç havia estat Alí Bei amb la seva actitud que havia ofès greument el sultà. Així ho explicaria als seus descendents, quan fos gran i li preguntessin com s'havia fet ric.

Somrigué feliç, va aixecar la mà i acomiadà la corbeta.

—Bon viatge! —va fer. Després es tombà cap a Tigmu—. Anem. Ens espera un llarg camí fins a Marràqueix.

Sidi Mohamed, des de la balconada del palau, també contemplava la corbeta que s'allunyava. El sultà havia estat molt encertat. Hauria resultat perillós matar aquell cristià i oferir als espanyols l'excusa perfecta per atacar. Mentre que si el feien fora amb deshonor i menyspreu, però li respectaven la vida, quedaria clar per a tothom que ningú, en aquest món, pot ofendre el sultà sense pagar-ne les conseqüències i que Alí Bei sortia del Marroc tal com havia arribat, només amb els seus instruments. Tanmateix, el poble mai no sabria que aquell malparit els havia enganyat durant més de dos anys, perquè ni Hasim ni Mohanna ni el germà del sultà ni ningú, llevat de Sulayman, Abdelmelek, Sidi Omar, Aschasch i ell, no en sabien res. Ni mai no ho sabrien. I la venjança seria total quan nasqués el fill que duia dintre seu Mohanna. Si era un mascle seria educat sota la religió musulmana i serviria el sultà i si era una nena passaria a engreixar l'harem de Sulayman. Qui sap? Amb una mica de sort, quan fos gran, seria desflorada pel mateix sultà.

—Ves a l'infern, maleït cristià! —va fer quan ja gairebé no podia veure les veles de la corbeta.

I esclafí de riure.

*** ***

A Madrid, el dia 25 d'octubre de 1805 la temperatura es mantenia agradable. Tanmateix, el rostre de Godoy no estava en consonància amb el temps. Esperava notícies urgents de Trafalgar i estava força neguitós.

Sonaren uns cops a la porta. S'apartà de la finestra i donà permís per entrar.

—Ha arribat el coronel Ventura —anuncià el seu secretari.

Godoy afirmà amb el cap i es dirigí cap a la seva taula de treball. El secretari es va fer a un costat per deixar passar el visitant.

—Hem rebut carta de Tànger —informà Ventura.

—Són bones notícies? —demanà el Príncep de la Pau, sense gaire entusiasme.

—El viatger segueix viu, però ha estat expulsat de Larraix. Ara es dirigeix cap a l'est.

—Bé! —afirmà Godoy diverses vegades, amb el cap.

—El general Castaños ens informa que les municions ja han arribat.

—Bé! —repetí Godoy, i tornà a afirmar amb el cap.

—Què hem de fer, ara? —demanà Ventura.

Godoy el mirà i, de sobte, esclafí de riure, mentre el coronel es quedava bocabadat.

—Res —digué el Príncep de la Pau, eixugant-se les llàgrimes— L'aventura del Marroc s'ha acabat per culpa de les indecisions de Sa Majestat.

—I Badia?

—Si es dirigeix cap a l'est vol dir que encara podem aprofitar els seus serveis per descobrir una ruta que ens dugui al mar Roig o per creuar l'Àfrica. A partir d'ara, i per a tothom, aquesta expedició sempre ha sigut, és i serà científica. Si més no, d'alguna cosa haurà servit tota aquesta inversió.

—Així es farà, Excel·lència.

En aquell precís instant s'obrí la porta i aparegué de nou el secretari. Ni tan sols havia trucat i feia un posat estrany.

—Què passa? —demanà Godoy.

El secretari s'apartà i entrà un oficial jove, que li lliurà una carta.

Godoy l'agafà, trencà el segell, tens i amoïnat, obrí el document i a mesura que llegia els seus ulls s'engrandiren cada com més fins a gairebé sortir de les caçoletes.

—Déu meu! —va fer—. Com ha pogut passar?

—Els anglesos han atacat de front, han trencat la nostra flota en dues parts, després en quatre, finalment en vuit i ens han vençut.

—Quines són les pèrdues?

L'oficial dubtà. No sabia ni per on començar.

—Sabem que Nelson és mort.

—No he demanat quines són les pèrdues de l'enemic, sinó les nostres! —cridà Godoy.

—La Bucentaure ha caigut en mans de l'enemic, que ha fet presoner l'almirall Villeneuve. L'almirall Gravina ha aconseguit tornar a Cadis amb nou vaixells —respongué l'oficial.

—I fragates? —va fer Godoy.

—Em temo que cap, Excel·lència.

—Nou naus d'un total de quaranta? —s'esgarrifà Godoy.

L'oficial assentí tímidament amb el cap.

El Príncep de la Pau es dirigí cap a la finestra i recolzà les mans a l'ampit. No s'ho podia empassar de cap de les maneres. Allò era impossible! L'operació al Marroc ja ni existia i Espanya acabava de perdre la flota. Tot en sol dia, com aquell que diu. Ara Anglaterra dominava completament el Mcditerrani.

Llavors va fer un gest amb la mà per tal que el deixessin sol. Com podrien defensar les colònies? Mare de Déu! Allò també podia significar la fi de l'imperi d'ultramar.

Quin desastre!

EPÍLEG

Era finals de juliol de 1814 quan Ambros Thomson va acceptar la invitació del seu cosí Frederic Greene, que treballava al ministeri d'Afers Exteriors, on ocupava un càrrec de rellevància dins del que s'anomenava Serveis d'Informació i, tal com havien convingut, el va anar a buscar al seu despatx.

—Si haguessis vingut un parell de mesos enrere, quan Napoleó encara bellugava la cua, hauries pensat que estàvem bojos i que això era una olla de grills —explicà Frederic, mentre signava un parell de cartes.

No podia oblidar el que havien significat els darrers anys, des que ell va entrar en aquell despatx, tot just després que l'emperador dels francesos obligués Carles IV i el seu fil Ferran VII a abdicar a Baiona per convertir el seu germà Josep Bonaparte en Josep I d'Espanya. Sis anys d'una guerra que ja venia de lluny i que no es va aturar fins el dia 6 d'abril d'aquell any de 1814, quan Napoleó abdicà després que les tropes aliades entressin a la capital del seu imperi.

—Doncs ara sembla que no tingueu feina —somrigué Ambros—. He pujat l'escala i no he trobat ningú.

—És l'hora de dinar i hem d'aprofitar els temps de pau. I tu, què duus entre mans? —s'interessà Greene, mentre endreçava els documents de la taula per marxar.

La porta situada a la dreta de la seva taula s'obrí i aparegué el rostre, ja bastant arrugat, de Brenton, l'home que feia molts anys que s'arrossegava per aquells passadissos, que ja havia servit sir Alfred Gordon i que semblava que mai no es retiraria.

—Oh! Excuseu-me. Pensava que ja havíeu marxat —va fer.

—No us amoïneu. Estàvem a punt de marxar —somrigué Greene. Llavors en tombà cap a Ambros—. On érem?

—Em demanaves què faig ara. Doncs estic acabant de llegir una obra força interessant que acaba d'aparèixer a París i que possiblement hauré de traduir. Puc assegurar-te que és magnífica. És autobiogràfica i el títol francès és «Voyages d'Alí Bei en Afrique et en Asie pendant les années 1803, 1804, 1805, 1806 et 1807».

—Qui és aquest Alí Bei? —demanà Greene.

—És un europeu que es va disfressar de musulmà, que va ser a punt d'enderrocar el rei del Marroc i que, fins i tot, va aconseguir entrar a La Meca, la ciutat sagrada dels musulmans, i en va sortir viu.

—I es diu Alí Bei?

—No és el seu nom vertader —va fer Ambros—. Vol romandre en l'anonimat i no en conec el nom.

—Domènec Badia i Leiblich, català, nascut a Barcelona —s'escoltà que feia la veu de Brenton.

Ambdós homes es tombaren cap al vell secretari.

—Sir Blum li deia el maleït català. Hi ha una carpeta amb el seu nom —va senyalar Brenton la porta que comunicava amb el seu despatx—. És un vell conegut dels Serveis d'Informació. Sir Alfred Gordon, en els seus temps, ja duia aquest cas.

Sir Alfred Gordon, pensà Greene. Una llegenda entre aquells murs. I, si sir Alfred havia portat aquell cas, significava que el personatge havia de ser molt important.

—Voldria donar-hi una ullada —digué—. Em buscareu aquesta carpeta?

—Com vós maneu, senyor —Brenton acotà el cap i marxà.

Aquella mateixa tarda, després d'acomiadar Ambros, va trobar la carpeta damunt la seva taula. Era molt voluminosa. La va obrir i es dedicà a llegir-ne el contingut.

L'endemà va cridar Brenton.

—Com és que la informació s'acaba tot just en encetar-se el viatge d'Alí Bei al Marroc? —demanà.

—Per tot un seguit de coincidències absurdes. Dies abans que Lord Grenville presentés la seva dimissió del càrrec de ministre, per causa de l'afer amb els catòlics, sir Alfred Gordon va patir un atac de feridura i es va haver de retirar per segon i darrer cop. El successor de lord Grenville va confirmar sir Arthur Blum en el càrrec. Quan va prendre possessió d'aquell dossier, em va ordenar que ho arxivés i que m'oblidés de tot, perquè no era altra cosa que una bajanada —explicà Brenton.

Greene li donà les gràcies. Brenton abandonà aquell despatx i el seu superior es quedà pensarós. Potser seria interessant demanar alguna informació addicional als seus homes de París.

Dos mesos després, Frederic Greene convocà una reunió dels seus més directes col·laboradors. I, evidentment, Brenton hi era present.

—Bé, senyors! —digué Greene—. Acabem de rebre notícies de París. Sembla que el nostre home ha dedicat el seu llibre al rei Lluís XVIII. Com heu pogut llegir en l'informe adjunt, es tracta d'un home força especial. Es va disfressar de musulmà i va estar a punt de convertir-se en el sobirà del

Marroc. Ara vol presentar una memòria al duc de Richelieu per tornar-hi.

—M'he pres la molèstia de llegir l'obra en francès i em sembla que és un sonat —va fer un dels assistents, un jove que responia al nom de Piech—. El seu relat és ple d'incongruències i de fets sense explicar.

—Voleu contestar vós, Brenton?

El vell secretari es va posar dempeus, lentament, ajudant-se de les mans.

—Sir Alfred Gordon us diria que, si considerem un sonat algú que va estar a punt d'enlairar un globus i convertir-lo en una màquina bèl·lica, cosa que els nostres serveis van evitar en el darrer moment, que a més va redactar un pla perquè Espanya envaís Portugal i que ha estat capaç d'entrar a La Meca i sortir-ne viu, bé podem dir que Domènec Badia és el campió dels dements.

—Ha quedat aclarit el punt que fa referència a la salut mental de Domènec Badia? —va fer Greene.

—Sí, senyor.

—Bé! Doncs el nostre objectiu és saber quina de nova en prepara i amb què ens hem d'enfrontar.

—De tota manera, malgrat que no és cap sonat, he llegit que va ser expulsat del Marroc, sense que quedi clara la raó —seguí dient Piech—. Tal com ho explica, no crec que el deixin entrar fàcilment.

—En la memòria que presentarà a Richelieu, segons hem pogut saber, Domènec Badia explica que ha mantingut i encara manté correspondència amb un tal Abd-as-Salam, germà del sultà. També explica que hi té un fill al que ha posat el nom d'Othman Bei, que disposa de propietats i d'un administrador i que el sultà Sulayman l'ha perdonat i el convida a tornar.

—Puc preguntar quin paper hi juguem nosaltres en tota aquesta història? —demanà Piech.

—Fa un temps, concretament durant els anys 1803 1805, vam tenir la immensa sort que Espanya comptava amb el rei

Carles IV, un home sense caràcter que no va tenir la valentia suficient per donar les ordres adients. De manera que Godoy no va poder envair el Marroc. Si ho hagués fet, ara no seríem aquí, parlant, sinó que possiblement ens tocaria defensar les nostres costes. Tanmateix, Richelieu no és el Príncep de la Pau, Lluís XVIII no és Carles IV, França no és Espanya i els temps també són altres. Per tant, Domènec Badia, al contrari del que va passar quan sir Blum dirigia aquest departament, esdevé un objectiu de primer ordre. M'he explicat amb claredat? —va fer Greene.

—Sí, senyor —respongué Piech.

—Doncs, a treballar.

Tothom s'aixecà i abandonaren la sala de reunions. Brenton va ser el darrer.

Just en atrapar la porta, va tenir un pensament divertit. Què hauria dit sir Blum en un moment com aquell? Potser hauria fet: maleït musulmà!

I esclafí de riure.

Maleït musulmà! Encara reia, quan enfilava el passadís.

ALTRES OBRES D'ALBERT SALVADÓ

Si heu gaudit amb la lectura, potser us interessi conèixer altres obres d'Albert Salvadó, totes disponibles en format de llibre electrònic.

MALEÏT CRISTIÀ!
(Tercera part de la trilogia L'OMBRA D'ALÍ BEI)

Amb MALEÏT CRISTIÀ!, Albert Salvadó ens condueix fins al desenllaç de la seva trilogia L'OMBRA D'ALÍ BEI, un personatge que va marcar tota una època i que, encara avui en dia, continua despertant un interès inusitat. Una obra que a mesura que s'avança en la seva lectura, cada vegada apassiona més, fins que les sorpreses se succeeixen i expliquen qui va ser de debò Alí Bei.

Europa canvia, Napoleó ha estat derrotat i enviat a l'exili.

En aquest context, Domènec Badia (Alí Bei) ha de fugir a França i s'estableix a París amb la seva família. Allà publica el relat dels seus viatges pel Nord d'Àfrica i els dedica al rei Lluís XVIII.

No obstant això, la vida no és fàcil en un país que no és el seu i Badia descobreix que ha d'integrar-se, si vol assolir els seus objectius, però no compta amb que el Duc de Richelieu no és Godoy i no creu en els seus projectes.

A partir d'aquí Domènec Badia haurà de ser capaç de trobar el camí que li permeti convèncer al govern francès perquè li financïi una nova expedició, única manera d'adreçar la seva malparada economia familiar. Tot Això sota l'atenta mirada dels serveis secrets britànics que observen els seus moviments amb creixent preocupació. Més encara quan Domènec Badia aconsegueix el seu objectiu i parteix per a una nova expedició.

Però la gran aventura de Domènec Badia, Alí Bei o Othman Bei, l'home de les mil cares, encara no ha arribat. Ell és capaç de crear una trama portentosa amb què es burlarà d'anglesos i francesos. És aquí on vertaderament naix la llegenda del més gran de tots els viatgers del segle XIX.

EL PUNYAL DEL SARRAÍ
(Primera part de la trilogia de JAUME I EL CONQUERIDOR)

La trilogia de JAUME I EL CONQUERIDOR és una de les obres més aclamades d'Albert Salvadó. Va estar durant més de quatre mesos en les llistes dels més venuts. S'han venut en format imprès més de 70.000 trilogies.

EL PUNYAL DEL SARRAÍ és la primera part d'aquesta trilogia i comprèn els primers 20 anys del monarca que es va asseure al tron durant més de 60 anys.

Ser fill de rei no és sinònim de nàixer predestinat, i JAUME I EL CONQUERIDOR, constitueix la prova més evident. A la tendra edat de tres anys era un presoner, però un home amb una voluntat de ferro és capaç de canviar el futur i convertir-se en el rei més gran del seu temps. Pocs regnats han estat tan llargs com el seu. Més de seixanta anys al tron! No obstant això per arribar cal lluitar. I no tan sols al camp de batalla. Jaume va haver d'escalar els escalons que condueixen al tron, i per fer-ho, abans va haver de rebre l'ensenyament que s'adquireix a l'Escola dels Sons i que només podia atorgar-li Lluís d'Estemariu, un cavaller templer proscrit.

LA REINA HONGARESA
(Segona part de la Trilogia de JAUME I EL CONQUERIDOR)

LA REINA HONGARESA és la segona part de la trilogia de JAUME I EL CONQUERIDOR, una de les obres més aclamades d'Albert Salvadó. Ha estat més de quatre mesos en les llistes dels més venuts.

Jaume ja és rei. Ha aconseguit pujar els graons que ascendeixen fins al tron, ha pacificat ARAGÓ i CATALUNYA i s'ha assegut en el lloc més alt del poder. Ara arriba el moment de contemplar l'horitzó i iniciar les grans conquestes. MALLORCA i VALÈNCIA l'esperen.

És aquí on apareix amb tota força de la passió, la seva conquesta més important, Violant d'Hongria, LA REINA HONGARESA, una de les històries d'amor més tendres i, al mateix temps, més turbulenta. Entre places, castells i lluites internes amb els nobles, cauen les muralles i els cors. I enmig s'alça Violant, LA REINA HONGARESA. Sens dubte és l'etapa més apassionant i més apassionada de JAUME I EL CONQUERIDOR.

PARLEU O MATEU-ME
(Tercera part de la trilogia de JAUME I EL CONQUERIDOR)

PARLEU O MATEU-ME és la tercera i última entrega de la trilogia de JAUME I EL CONQUERIDOR, la gran aventura en l'Europa del segle XIII, una de les obres més aclamades d'Albert Salvadó, sens dubte. Més de quatre mesos a les llistes dels més venuts.

El rei Jaume ja ha conquerit Mallorca i València, però els seus enemics són cada vegada més poderosos. Ara s'enfronta a l'Església, a les enveges i intrigues dels nobles i a les lluites dels seus fills per conquerir el poder. Els regnes de Castella i Lleó s'enfronten amb Aragó i Catalunya i hi ha revoltes i aixecaments en la Corona.

En aquesta tercera part, Jaume I el Conqueridor, el rei que va conquerir terres i cors, ens ofereix el seu llegat ideològic i en ella descobrirem el desenllaç de la trilogia i com utilitzar l'última vocal de l'Escola dels Sons, la que Lluís d'Estemariu, el cavaller proscrit, no va poder ensenyar-li i que obre la porta de l'esperit.

<u>UNA VIDA EN JOC</u>

Durant la Setmana de la Novel·la Negra de Barcelona 2009, "Una vida en joc" va ser qualificada com una novel·la Negra plena de colors. La raó és que en ella es donen cita elements que permeten classificar-la com a novel·la negra, de misteri, costumista, històrica i romàntica.

El protagonista és Víctor Pons, que treballa com a cap de seguretat del casino de la Rabassada, que es va inaugurar a Barcelona amb tota la pompa el 15 de juliol de 1911 i que tenia la pretensió de convertir-se en l'emblema de la ciutat. Això és un fet històric. I només va durar un any. Això és un altre fet històric.

Com a responsable de seguretat del casino, Víctor es veurà enfrontat en tota la seva cruesa a la cobdícia i la bogeria que generen les taules de joc, però també serà allí on trobarà l'amor de Carla Torres, una jove burgesa.

La mort en estranyes circumstàncies d'un client d'origen italià, provocarà que Víctor hagi de fer ús de tots els seus recursos per evitar un escàndol, per la qual cosa fa desaparèixer el cos. No obstant això, el que en principi semblava un suïcidi resultarà ser un assassinat i Víctor es veurà embolicat en una trama policíaca, complicada per l'amenaça mafiosa, que l'obligarà a tirar dels fils d'allò que s'ha succeït, sense adonar-se que hi ha una vida en joc: la seva.

EL RAPTE, EL MORT I EL MARSELLÈS

Obra guanyadora del "Primer Premi Sèrie Negra 2000" de Planeta.

Pot un bebè desaparèixer d'una clínica en menys de dos minuts? Possiblement. Però, davant dels ulls de tothom...? Sense que l'hagin perdut de vista ni un instant...? Això ja és molt més difícil.

Pot un home morir ofegat en la seva banyera amb l'estómac ple de somnífers? Possiblement. Però, sense que ningú l'hagi vist Arribar ni hagi sentit res, malgrat que hi havia gent a la casa...? I com hi va entrar? Ah!

Què hi té a veure un fet amb l'altre? Quin embolic!

Aquestes i moltes altres preguntes són les que ha de respondre Àlex Samsó en una aventura que comença d'una forma casual i, a poc a poc, esdevé un misteri constant. Però la major sorpresa no és el misteri, sinó un altre personatge més que curiós: el Marsellès.

Les explicacions sempre existeixen, però per trobar-les cal una ment capaç de fer que dos i dos sumin quatre, malgrat que de vegades sembla que les matemàtiques fallen i tothom acaba creient que dos i dos són cinc o tres.

Albert Salvadó, amb l'habilitat que el caracteritza, ens ofereix un nou misteri que ens manté subjectes i cns fa ballar el cap fins que apareix la solució.